AFGESCHREVEN

Mont Blanc

Bezoek onze internetsite www.awbruna.nl voor informatie over onze
boeken, volg @AWBruna op Twitter of bezoek onze Facebook-pagina
Facebook.com/AWBrunaUitgevers.

Suzanne Vermeer

Mont Blanc

A.W. Bruna Uitgevers

© 2015 Suzanne Vermeer
© 2015 A.W. Bruna Uitgevers, Amsterdam

Omslagbeeld
© Alamy
Omslagontwerp
Wil Immink Design

ISBN 978 94 005 0470 7
NUR 332

Dit boek is gedrukt op papier dat het keurmerk van de Forest Stewardship Council (FSC®) mag dragen. Bij dit papier is het zeker dat de productie niet tot bosvernietiging heeft geleid. Een flink deel van de grondstof is afkomstig uit bossen en plantages die worden beheerd volgens de regels van FSC. Van het andere deel van de grondstof is vastgesteld dat hiervoor geen houtkap in de laatste resten waardevol bos heeft plaatsgevonden. Daarom mag dit papier het FSC Mixed Sources label dragen. Voor dit boek is het FSC-gecertificeerde Munkenprint gebruikt. Dit papier is 100% chloor- en zwavelvrij gebleekt en wordt geleverd door Arctic Paper Munkedals AB, Zweden.

Ze lag op de bodem. De bodem van de zee? Het was donker en koud en ze huiverde. Ze had altijd gedacht dat de bodem van de zee uit zand bestond. Van die fijnmazige zachte korrels die lichtjes schuurden langs je huid, maar waar je toch zacht op lag. Maar ze lag niet zacht, helemaal niet. De ondergrond was hard en drukte pijnlijk tegen haar achterhoofd, schouderbladen, heiligbeen en hielen. Op haar rug, ze lag dus op haar rug.

Golven van water waren golven van pijn die beukten en klotsten tegen haar hoofd. Ze probeerde mee te deinen op de golven en zich niet te verzetten, maar de pijn werd niet minder. Ze hoorde iets. Een raar geluid. Het klonk menselijk maar ook weer niet. Geschrokken hield ze haar adem in en het geluid stopte. Toen ze voorzichtig doorademde, hoorde ze het weer. Adem inhouden, het stopte. Doorademen, het was er weer. Maakte zij dat geluid? Ze concentreerde zich. Kermen. Ja, het was gekerm. Het ging gelijk op met de pijnscheuten in haar hoofd. Het was haar eigen gejammer, dat moest wel. Of was er nog iemand anders?

Ze bewoog haar benen in een poging de ruimte af te tasten. Ze kreeg ze niet uit elkaar. Er sneed iets in haar enkels. Hoe harder ze probeerde om ze te scheiden, hoe meer pijn. Haar armen. Als ze op de bodem van de zee lag, had ze die nodig om te zwemmen. Met krachtige slagen omhoog naar het licht. Polsen als enkels, aan elkaar. Vastgebonden. Maar hoe kon ze dan zwemmen? Ze kon hier niet eeuwig blijven liggen. De hoofdpijn zwol aan en lichtflitsen verschenen. Gefascineerd keek ze naar het vuurwerk. Als kind was ze er altijd al gek op geweest. Het schouwspel ging door. Het licht was te fel. Ze moest haar ogen sluiten.

Hoe kon dat nou? Ze waren al dicht. Haar oogleden maakten contact met elkaar. Dat voelde ze duidelijk. Maar het licht bleef haar onverminderd bestoken. Ogen open, zelfde beeld als met haar ogen dicht. Ze begon er steeds minder van te begrijpen. Waar was ze?

Onrustig bewoog ze heen en weer. Was ze maar niet zo versuft, dan kon ze beter nadenken. Een plan maken, dát moest ze. Gedachteflarden, die als vissen om haar heen zwommen en steeds wegschoten als ze te dichtbij kwam. Ze wilde ze aanraken, pakken. Ze was een van hen. Zij kon ook ademen onder water. Ademen onder water? Maar hoe dan? Ze had geen kieuwen. Snorkel? Nee, daarvoor lag ze te diep. Duikfles? Duwde die tegen haar rug? Ze bewoog haar bovenlichaam. De harde ondergrond was breder dan een duikfles. Maar ze voelde wel iets in haar mond. Zacht en te groot. Het duwde haar tong naar achteren. Ze probeerde het eruit te werken. Onmogelijk. Er zat iets over haar mond geplakt. Dit was niet goed. Dit was helemaal niet goed. Langzaam brak de paniek door. Ze moest hier weg. Ze had het benauwd. Omhoog zwemmen en dan een bevrijdende teug lucht. Weg uit de duisternis en terug naar het licht. Ze wilde niet dood. Voelde ze zich maar niet zo slap.

Met vereende krachten probeerde ze zichzelf los te worstelen. Zuurstof, ze had gewoon een beetje zuurstof nodig en dan kwam alles goed. Ze spande haar buikspieren aan en trok haar knieën lichtjes op. Het lukte haar nauwelijks om haar hoofd een paar centimeter omhoog te krijgen. Ze kermde door de vlammende pijn die haar hoofd in tweeën spleet.

Met een gefrustreerde keelkreet zette ze nog wat kracht bij en kwam een stuk overeind. Ze stootte haar hoofd.

Beduusd viel ze weer achterover. Hoe kon ze haar hoofd stoten als ze in de zee lag? Een dikke laag ijs? Was ze in een wak gevallen? Moeizaam rolde ze op haar zij en tastte met haar geknevelde handen voor zich uit. Ze raakte iets. Een wand? Zo snel als ze kon draaide ze zich op haar andere zij. Hetzelfde verhaal. Ze tastte verder met haar handen. Achter haar hoofd en erboven. Ook daar wanden. Ook de ruimte achter haar voeten was begrensd. Aan alle kanten was ze ingesloten. Lag ze in een kist? Was ze levend begraven? Ze kreeg het steeds benauwder. Paniek of te weinig zuurstof? Ze probeerde haar gejaagde ademhaling onder controle te krijgen. Ze moest luisteren. Misschien dat ze omgevingsgeluiden kon oppikken die meer duidelijkheid gaven over de plek waar ze zich bevond. Nu pas hoorde ze het zoevende geluid dat er waarschijnlijk al die tijd al was geweest en kon ze de schokkende bewegingen plaatsen die ze in eerste instantie had toegeschreven aan de golven van de zee. Ze verloor het bewustzijn weer.

1

Laura klemde haar handen om de leuningen van de stoel waar ze in zat. Ze kneep steeds harder, op zoek naar houvast. Haar mond werd steeds droger en de kamer draaide om haar heen. De woorden die de man tegenover haar uitsprak, hoorde ze nauwelijks. Zijn lippen bewogen in het gezicht dat ze altijd best aantrekkelijk had gevonden. Waarom eigenlijk? vroeg ze zich af. Nu pas viel het haar op dat zijn neus veel te grof was voor zijn gezicht en zijn lippen te dun. Zijn donkere haren bleken veel minder vol dan ze altijd had gedacht. Na de woorden die hij zojuist had gesproken, en die insloegen als een donderslag bij heldere hemel, leek hij zijn glans te hebben verloren. Alles leek zijn glans te hebben verloren.

'Ik weet niet hoe we het zonder je moeten redden, Laura, hoe ík het zonder je moet redden. Maar helaas moeten we het toch proberen.' Rodney trok een plechtig gezicht, alsof hij net had gesproken op een uitvaart. In wezen was dat ook een beetje zo; hij had net haar carrière begraven. Ze focuste zich op zijn gevouwen handen met de licht getinte huid en voelde zich steeds bozer worden. Keurig geknipte nagels terwijl zij straks geen nagel meer zou hebben om haar kont te krabben. Vijf jaar trouwe dienst en in minder dan vijf minuten weggereorganiseerd. Al haar overuren en extratjes uit loyaliteit betekenden blijkbaar niets. En die oude tang die liever lui was dan moe, mocht blijven. *First in last out.* Rodneys letterlijke tekst. Alsof dat minder erg klonk dan het oer-Hollandse 'je krijgt de zak'.

'Heb je begrepen wat ik heb gezegd, Laura? Je bent zo stil.'

'Gek hè? Je overvalt me nogal. Ik heb even tijd nodig om dit te verwerken voordat ik met een gepaste reactie kom.' Laura baalde dat haar stem dik was van emotie. Ze wilde zich niet laten kennen en met opgeheven hoofd vertrekken, maar dat voornemen was nu al mislukt.

'Dat begrijp ik. Zal ik koffie voor je halen? Dan kun je even tot jezelf komen voordat we de formele zaken doornemen.'

'Melk en suiker graag.' Rodney knikte en verliet het kantoor. Ze realiseerde zich dat hij voor het eerst in vijf jaar koffie voor haar haalde. Belachelijk eigenlijk. Ze rechtte haar rug en haalde een paar keer diep adem. Die lul zou nog spijt krijgen dat hij haar liet gaan. Door de kier van de deur ving ze een glimp op van Corrie, die haar niet op kwaliteit maar op basis van een langer dienstverband had verslagen. Corrie loerde het kantoor in en er verscheen een vilein lachje rond haar mondhoeken toen hun blikken elkaar kruisten. Laura had altijd een hekel gehad aan dat mens en nu bleek maar weer waarom. Er ging geen greintje medeleven uit van die vrouw. Rodney zou er nog wel achter komen dat hij de verkeerde keuze had gemaakt. Nou, bij haar hoefde hij niet meer aan te komen. Al zou hij haar op zijn blote knieën smeken, háár zag hij nooit meer terug.

Rodney kwam aanlopen met koffie en een glas water. In het voorbijgaan knikte hij naar Corrie, die vlug weer achter haar bureau plaatsnam en driftig op haar toetsenbord begon te rammen. Dat mens kon als de beste de indruk wekken dat ze razend druk was, terwijl ze geen flikker uitvoerde. Laura had altijd het meeste werk verzet en gezorgd dat alle haastklussen op tijd afkwamen. Ze was benieuwd hoe

Corrie haar gebrek aan werklust ging oplossen als zij er niet meer was om de kastanjes uit het vuur te halen. Al stortte de hele boel in elkaar, háár probleem was dat niet meer. Eigenlijk ook wel een bevrijding, om geen verantwoordelijkheid meer te hoeven dragen. Dat gevoel was echter maar van korte duur. De paniek sloeg weer onverbiddelijk toe toen ze zich realiseerde dat ze zonder baan geen inkomen had. Hoe moest ze haar huur op tijd betalen? Bij haar ouders aankloppen was haar eer te na en ze was te trots om Tim om hulp te vragen. Ze waren nu een jaar samen en het ging goed, maar ze hechtte erg aan haar zelfstandigheid. Ze had een bloedhekel aan vrouwen die teerden op de zak van hun man. Dat zou ze nooit laten gebeuren. Al moest ze uit de vuilnisbak eten.

'Je koffie wordt koud.' Rodney tikte met zijn vinger tegen haar mok en nam zelf een slok water. Laura pakte het lepeltje beet en begon haar koffie te roeren. Te veel melk, zag ze in een oogopslag.

'Hé, de bodem hoeft er niet uit.'

'O, sorry.' Ze legde het lepeltje op het bureau en vouwde haar handen rond de mok. 'De formaliteiten,' hielp ze Rodney op gang.

'Ja, de formaliteiten. Aangezien je vijf jaar en drieëndertig dagen bij ons in dienst bent, geldt er een opzegtermijn van twee maanden.' Laura proestte haar slok koffie bijna uit bij het idee dat ze hier nog twee maanden moest blijven. Dat trok ze niet. Zeker twee maanden tegen die zelfgenoegzame smoel van Corrie aankijken, no way. Dat gunde ze dat kreng niet.

'Kan ik ook per direct opstappen?' Ze had de woorden al uitgesproken voordat ze over de gevolgen had nagedacht. Rodney keek haar verschrikt aan. 'Waarom zou je dat willen?'

Het lag op het puntje van haar tong om te zeggen 'omdat ik jouw kop niet langer kan verdragen', maar ze hield de eer aan zichzelf en antwoordde: 'Om me volledig te kunnen concentreren op het vinden van een nieuwe baan. Zoals je weet liggen die tegenwoordig niet voor het oprapen.' Rodney grimaste ongemakkelijk. 'Ik wil twee maanden salaris mee, dat ben je me wel verschuldigd, dacht ik zo', liet ze er snel op volgen.

'Dat moet ik overleggen.' Met een klap zette ze de mok op het bureau, pakte haar tas van de grond en stond op. 'Je kunt me bereiken op mijn mobiel.' Zonder zijn reactie verder af te wachten, rechtte ze haar rug en liep naar de deur.

'Laura, wacht nou even. Zo hoeft het toch niet te eindigen?'

'Je klinkt als een zielige minnaar, Rodney, niet als een baas die zojuist zijn secretaresse heeft ontslagen.' Met opgeheven hoofd liep ze zijn kantoor uit en sloot zachtjes de deur.

2

Hoe sneller ze bij Rodney en dat hele zootje vandaan was, hoe beter, en dus fietste Laura stevig door. Ze verborg haar gezicht nog wat verder achter de dikke wollen das die dezelfde rode kleur had als haar gevoerde handschoenen. Zorgvuldig vermeed ze de verraderlijk gladde stukken van platgereden sneeuw op het fietspad. Een bestemming had ze niet echt in haar hoofd. Alles behalve naar huis. De muren kwamen nu al op haar af als ze dacht aan haar kleine tweekamerappartementje.

Haar ogen traanden onophoudelijk door de gure oostenwind, maar ook van ellende. De aanvankelijke woede om haar ontslag had al snel plaatsgemaakt voor hulpeloosheid. Wat moest ze nu? In een paar minuten had Rodney haar al haar zekerheden afgenomen.

Morgen zou haar wekker net als voorheen om zeven uur afgaan, alleen was er geen reden meer om op te staan. Hoe vaak had ze niet gewenst dat ze dat ding een klap kon geven en zich nog eens een paar uur kon omdraaien? Nu dat binnen handbereik was, leek het ineens een stuk minder aantrekkelijk. Ze vroeg zich überhaupt af of ze morgen een wekker nodig had om wakker te worden. Ze betwijfelde of het lukte om vannacht de slaap te vatten. Waarschijnlijk zou ze liggen piekeren en elk uur van de klok zien. En hoe ging ze aan Tim vertellen dat ze ineens werkeloos was? Of haar ouders? Ze wist dat het niet aan de kwaliteit van haar werk lag, dat had Rodney ook herhaaldelijk benadrukt, maar toch kon ze het gevoel gefaald te hebben niet van zich afschudden.

De hele tijd verscheen het zelfgenoegzame hoofd van Corrie op haar netvlies. Dat maakte het er allemaal niet beter op. Of misschien toch wel? Het was haar eer te na om bij de pakken neer te zitten, dat gunde ze Corrie niet. Trouwens, wat bezielde haar met dat gejammer en geklaag? De beste wraak was zich niet te laten kennen en haar schouders eronder zetten. Morgen ging om zeven uur die wekker en dan stond ze op om zich in te schrijven bij het eerste het beste uitzendbureau en daarna zou ze solliciteren op elke vacature die ze tegenkwam.

Met opgeheven hoofd fietste ze verder en nam de omgeving in zich op. Zonder het in de gaten te hebben was ze richting het kantoor van Tim gefietst. Ze keek op haar horloge. Kwart voor twaalf. Misschien kon ze Tim verrassen met een spontane lunchdate? Ze kneep vol in haar remmen om de juiste straat in te kunnen slaan. Haar wielen verloren grip en het lukte haar nauwelijks om overeind te blijven. Sukkel, beet ze zichzelf toe terwijl ze haar evenwicht weer probeerde te hervinden op de gladde straat. Uiterst voorzichtig fietste ze de laatste honderd meter naar het voormalige pakhuis met lange smalle ramen aan de Broekhovenseweg, waar naast Tims bedrijf ook een paar andere bedrijven in waren gevestigd. Tim huurde de kelder en de eerste verdieping.

In het kantoor van Tim brandde licht, evenals in de kamer ernaast, die van zijn compagnon en tevens beste vriend Sander. De mannen waren al vanaf hun jeugd bevriend en konden het ook op zakelijk gebied uitstekend met elkaar vinden. Vijf jaar geleden hadden ze samen Fit & Shape opgericht, een bedrijf in voedingssupplementen en sportvoeding. Volgens Tim was het mede dankzij Sanders vlotte babbel zo succesvol. 'Die jongen verkoopt nog een broodje poep als het moet.' Laura had een vies gezicht getrokken. 'Nou, niet aan mij hoor.'

'Ook aan jou, wedden? Ik zie heus wel hoe je reageert op zijn lach.'

'Niet waar,' had ze ontkend, maar haar wangen waren rood. Ze voelde zich betrapt. Ze was inderdaad erg gecharmeerd van Sander en zijn mooie lach. Daar had hij al menig vrouw het hoofd mee op hol gebracht. Maar ze hield van Tim, dat stond buiten kijf. Hij was een dromer en een idealist en dat sprak haar aan. Juist in een wereld waarin alles draaide om geld en macht konden er in haar ogen niet genoeg types als Tim zijn. Ook Tims spontane karakter vond ze leuk. Sander was veel berekender in alles wat hij deed. Waar Tim vaak ja zei en daarna pas nadacht over de gevolgen, hield Sander de stelregel 'eerst denken en dan doen' aan.

Met zijn zachte karakter was Tim lang niet altijd opgewassen tegen de dominantere Sander. Hij was een binnenvetter en conflictvermijder. Dat gedrag stoorde Laura nog weleens. Ook in hun relatie deed Tim er alles aan om onenigheid te vermijden en dat werkte haar soms ontzettend op de zenuwen. Zij was zelf iemand die geen blad voor de mond nam en soms wat ongenuanceerd kon zijn. 'De mantel der liefde kan ook verstikkend werken,' had ze hem weleens toegebeten, toen hij zich in haar ogen weer eens te veel op zijn kop liet zitten door Sander. Maar ze had meteen ingebonden toen ze de gekwetste blik in Tims ogen zag.

Zijn zwakte was voor haar meteen ook zijn sterke punt. Uiteindelijk wilde iedere vrouw toch een lieve, betrouwbare man die haar waardeerde en respecteerde. Op Tim kon je in dat opzicht honderd procent bouwen en bij Sander was ze daar niet zo zeker van. Hij was haar vaak te joviaal en flirterig tegen vrouwen en weigerde tot op heden om zich te binden. Ze zou met haar jaloerse karakter geen oog meer dichtdoen als Sander haar vriend was. Hij mocht dan knapper zijn dan Tim, maar ze zou nooit voor hem kiezen als hij serieus wat bij haar probeerde. Hoe aantrekkelijk ze hem ook vond, verder dan een beetje onschuldig flirten zou het nooit gaan.

Tim leek er geen moeite mee te hebben en had haar herhaaldelijk gezegd dat hij het zo fijn vond dat ze zo goed met Sander op kon schieten. 'Hij is mijn beste vriend en ik vertrouw hem blindelings. Ik zou nooit iets tussen hem en mij in laten komen.' Daarmee doelde hij op zijn ex-vriendin Tara die een wig tussen hen had proberen te drijven. Ze was jaloers geweest op de sterke band tussen Sander en Tim en wilde niet dat Tim privé nog langer met hem omging. Tim had de relatie met Tara uiteindelijk verbroken.

'En terecht,' was Laura's reactie geweest toen Tim haar dat had verteld. 'Gelukkig voor mij ook,' had ze er met een knipoog aan toegevoegd.

Laura had een vreselijke hekel aan mensen die onder invloed van hun nieuwe partner hun vrienden ineens niet meer zagen staan. Ze had het zelf een paar jaar geleden meegemaakt met haar zogenaamd 'beste' vriendin Jennifer. De eerste maanden had ze begrip getoond en de boel op zijn beloop gelaten. Ze gunde haar vriendin alle geluk van de wereld. Maar toen er na die eerste maanden niets veranderde en Jennifer geen enkel initiatief toonde tot contact, werd Laura's eigen motivatie om de vriendschap in stand te houden ook steeds minder. Voor Jennifer bestond er nog maar één persoon en die heette Aron. Niks mis met verliefdheid, maar daarom hoefde je de rest van de wereld toch niet uit het oog te verliezen? Vier jaar geleden had ze voor het laatst geluncht met Jennifer. De vanzelfsprekende ongedwongenheid die er altijd tussen hen was geweest, was verdwenen. De gesprekken waren oppervlakkig, de grappen geforceerd en het schaterlachen gemaakt. Ze leken wel complete vreemden voor elkaar te zijn geworden. Laura snapte nog steeds niet hoe dat had kunnen gebeuren. Als een contact minder intensief werd, dan betekende dat toch niet dat alle raakvlakken en gezamenlijke interesses ineens verdwenen? Toch was het gebeurd. Na die laatste lunch had ze nooit meer wat van Jennifer gehoord en ze had zelf ook geen contact meer gezocht. Ze miste haar vriendin nog steeds. Althans, de Jennifer van vroeger, voordat ze zo was veranderd. Laura realiseerde zich echter dat wat eens was geweest, nooit meer zou terugkomen. Er was te veel gebeurd. De Jennifer van nu was een vreemde voor haar met wie ze geen enkele klik meer had.

'Zou ik er even bij mogen?'

Laura schrok op uit haar mijmeringen en keek verschrikt naar de man die met zijn fiets in de hand achter haar stond.

'Ik wil mijn fiets graag in het rek zetten,' moedigde hij haar aan om aan de kant te gaan. Ze had helemaal niet doorgehad dat ze, verdiept in het verleden, van haar eigen fiets was afgestapt en dwars voor het fietsenrek stond.

'O, natuurlijk, sorry.' Snel draaide ze haar fiets en zette hem in het rek. Nu pas merkte ze hoe koud ze het eigenlijk had. Ze deed haar handschoenen uit om haar fiets op slot te zetten. Haar vingers waren rood van de kou. Ze blies in haar handen voordat ze haar handschoenen weer aantrok. Het begon zachtjes te sneeuwen en ze huiverde toen ze een sneeuwvlok op haar neus voelde. Vlug liep ze naar de ingang van het kantoor en drukte op de bel van Fit & Shape. Er vloog een vlinder door haar buik toen ze Tims stem door de intercom hoorde. 'Hallo?'

'Ha liefje, zin om te lunchen?' beantwoordde ze hem.

'Laura!' riep hij enthousiast uit. De deur begon vrijwel meteen te zoemen en ze duwde hem open. Een aangename warmte kwam haar tegemoet toen ze de hal in liep. Ze hoorde het geluid van een deur en snelle voetstappen die de trap afkwamen toen ze haar voet op de eerste tree van de brede trap zette. Tim kwam haar tegemoet lopen. Hij lachte zijn blije lach, waar ze een jaar geleden als een blok voor was gevallen. Het litteken op zijn rechterwang trok strak. In de winter was het altijd beter te zien dan 's zomers. 'Val van een speeltoestel toen ik drie was,' had hij haar verteld toen ze ernaar vroeg. 'Daar komt deze ook vandaan.' Hij had haar zijn kromme middelvinger laten zien die na een breuk nooit goed geheeld was.

'Laura, wat een verrassing.' Hij zoende haar vol op haar mond en ze beantwoordde zijn kus. Hand in hand liepen ze naar zijn kantoor.

'Hoor jij niet op je werk te zitten?' vroeg Tim toen hij de deur van zijn kantoor achter hen sloot. Meteen betrok Laura's gezicht. Ze besloot er geen doekjes om te winden. 'Ik ben ontslagen.'

'Ontslagen? Hoe bedoel je?'

'Nou, zoals ik het zeg. Ontslagen, ik heb de zak gekregen, ik ben werkeloos.'

'Hoe kan dat nou?'

'Reorganisatie. Omdat Corrie langer in dienst is dan ik, mocht zij blijven.'

'Belachelijk. Jij hebt dag en nacht voor die gasten klaargestaan.'

Laura haalde haar schouders op.

'Wist je dat het zo slecht ging met het bedrijf?'

'We hebben... eh, ze hebben betere tijden gekend, maar ik had niet door dat het echt crisis was. Dat hebben ze vakkundig voor het personeel verborgen gehouden.'

'En nu?'

'Geen idee. Morgen maar naar het uitzendbureau.'

'Maar je hebt toch een opzegtermijn?'

'Ja, van twee maanden, maar ik heb gezegd dat ik per direct wilde stoppen. Als het zo moet dan wil ik geen dag langer meer voor hen werken. Ze zijn mijn energie niet waard. Die kan ik aan veel leukere dingen besteden. Aan jou bijvoorbeeld...' Laura liep op Tim af en gaf hem een zoen. Liefkozend streelde hij door haar donkerblonde krullen die wat plat tegen haar hoofd zaten door de wollen muts die ze gedragen had.

'Maar dan zit je nu dus zonder inkomen?'

'Ik heb gezegd dat ik twee maanden salaris mee wil en dat ze me dat verschuldigd zijn. Rodney gaat het overleggen en belt me er nog over terug.'

'Maar in het ergste geval krijg je niets mee en heb je vanaf vandaag dus geen inkomen?'

'Ja, daar komt het wel op neer ja.'

'Dat is niet echt handig. Ik snap wel dat je boos was, maar de volgende keer dat je zo impulsief wilt reageren, kun je beter eerst even met mij bellen.'

'Ga jij me nou de les lezen? Dan ga ik weer, hoor. Mijn dag was al verschrikkelijk genoeg.'

'Nee, natuurlijk niet, sorry. Wil je koffie?' suste Tim.

'Ik hoopte eigenlijk op een warme chocomel en een lekker broodje bij Slagroom.'

Tim keek aarzelend op zijn horloge. 'Ik heb het eigenlijk behoorlijk druk vandaag...' Laura's gezicht betrok.

'Maar, ik werk om te leven en niet andersom en een mens moet toch ook eten.' Hij pakte zijn jas van de kapstok bij de deur en maakte een uitnodigend gebaar richting de uitgang. Laura liep naar buiten en Tim sloot zijn kantoor af.

Op de trap kwamen ze Sander tegen en Laura groette hem enthousiast. 'Hé Sander, wij gaan even een broodje doen bij Slagroom, ga je mee?'

'Nee, te druk, maar bedankt voor de uitnodiging.' Hij liep snel door naar boven.

Laura keek verbaasd naar Tim. 'Sinds wanneer slaat hij een uitnodiging voor Slagroom af?'

'Moet hij weten.' Tim haalde zijn schouders op en liep verder.

'Ik ga hem even halen, hoor. Hij zag eruit alsof hij wel een kop koffie kon gebruiken.'

'Laat zitten joh, we kunnen toch ook met zijn tweeën gaan? Hij hoeft echt niet altijd overal bij te zitten, hoor.'

'Wat doe je nou raar? Is er iets?'

'Nee hoor.'

'Dan haal ik hem.' Laura begon terug naar boven te lopen en hoorde Tim nog net 'Je doet maar' mompelen. Ze besloot zijn gemopper te negeren en liep door naar Sanders kantoor. De deur stond op een kier en ze stak haar hoofd om de hoek. Sander zat achter zijn bureau en staarde naar het scherm van zijn computer. Laura schraapte haar keel en hij keek op.

'Weet je zeker dat je niet meegaat? Kom op joh, even een break. Een mens functioneert beter met een volle maag.'

'Je weet dat ik een mooie vrouw als jij moeilijk iets kan weigeren, maar ik denk dat Tim liever alleen met je gaat lunchen.'

'Welnee, hoe kom je daarbij? Vanavond heeft hij me helemaal voor zichzelf.' Ze lachte ondeugend. Sander aarzelde even, maar ging toch overstag. 'Nou, oké dan. Ga maar vast naar beneden. Ik sluit hier even de boel af en dan kom ik eraan.'

'Gezellig. Dan zien we je zo.'

3

Laura stond samen met Tim te blauwbekken bij haar fiets.
Het was harder gaan sneeuwen. 'Waar blijft Sander nou? De
boel afsluiten hoeft toch niet zo lang te duren?' Ongeduldig
keek ze naar het raam van Sanders kantoor. Er brandde nog
steeds licht. Druk gebarend liep hij langs het raam heen en
weer. Hij voerde duidelijk een verhit telefoongesprek. Zijn
jas had hij nog niet aan, voor zover Laura kon zien. 'Hij
staat gewoon een potje te bellen terwijl wij hier staan te
bevriezen.'

'Je had ook naar mij moeten luisteren, dan hadden we
allang met zijn tweeën aan een broodje gezeten.' Laura negeerde Tims gemopper.

'Ik bel hem wel even naar beneden.' Ze drukte een paar
keer achter elkaar op de bedrijfsbel. Er kwam geen reactie.
Laura keek weer naar boven. Sander stond weer voor het
raam en staarde voor zich uit. De afstand was te groot om
zijn gezichtsuitdrukking goed te kunnen lezen. Zijn jas had
hij inmiddels aan en zijn handen zaten in zijn zakken. Het
telefoongesprek was dus afgelopen.

Ze drukte nogmaals op de bel en praatte lukraak in de
intercom. 'We staan hier te vernikkelen.' Er klonk een kra-
kerig geluid gevolgd door Sanders stem. 'Ik kom er nu aan.'
Vlak daarna vloog de deur open en kwam Sander met een
verhit gezicht naar buiten stuiven.

'Sorry, ik kreeg nog een telefoontje. Alles om de klant te-

vreden te houden, hè?' Hij liep langs hen heen naar het fietsenrek en haalde een krakkemikkige herenfiets van het slot.
Tim bekeek hem met argusogen. 'Nieuwe fiets?'

'Mijn andere is gejat.'

'Kon je niks fatsoenlijkers kopen? Je verdient genoeg, lijkt
me.'

'Wat is er mis met een tweedehandsfiets? Hij doet het
prima.'

Laura stond met verbazing naar het gekissebis te luisteren. 'Wat doen jullie onaardig. En waarom ben jij zo chag-
rijnig?' richtte ze zich specifiek tot Tim.

'Slecht geslapen,' mompelde hij.

'Nou, daar was anders niks van te merken toen je de deur
voor me opendeed. Heeft het iets met hem te maken?' Ze
wees naar Sander die stond te dralen bij zijn fiets.

'Stap nou maar achterop,' zei Tim.

'Oké, dan zal het wel aan mij liggen.' Tim begon langzaam
te rijden op Laura's fiets en Laura sprong op de bagagedrager. Ze legde haar koude wang tegen Tims rug, sloeg haar
armen stevig om zijn middel en sloot een ogenblik haar
ogen. Even ging ze volledig op in het ritmische gewiebel
van Tims lijf dat werd aangejaagd door zijn stevige tred op
de pedalen. Zijn jas schuurde zachtjes tegen haar gezicht
terwijl de gure wind haar huid deed tintelen. Ze trok haar
muts nog wat verder over haar oren. Ze had zo een dubbele
warme chocomel nodig om weer een beetje op tempera-
tuur te komen. Wát nou opwarming van de aarde?

Na een tochtje van amper vijf minuten parkeerden ze hun
fietsen bij Slagroom. Er hing een knusse warmte in het eet-
café met voornamelijk houten inrichting. Laura liep langs
de lange bar en nam plaats aan een vierpersoonstafeltje
achter in de zaak. Tim ging tegenover haar zitten en Sander
naast haar. Vrijwel meteen kwam een serveerster hun kant

21

op lopen. Laura pakte snel de kaart die op tafel stond en gaf hem door aan Tim toen ze haar keus had gemaakt. 'Een broodje Italiano en een warme chocomel met slagroom, alsjeblieft.'

'Voor mij een twaalfuurtje en een dubbele espresso,' maakte Tim zijn keus zonder op de kaart te kijken.

'Doe mij maar een cappuccino en een broodje bal.' Sander gaf de serveerster een knipoog. Tim zuchtte geërgerd. 'Moet je nou altijd de joviale jongen uithangen? Heb je een aandachtsprobleem of zo?'

Sanders gezicht vertrok. Hij leek iets te willen zeggen, maar hield zich in.

'Jeetje, wat mankeert jullie vandaag toch? Als er iets is, praat het uit of hou erover op. Mijn dag is al ellendig genoeg.'

Tims gezichtsuitdrukking werd zachter en hij pakte met zijn warme handen de hare vast. 'Sorry, schat, je hebt helemaal gelijk.'

'Wat is er ellendig aan jouw dag?' vroeg Sander.

'Laura is vandaag haar baan kwijtgeraakt,' beantwoordde Tim zijn vraag.

'Dat meen je niet? Hoezo?'

'Reorganisatie.'

'Dat vind ik echt klote voor je.' Sander raakte zachtjes haar schouder aan. 'En nu?'

'Morgen *asap* naar het uitzendbureau. Ik heb het geld hard nodig.'

'Waarom kom je voorlopig niet bij Fit & Shape werken?' stelde Tim spontaan voor.

'Wat moet ze doen dan?' reageerde Sander meteen.

'Jou helpen met de administratie.'

'Dat kan ik heel goed in mijn eentje af.'

'Je klaagt anders steen en been dat je het zo druk hebt.'

'Je moet niet alles wat ik zeg zo letterlijk nemen.'

'We kunnen best wat extra handen gebruiken. Laura kan de administratie van je overnemen, dan heb jij weer wat meer tijd om ons klantenbestand te onderhouden en om te acquireren.'

Laura luisterde met verbazing naar het gesprek. 'Hallo, heb ik zelf ook nog iets te zeggen? Ik hou er niet van als mensen over me praten terwijl ik er zelf bij zit.'

Sander draaide zich om en keek haar recht aan. 'Prima, dan zeg ik het rechtstreeks tegen jou: ik vind het een slecht idee. Niks persoonlijks hoor, maar werk en privé kun je beter gescheiden houden.'

'Wat een gelul. Wij waren toch ook bevriend toen we een bedrijf begonnen?' bemoeide Tim zich ermee.

'Dat was anders.'

'Hoezo was dat anders?'

'Vriendschap is voor altijd en bij een relatie moet je dat maar afwachten. Nogmaals, niks persoonlijks hoor, Laura,' voegde hij er snel aan toe.

Laura kuchte verontwaardigd. 'Dus jij denkt dat Tim en ik niet bij elkaar blijven? Dat jij niet in staat bent om je langer dan een week te binden, wil niet zeggen dat alle mannen zo in elkaar zitten, hoor.'

'Weet je wat, tortelduifjes, ik trek me terug. Mijn eetlust is ineens weg. Bovendien schijn ik het nogal druk te hebben.' Ruw duwde hij zijn stoel achteruit, stond op en griste zijn jas mee. De serveerster die net aan kwam lopen met de broodjes liep hij bijna omver.

'Nou ja zeg!' riep Laura uit. Maar Sander was al bijna bij de uitgang. Tim verontschuldigde zich voor het gedrag van zijn vriend tegenover de serveerster en liet Sanders bord in het midden van de tafel zetten. 'Die eten we samen wel op.' Vervolgens bestelde hij nog een dubbele espresso en Laura volgde zijn voorbeeld. 'Ik geloof dat ik er ook wel een kan gebruiken, dus maak er maar twee van.' De serveerster vertrok weer.

'Wat is Sander kort aangebonden. En jij reageert ook al de hele tijd zo korzelig. Zo ken ik je helemaal niet.' Laura nam een hap van haar broodje.

'Iedereen heeft toch weleens zijn dag niet?' mompelde Tim met volle mond.

'Maar...'

'Laat het rusten, Lau. Waarom moeten vrouwen altijd overal iets achter zoeken en dingen zo ingewikkeld maken?'

'Oké, ik zeg al niks meer. Smakelijk eten.' Demonstratief nam ze een grote hap. Tim volgde haar voorbeeld. Zwijgend aten ze verder tot de serveerster de espresso's kwam brengen. Toen ze weer weg was keek Tim Laura aan met een voorzichtige glimlach op zijn gezicht. 'Zand erover?'

Ze aarzelde even en ging toen overstag. 'Zand erover.'

Tim zuchtte opgelucht. Laura keek naar zijn leeggegeten bord. Ook de lunch van Sander was volledig achter zijn kiezen verdwenen. 'Volgens mij had je gewoon honger, want je kijkt al een stuk vrolijker uit je ogen.' Tim lachte schaapachtig en pakte haar hand. 'Ik meende het serieus wat ik daarstraks zei. Over werken bij Fit & Shape.'

'Ik weet het niet, hoor. We hebben het net zo leuk samen. Als ik voor je ga werken verandert dat misschien wel. Wat Sander zei over werk en privé gescheiden houden is helemaal niet zo gek.'

'Ben je bang dat ik een bazig type ben?' grinnikte Tim.

'Nee, dat je seks met me op je bureau wilt en dat ik alleen nog maar korte rokjes mag dragen.' Laura keek hem ondeugend aan. 'Maar alle gekheid op een stokje, zijn we er al aan toe om elkaar bijna dag en nacht te zien? We zijn net een jaar samen.'

'Het lijkt me heerlijk om je vaker te zien. Er zijn mensen die binnen drie maanden al trouwen.'

'Ja, en dat zijn meestal niet de stabielste huwelijken. Ik wil het zo graag goed doen, Tim.'

'Je kunt het nooit fout doen. In oorlog en liefde is alles immers geoorloofd.'

Ze gaf hem een zachte schop onder tafel. 'Ik meen het. Ik wil dat onze verhouding gelijkwaardig blijft en ik weet niet of dat lukt als je naast mijn minnaar ook mijn baas wordt.'

'Dat weet ik, schatje, maar ik denk echt dat je je druk maakt om niks. Ik kick niet op macht en ik heb niks met hiërarchie. Jij en ik horen bij elkaar, dat wist ik al meteen toen ik je zag. Stel je eens voor dat we 's ochtends samen wakker worden, ontbijten en dan samen naar kantoor gaan.' Laura keek hem aarzelend aan. 'Bedoel je dat je meteen ook wilt samenwonen?'

'Ik denk dat we toe zijn aan een volgende stap.'

Laura liet zijn woorden op zich inwerken en langzaam klaarde haar gezicht op.

'Misschien heb je daar wel gelijk in, ja. Jij denkt niet dat het te vroeg is?'

'Absoluut niet.'

'Dus samenwonen én voor je komen werken. Wie weet is dat het proberen waard. Ik vind je in elk geval de leukste man van de wereld, dus misschien ben je ook wel de leukste baas die ik me kan wensen. Daarbij lost het meteen mijn baanloosheid op. Laten we het een maand proberen. Ik kan morgen beginnen. Met werken dan,' voegde ze eraan toe. 'Dat samenwonen doen we als het samenwerken bevalt.'

Tim keek haar verheugd aan. 'Qua salaris...'

Laura liet hem niet uitpraten en zei lachend: 'Over mijn salaris onderhandelen we vanavond in bed.' Haar gezicht werd weer serieus. 'Maar hoe moet dat dan met Sander? Hij was er vrij stellig in dat hij het niet wilde. Ik kan misschien toch beter een andere baan zoeken. Het lijkt me niet in het belang van Fit & Shape als ik er tegen Sanders wil in kom werken. Tenslotte heeft hij net zoveel te zeggen als jij.'

Tim reageerde laconiek. 'Geef het een week. Dan is Sander wel bijgedraaid.' Laura had er een hard hoofd in, maar stemde toch in.

'Ga je nog mee voor één bakkie op kantoor? Kun je vast wennen aan je nieuwe werkomgeving.'

'Niet zo hard van stapel lopen jij,' corrigeerde ze hem. 'Eerst Sander. Maar ja, ik ga nog mee voor een bakkie. Als je vriendin,' voegde ze er voor de duidelijkheid aan toe.

Het was gestopt met sneeuwen toen ze buiten kwamen en de wind leek wat gedraaid. Tim veegde met de mouw van zijn jas de bagagedrager voor haar schoon. Ze trok haar sjaal tot vlak onder haar neus en sprong achterop. Gelukzalig leunde ze tegen Tim aan. Ze hield ervan om met hem door de stad te fietsen. Sneller dan haar lief was stonden ze alweer voor het kantoorgebouw. Het fietsenrek was vol. 'Zet maar even op de stoep, ik blijf toch geen uren meer.'

Hand in hand liepen ze naar Tims kantoor. Door de deur van Sanders gesloten kantoor klonk geroezemoes.

'Ik vraag wel even of hij ook koffie wil,' bood Laura aan.

'Doe ik straks wel, hij houdt er niet van om gestoord te worden als hij met een klant belt.' Tim had ondertussen een tweede mok gevuld en ze pakte hem aan. Op de sofa in zijn kantoor dronken ze hun koffie.

'Ik moet gaan,' zei Laura even later. Ze zette haar lege mok op tafel en stond op. 'Ik heb je al veel te lang van je werk gehouden. Dat ik geen werk meer heb, wil niet zeggen dat dat ook voor andere mensen geldt.' Ze gaf Tim een zoen. 'Zie ik je vanavond?'

'Uiteraard. Kom je naar mij?'

'Dat is goed. Bel maar als je wegrijdt van kantoor.' Ze gaf hem nog een kus en vertrok. Buiten aangekomen keek ze verbaasd naar de lege plek op de stoep waar haar fiets had moeten staan. Ze liet haar ogen door de straat gaan. Tegen beter weten in hoopte ze dat iemand hem verplaatst had. Shit, ze was nog geen halfuur weggeweest. Lopend naar huis was een beetje te veel van het goede. Dan maar vragen of Tim haar even naar huis kon brengen. Ze liep terug naar de deur van het kantoorpand waar net iemand door naar buiten kwam en glipte naar binnen. Aangekomen op de verdieping van Fit & Shape hoorde ze de verhitte stemmen van Sander en Tim. Waren ze elkaar nou alweer in de haren gevlogen? Vlug liep ze door met de intentie de kemphanen uit elkaar te halen. Ze stond al met de deurklink in haar hand toen ze haar naam hoorde vallen. Ze bleef staan en luisterde.

'Ik vind dat Laura recht heeft op de waarheid.'

'Doe niet zo achterlijk. Je houdt je mond.'

'Sander, ik kan niet meer leven in een leugen. Ik wil het haar vertellen en dan moet ze zelf maar beslissen of ze bij me blijft of niet.'

'Hou toch op met moraalridderen. Je hoeft haar niet wijzer te maken dan ze al is. Daar doe je niemand een plezier mee. Wil je alles wat je hebt opgebouwd kapotmaken? Dat laat ik niet gebeuren! We hebben hier vaak genoeg over gepraat. Einde discussie.'

Laura voelde de tranen in haar ogen springen. Had Tim een geheim voor haar? Tim, die voor zover ze wist altijd eerlijk en oprecht was? Een steek van jaloezie trok door haar buik. Had hij een ander? Was zijn wekelijkse kroegavond met Sander een smoes? Ze voelde een baksteen in haar maag en wist niet wat ze moest doen.

De deur van Tims kantoor vloog open en ze kon nog net

opzij springen. Sander kwam met een rood hoofd naar buiten stampen. Hij schrok toen hij haar zag staan. 'Wat doe jij hier? Hoe lang sta je hier al?'

'Lang genoeg.' Ze keek hem fel aan. Tim kwam zijn kantoor uit lopen en werd bleek toen hij haar zag. Woedend keek ze hem aan. 'Wat hou jij voor mij verborgen? Heb je een ander?'

'Laura,' hakkelde hij. 'Ik dacht dat je naar huis was.'

'Ja, dat is wel duidelijk dat je dat dacht.'

'Waarom ben je teruggekomen?'

'Mijn fiets is gestolen, maar dat doet er nu niet toe. Ik wil weten waar jullie het net over hadden!'

Sander wierp Tim een waarschuwende blik toe. Tim wendde zijn gezicht af en staarde naar zijn schoenen. Toen keek hij vastberaden op. 'Ik wist niet hoe ik het je moest vertellen, ik wil je niet kwijt, maar je hebt recht op de waarheid nu het serieus wordt tussen ons...'

'Tim is onvruchtbaar,' knalde Sander er plompverloren uit.

Laura staarde eerst Sander en vervolgens Tim met open mond aan. Ook Tim leek even niet te weten hoe hij moest reageren.

'Ja, ik denk ik help je even om het je wat makkelijker te maken. Dat hadden we toch afgesproken?' zei Sander. 'En wij houden ons altijd aan onze afspraken, toch Tim? Die zijn heilig.'

Sander keek Tim doordringend aan en die sloeg zijn ogen neer. Aarzelend pakte hij Laura's hand. 'Het spijt me.'

Laura trok haar hand terug. 'Waarom heb je dat niet eerder verteld?'

'Ik laat jullie even,' mompelde Sander en hij liep naar zijn eigen kantoor.

Tim keek hem na. 'Ik spreek je straks nog wel. Je wordt bedankt.' Toen richtte hij zich weer tot Laura en sloeg een arm om haar heen. 'Kom, dan gaan we even rustig zitten.' Ze liet zich meevoeren naar de sofa waar ze nog maar net met een kop koffie hadden gezeten. Het duizelde Laura allemaal. Toen ze vanochtend opstond was haar leven nog onbezorgd geweest, maar in een paar uur tijd was alles anders geworden. Ze was haar baan kwijt en nu bleek haar vriend een 'probleem' te hebben en viel haar toekomstdroom van een gezin met minstens twee kinderen in duigen. Verdwaasd keek ze hem aan en meteen laaide de boosheid weer op.

'Waarom heb je me dit niet eerder verteld? Je weet dat ik later graag kinderen wil.'

Tim was even stil en staarde voor zich uit. Toen keek hij haar aan.

'Ik kon het niet, Laura. Ik weet hoe je ogen beginnen te stralen als je op straat een leuk kind ziet lopen. Het risico dat ik je kwijt zou raken was te groot. Ik schaamde me ook, alsof ik heb gefaald als man. Een mislukkeling. Wie wil er nou met een mislukkeling leven?' Hij deed zijn handen voor zijn gezicht en schudde zijn hoofd. Laura trok zijn handen weg. 'Kijk me aan.' Hij gehoorzaamde.

'Ik snap dat het moeilijk is om zoiets te vertellen, maar je had eerlijk tegen me moeten zijn. Nu moet ik het verdomme van Sander horen. Je had niet eens de ballen om het me zelf te vertellen.' Tim kromp ineen bij het woord 'ballen' en Laura realiseerde zich dat ze zich niet bepaald tactisch had uitgedrukt. 'Sorry. Maar je snapt wel wat ik bedoel.'

'Je hebt helemaal gelijk. Wat kan ik zeggen? Ik snap het als je een punt achter onze relatie wilt zetten.'

'Wat? Dat lijkt me wat voorbarig, maar dit is wel iets waar ik goed over wil nadenken. Ik had me onze toekomst iets anders voorgesteld.'

'Dat snap ik. Neem de tijd die je nodig hebt. Ik hoor het wel als je me weer wilt zien. Óf je me weer wilt zien.'

'We hadden toch een afspraak voor vanavond?'

'Ja, maar dat was voor dit alles.'

'Nadenken kan ik ook met jou erbij, hoor. En ik vind dat we hier samen over moeten praten. Kijken wat de mogelijkheden zijn. Er zijn tegenwoordig zoveel technieken om kinderen te krijgen. We zijn niet de eersten met dit probleem.'

Tims gezicht klaarde op. 'Meen je dat?'

'Zie ik eruit alsof ik een grap maak?'

Tim trok haar tegen zich aan. Zijn greep was wanhopig.

'Tim, ik krijg geen lucht meer,' piepte ze. Verschrikt liet hij haar weer los.

'Hoe weet je eigenlijk dat je onvruchtbaar bent? Dat is niet iets wat je standaard bij de huisarts laat testen.'

'Tara en ik hebben geprobeerd om een kind te krijgen en toen dat niet lukte zijn we de medische molen in gegaan. Het bleek aan mij te liggen.'

Laura kreeg een steek in haar maag bij het horen van de naam van Tims ex.

'Uiteindelijk is onze relatie erop stukgelopen. Vandaar dat ik bang was om het je te vertellen.'

'Maar wacht eens even. Je had het toch uitgemaakt met Tara omdat ze zo jaloers was op de band tussen jou en Sander?'

'Tara is bij mij weggegaan omdat ze kinderen wilde op de natuurlijke manier.'

'Dus ze was helemaal niet jaloers?'

'Nee,' antwoordde Tim timide. Laura voelde de boosheid weer opkomen. 'Dat is dus al de tweede leugen! Is er ook nog iets wáár van alles wat je me hebt verteld?'

'Ja, dat ik van je hou.'

'Rot op, Tim. Hoe kan ik je nou nog vertrouwen als je me steeds leugens op de mouw speldt?'

'Dat van Tara was een leugentje om bestwil om dat andere niet te hoeven vertellen. Dat snap je toch wel?'

'Nee, ik snap er helemaal niks meer van. Hoe kun je met droge ogen tegen me liegen als je zoveel van me houdt?'

'Sander dacht dat het beter was als ik het je pas zou vertellen als het echt aan de orde zou komen.'

'Heb je dan geen eigen mening? Wat heeft Sander te maken met jou en mij? Dat jullie heel goed bevriend zijn, dat weet ik, maar hij bepaalt toch niet voor jou wat je wel en niet doet? Je kunt toch zelf ook nadenken?'

Tim keek haar wanhopig aan. 'Wat moet ik zeggen?'

'Zeg maar niks. Alles wat je nu zegt is toch verkeerd. Ik ga naar huis.'

'Laat me je brengen.'

'Nee, ik ga lopen.'

'Dat is toch veel te ver en het is hartstikke koud.'

'Dan heb ik uitgebreid de tijd om na te denken én om af te koelen.' Resoluut verliet ze zijn kamer en keek niet meer om.

4

Met haar blik op de besneeuwde stoep gericht liep Laura op de automatische piloot naar huis. Eén keer kon ze nog net op tijd uitwijken voor een lantaarnpaal waar ze bijna tegenaan liep. Ze vloekte zachtjes. Haar ogen brandden en haar sjaal was vochtig van de tranen die maar bleven stromen. Uit haar jaszak haalde ze een papieren zakdoekje en snoot haar neus. Wat een ellende. Bij elke stap die ze zette drongen de woorden van Tim dieper door. Hij was onvruchtbaar. Wat verschrikkelijk. Hield ze minder van hem nu ze dit wist? Daar kon ze volmondig nee op antwoorden, maar ze verafschuwde het feit dat hij tegen haar gelogen had. Tot een uur geleden was ze er nog van overtuigd geweest dat ze geen geheimen voor elkaar hadden en dat hun band zo sterk was, dat ze ook moeilijke dingen konden bespreken. Niet dus.

De rol van Sander begreep ze ook niet goed. Waarom had hij Tim eerst overgehaald om geen slapende honden wakker te maken en hem uiteindelijk niet de kans gegeven om het zelf aan haar te vertellen? Ze had toch duidelijk de woorden 'je hoeft haar niet wijzer te maken dan ze al is' gehoord toen ze achter de deur van Tims kantoor stond te luisteren. Tim was ook zo'n pleaser. Toen ze hem net kende, had hij zich continu in allerlei bochten gewrongen om het haar naar de zin te maken. Ook naar andere mensen toe vertoonde hij dat gedrag. Als hij maar aardig gevonden werd. Ze had meteen korte metten proberen te maken met dat gedrag. Ze wilde een lieve man, en dat was Tim, maar ook een met een ruggengraat. Steeds weer had ze hem gevraagd wat hij zelf wilde als hij klakkeloos akkoord ging met iets wat zij voorstelde. In het begin wist hij daar geen antwoord op te geven. Alsof hij nooit de moeite had genomen voor zichzelf te denken. Soms leek hij ineens zo kwetsbaar zonder dat daar een concrete aanleiding voor was. Was dat ook een leugen? Was hij eigenlijk een mooiprater met acteertalent die haar met het grootste gemak om de tuin leidde?

En dan die Tara. Tim had een kind met haar gewild! Dat betekende dat ze veel belangrijker voor hem was geweest dan hij altijd had doen voorkomen. Misschien hield hij stiekem nog wel van haar. Tim was immers niet bij haar weggegaan, maar zij bij hem. Het moest traumatisch voor hem zijn geweest om vanwege zijn 'probleem' aan de kant te worden gezet door iemand van wie hij hield. In die zin begreep ze wel dat het heel moeilijk voor hem was geweest om open kaart te spelen met haar. Bang voor herhaling had hij zo lang mogelijk zijn mond gehouden totdat zijn geweten begon te knagen. Wat had zij gedaan in Tims geval? Stel nou dat zij een dergelijke boodschap te melden had, zou ze dat dan zonder aarzelen hebben gedaan? Ze dacht van wel, omdat eerlijkheid bij haar voorop stond.

Gevoelens van boosheid, onmacht en medelijden leken elkaar af te wisselen bij elke stap die ze zette. Gedachten vlogen als pingpongballetjes door haar hoofd. Haar ontslag was al erg genoeg, maar nu bleek Tim dingen voor haar te hebben verzwegen. Aan de andere kant was ze ook enorm opgelucht dat Tim geen ander bleek te hebben en haar trouw was. Sterker nog, met een leugentje om bestwil had hij geprobeerd haar niet kwijt te raken. Dat streelde haar meer dan ze wilde toegeven. Durfde ze erop te vertrouwen dat Tim vanaf nu altijd eerlijk tegen haar zou zijn, hoe erg de waarheid ook was? Mensen konden een keer de fout in gaan of een verkeerde inschatting maken. Hoewel Tims bekentenis een bittere pil voor haar was, hield ze geen fractie minder van hem. Ze moest hem een nieuwe kans geven om zowel hem als zichzelf niet tekort te doen.

Er klonk een geluid uit haar tas. Ze had een WhatsApp-bericht ontvangen. Automatisch greep ze naar haar telefoon. Het bericht was van Tim. *Het spijt me zo Laura. Vergeef me alsjeblieft. Ik hou van je. Alsjeblieft, zeg dat je ook van mij houdt en dat we eruit komen.*

Ze kon zijn wanhoop door de woorden heen voelen sijpelen. Even aarzelde ze, maar toen stopte ze het toestel toch weer terug in haar tas zonder het bericht te beantwoorden. Het was niet niks wat er was gebeurd. Vanavond zou ze hem vertellen dat ze hem vergaf op voorwaarde dat hij vanaf nu altijd eerlijk tegen haar zou zijn. Maar niet nu. Ze keek op haar horloge. Nog zeker vijf uur te gaan voordat Tim thuis zou zijn. Hoe moest ze die tijd doorkomen? Vanuit haar ooghoek zag ze een buurtsuper en dat bracht haar op een idee. Ze zou vanavond uitgebreid voor zichzelf en Tim koken. Dat zou haar voldoende afleiden. Ze liep naar de dichtstbijzijnde bushalte en controleerde of ze Tims sleutel in haar tas had. Tijdens de busreis zou ze bedenken wat ze ging klaarmaken en dan zou ze bij hem in de buurt de boodschappen doen. Het stemmetje in haar achterhoofd dat zei dat ze beter zuinig met haar geld kon doen nu ze geen werk meer had, negeerde ze. Geld was niet het belangrijkste in de wereld. *Maar wel handig als je het hebt*, vulde het stemmetje aan.

Met twee volle boodschappentassen liep Laura Tims huis binnen. Ze stapte over de post op de deurmat heen. Eerst die zware tassen naar de keuken brengen. Toen ze de gekoelde artikelen in de koelkast had gezet, liep ze terug naar de gang en pakte het slordige stapeltje post op. Ze liet de enveloppen een voor een door haar vingers gaan. Iets van het CJIB, de DUO, ABN AMRO en een ansichtkaart met een groot hart erop. Haar adem stokte in haar keel. Van wie was die kaart? Vóór vandaag had ze haar nieuwsgierigheid wel kunnen bedwingen, ze vertrouwde Tim, maar nu? Met een knoop in haar maag draaide ze de kaart om. Meteen viel haar oog op de tekst die in overdreven grote letters op de linkerhelft was geschreven.

Jij en ik blijven altijd één hart. XXX

Een ondertekening ontbrak, evenals de naam van een ontvanger. Geen postzegel, geen adres. Wat had dit te betekenen? Had Tara Tim deze kaart gestuurd? Probeerde ze hem weer terug te krijgen? Volgens Tim had hij geen enkel contact meer gehad met zijn ex nadat hun relatie was verbroken. Had hij daar óók over gelogen? Haar hart begon sneller te kloppen en ze voelde een steek in haar maag. De onrust die ze al voelde sinds het gesprek met Tim verergerde. Moest ze wachten tot Tim thuis was en hem om een verklaring vragen, of moest ze zelf op onderzoek uitgaan? Bewijs zoeken voor mogelijk vreemdgaan?

Ze liep naar de kast waarvan ze wist dat hij er zijn administratie in bewaarde. Gezien de omstandigheden vond ze dat ze het volste recht had, maar het voelde toch verkeerd toen ze de kast opentrok. Drie planken waren gevuld met keurig geordende stapels. Een voor een scande ze de mappen, maar ze kon niets raars ontdekken. Ze wilde de kast al bijna weer sluiten toen ze op de onderste plank een luxe opbergdoos zag staan, die ze in eerste instantie over het hoofd had gezien. Ze zakte door haar knieën en pakte de doos uit de kast. Hij was niet superzwaar maar toen ze hem heen en weer schudde was het duidelijk dat hij vrij vol zat. Ze haalde het deksel eraf en gooide de inhoud op de grond. Nog meer kaarten met dezelfde strekking als de kaart die vandaag bij Tims post zat.

Ik laat je nooit gaan! Wij horen bij elkaar. Jij en ik zijn één, je kunt het niet ontkennen. Laura liet er een paar door haar handen gaan en werd steeds wanhopiger. Ze kon haar tranen niet langer tegenhouden. Of ze van woede of verdriet waren, wist ze zelf niet meer. Maar één ding was zeker: Tim had heel wat uit te leggen.

5

Laura hoorde een sleutel omdraaien in het slot en vrijwel meteen daarna de deur dichtslaan. Nerveus kwam ze overeind. Dit was het moment van de waarheid.

De deur naar de woonkamer ging open en Tim stapte naar binnen.

'Hé, wat een verrassing,' zei hij blij toen hij haar zag staan. Hij wilde op haar aflopen, maar ze maakte een afwerende beweging. Zijn verheugde blik verdween op slag en hij liet zijn schouders hangen.

'Kom je het uitmaken?'

Ze stak hem de kaart met het hart toe. 'Wat heeft dit te betekenen?' Hij schrok en pakte de kaart van haar aan. Zijn ogen bleven langer dan nodig was op de tekst aan de achterkant hangen.

'Nou?' vroeg ze ongeduldig. 'Heb je hier een verklaring voor?'

'Geen idee. Het zegt me niets.'

'Nou, volgens mij zegt deze kaart genoeg. Van wie is hij en heb je wel vaker van dit soort kaarten gehad?'

Tim keek nog eens naar de kaart en frummelde nerveus met zijn hand aan zijn jas. 'Ik weet echt niet van wie deze kaart is.'

'Leugenaar!' Laura rukte de kast open en haalde de opbergdoos eruit. Ze haalde het deksel eraf en keerde hem om. Tientallen kaarten dwarrelden over de vloer. 'Wat is dit dan?' schreeuwde ze. Tim zag bleek en zei toen zachtjes: 'Ik kan het uitleggen.'

'Ja, vast.'

'Deze kaarten zijn van een ex van de vorige bewoner. Hij heeft haar nooit verteld dat hij verhuisd is, omdat ze hem bleef lastigvallen. Ik bewaar alle kaarten voor als hij ze toch nog wil hebben.'

'Wat een rotsmoes, ik geloof er helemaal níéts van! Je hebt vandaag iets te veel leugens verteld.'

'Maar het is echt waar! Wie zou mij nou dit soort kaarten moeten sturen?'

'Tara misschien?' Vijandig keek ze hem aan.

'Tara? Doe niet zo raar. De laatste keer dat ik contact heb gehad met Tara was ruim voordat ik jou leerde kennen. Tussen Tara en mij is het volledig over en uit. Ze kan niet tippen aan jou. Hier, ik zal bewijzen dat de kaarten niet voor mij zijn.' Hij graaide tussen de kaarten en bekeek ze vluchtig totdat hij gevonden had wat hij zocht. 'Kijk!' Triomfantelijk stak hij een kaart omhoog met een beer die een hart vasthield. Hij draaide hem om en stak hem haar toe. Laura pakte de kaart aan. Ze zag meteen dat het handschrift hetzelfde was als op de kaart die vandaag was aangekomen. Ze las de tekst die achterop stond. *Je kunt me niet langer negeren, Peer. Ik heb zoveel voor je gedaan!* De kaart was geadresseerd aan 'Mijn lieve Peertje' met Tims adres.

Tim keek haar verwachtingsvol aan toen ze weer opkeek. 'Nou?'

'Je hebt je antwoord wel weer meteen klaar, hè?'

'Omdat het de waarheid is.'

'Die waarheid waar jij het niet zo nauw mee neemt, bedoel je?'

'Lau, alsjeblieft. Het was fout om je niet te vertellen van mijn onvruchtbaarheid, maar ik durfde niet. Ik heb niet gelogen, maar iets verzwegen. Dat is wat anders. Echt, geloof me, ik heb niks te maken met die kaarten. Ik weet niet wat ik nog meer moet doen om het je te bewijzen. Zeg me wat ik moet doen.' Tim ging op zijn knieën voor haar zitten en pakte haar handen. Laura bleef verstijfd staan, maar trok haar handen niet terug.

'Lau, ik hou van je.'

Laura keek naar het gezicht dat haar zo vertrouwd was en waar ze elke millimeter van kende. Nog steeds zei ze niks. Tim liet haar los en ging in kleermakerszit op de grond zitten. Hij legde zijn hoofd in zijn handen. 'Wat een puinhoop.'

'Dus die kaarten zijn echt niet voor jou bedoeld?'

'Echt niet. Ik hou van jou, Laura, en van niemand anders.'

'Dat jij van mij houdt, als dat al zo is, wil nog niet zeggen dat er geen andere vrouwen zijn die van jou houden. Heb ik concurrentie?'

'Nee, die heb je niet, dat zweer ik.'

'Zul je vanaf nu altijd eerlijk tegen me zijn?'

'Ja. De basis van een goede relatie is vertrouwen en het spijt me ontzettend dat ik dat bij jou beschaamd heb. Kun je me alsjeblieft vergeven?'

'Vergeven kan ik je niet meteen, dit moet slijten.'

Tim keek haar wanhopig aan.

'Maar ik ben bereid je het voordeel van de twijfel te geven,' zei ze aarzelend. 'Stel me niet teleur, want dan ben ik weg.'

'Ik zal je niet teleurstellen, *promise*.' Opgelucht sprong hij op en nam haar in zijn armen. Zachtjes duwde ze hem van zich af. 'Even rustig aan, je kunt het ook overdrijven.'

'Sorry.'

Laura liep naar de bank en plofte met een zucht neer. Met een klop op de plek naast zich nodigde ze Tim uit hetzelfde te doen. Aarzelend ging hij zitten.

'Wat een dag.' Laura zakte onderuit tegen de rugleuning aan. Tim bleef stijfjes naast haar zitten, bang dat hij weer iets zou doen wat niet in goede aarde zou vallen. Zachtjes liet ze haar wijsvinger langs zijn ruggengraat gaan als voorzichtige toenaderingspoging. Hij reageerde ogenblikkelijk en draaide zich naar haar toe. 'Het spijt me, Laura, van alles. Je hebt geen idee hoeveel.' Er stonden tranen in zijn ogen.

'Niet huilen. Je weet dat ik een zwak heb voor huilende mannen.' Hij pakte haar hand en drukte er een kus op. Hand in hand bleven ze een tijdje zwijgend zitten. Uiteindelijk liet Laura zich tegen hem aan zakken en hij sloeg zijn arm om haar heen. Ze rook zijn deodorant en zijn aftershave en de wol van zijn trui kriebelde aan haar neus. 'Waarom hou ik toch zoveel van je?' fluisterde ze.

'Geen idee, maar ik ben blij dat je dat doet.'

6

Laura en Tim zaten samen met een wijntje op de bank na een verlate avondmaaltijd. Het was een drukke week geweest bij Fit & Shape. Laura werkte er nu een kleine twee weken en het viel haar niet tegen. Tim tikte zijn glas tegen dat van Laura.

'Wat zou je ervan zeggen als we samen met Sander een wintersportvakantie boeken?'

'Met Sander? Ik dacht dat we sámen twee weken zouden weggaan.' Laura keek Tim teleurgesteld aan.

'Ja, maar het is toch traditie dat Sander en ik in januari gaan skiën?'

'Aan tradities kun je ook een einde maken. Ik dacht dat we er wel even aan toe waren om met zijn tweetjes op pad te gaan om te praten over de toekomst en zo.'

'Natuurlijk, maar dat kan toch ook als Sander meegaat? Hij vermaakt zich wel, dus er blijft genoeg tijd over voor ons samen. Ik beloof je dat dit het laatste jaar is dat ik met hem op vakantie ga.' Laura draaide haar rug naar hem toe.

'Toe nou, Lau. Ik kan het niet maken om hem teleur te stellen.'

'O, en mij kun je wel teleurstellen?' Boos draaide ze zich weer om.

'Nou, eh... nee. Misschien moeten we er een nachtje over slapen. Zullen we maar naar bed gaan?' Tim stak uitnodigend zijn hand uit, maar ze pakte hem niet aan.

'Ik ga thuis slapen, sorry. Ik ben moe en wil even alleen zijn.' Tim trok een teleurgesteld gezicht.

'Laat me gewoon maar even,' bond Laura in. 'Soms heb ik even een moment voor mezelf nodig. Behoefte aan vrouwentutdingen. Nagels lakken, maskertje.'

'Midden in de nacht?'

'Desnoods.'

'Dat kan hier toch ook?'

Ze schudde haar hoofd. 'Nee, ik ga naar huis.' Ze liep naar hem toe en gaf hem een kus. 'Ik zie je morgen op kantoor.'

Tim beantwoordde haar kus wel, maar het ging niet van harte. Ze had hem duidelijk gekwetst. Maar ze was ook niet blij met zijn vakantieplannen, waar hij haar bovendien mee voor het blok zette. Ze hield er niet van als dingen achter haar rug om bekokstoofd werden. Ze wilde inspraak hebben en niet voor voldongen feiten worden gesteld. Het was immers ook háár vakantie. Waarschijnlijk hadden Tim en Sander de bestemming ook al bepaald zonder haar daarin te kennen. 'Jullie weten vast ook al waar de reis naartoe gaat.'

Tim trok een moeilijk gezicht. 'Eh, eerlijk gezegd hebben we al geboekt. Voor drie. Ik was ervan uitgegaan dat je wel mee zou gaan...'

'Je hebt al geboekt voor drie?' Laura kon de verontwaardiging in haar stem niet verbergen. 'Je hebt wel lef zeg! Zonder met mij te overleggen?'

'Dat had ik natuurlijk moeten doen, sorry. Maar er was niet veel meer beschikbaar dus...'

'Dus?'

Tim sloeg zijn ogen neer. 'Ik kan er heel veel over zeggen, maar ik geef toe dat het niet handig is wat ik heb gedaan.'

'Dat lijkt me nogal een understatement. En waar gaat de reis naartoe en wanneer? Wie weet heb ik wel heel andere plannen.'

'Half januari, naar Chamonix. Plaatsje bij de Mont Blanc. Het is daar echt prachtig,' voegde hij er snel aan toe. Laura snoof. 'En hoe moet dat met Fit & Shape als het voltallige personeel de hort op is? Je kunt de tent niet sluiten.'

'Roger neemt twee weken waar, zoals hij dat altijd doet als Sander en ik op vakantie zijn.'

'Ach, wat zouden jullie moeten zonder jullie lieve vriendje Roger. Hij wist het dus ook al? Wie weet het allemaal nog meer, behalve ik?' Het klonk cynischer dan Laura bedoelde en Tim wierp haar een geërgerde blik toe.

'Misschien wil Roger wel met jullie mee, blijf ik lekker thuis,' gooide ze haar kont nog wat verder tegen de krib. Natuurlijk zou ze meegaan, maar Tim mocht best even voelen dat ze stevig baalde van de gang van zaken. 'Ik ga er vandoor, slaap lekker.' Ze liep naar de deur en liet Tim midden in de kamer staan.

'Krijg ik geen kus meer?'

'Nee, misschien morgen als ik een nacht goed heb geslapen.'

'Wacht nou, Lau, ik breng je naar huis, ik wil niet dat je zo laat nog alleen over straat fietst.'

'Nou moet je ophouden! Toen ik jou nog niet kende fietste ik ook overal naartoe, donker of niet. Dat is altijd goed gegaan.' Resoluut liep ze naar buiten en liet de deur iets harder dan gebruikelijk in het slot vallen. Even wachtte ze nog. Misschien kwam Tim haar achterna, maar de deur achter haar bleef gesloten. Een beetje teleurgesteld stapte ze op haar nieuwe tweedehandsfiets die het gestolen exemplaar moest vervangen.

In hoog tempo reed ze de straat uit in de hoop de kater die deze avond had opgeleverd van zich af te schudden. Vijf minuten later reed ze de Broekhovenseweg al in. Met een schuin oog keek ze naar het kantoor van Fit & Shape. Verbaasd kneep ze in haar remmen. Er brandde licht in de kamers van Sander en Tim. Ze wist toch zeker dat alle lichten uit waren toen ze de boel die avond had afgesloten. Ze was toch niet gek? Ze keek op haar horloge. Het was al ruim na middernacht. Moest ze Tim bellen? Eigenlijk had ze daar weinig zin in. Ze was te koppig om meteen weer met hangende pootjes bij hem aan te kloppen. Maar stel nou dat er een inbraak gaande was? De politie bellen? Ineens begon ze aan zichzelf te twijfelen. Ze had de lichten toch wel uitgedaan? Als ze de lichten had aan gelaten, stond ze voor lul als ze de politie liet opdraven. Maar niets doen was ook geen optie.

Ze zette haar fiets in het rek en pakte de sleutel van het pand uit haar tas. Met de zenuwen in haar buik opende ze de deur en luisterde eerst of ze iets verdachts hoorde, voordat ze zo geruisloos mogelijk de trap naar boven nam. Haar eigen aarzelende voetstappen en haar gejaagde ademhaling waren de enige geluiden die de stilte doorbraken.

Halverwege de trap stond ze stil. Ze hoorde nog steeds niks. Als er een inbraak gaande was, zou ze toch iets aan geluiden moeten opvangen? Opgelucht haalde ze adem en liep verder. Nu durfde ze de kriebel in haar keel wel weg te hoesten. Haar gekuch weerkaatste in de stilte.

Ze liep eerst naar Tims kantoor en hoorde het zachte gezoem van zijn computer. Tot haar verbazing stond het scherm niet op de stand-bystand. Als Tim vergeten was om zijn computer uit te zetten, dan had het scherm in elk geval op zwart moeten staan. Had iemand zojuist nog aan de computer gezeten? Maar er stonden geen programma's open; slechts het bureaublad was zichtbaar. Ze begon met het afsluiten van de computer en schrok van het melodietje dat aankondigde dat het afsluiten in gang was gezet. Het geluid klonk extreem hard in het lege gebouw. Schichtig keek ze om zich heen. Ze had het gevoel dat ze werd bekeken, zonder dat ze daar ook maar enige aanwijzing voor had. 'Heldin,' fluisterde ze tegen zichzelf. Het lege gebouw nam een loopje met haar zogenaamd stalen zenuwen.

Ze liep naar de lichtknop en verstarde. Het leek wel of ze iets hoorde. Snelle voetstappen of iets wat daar op leek? Was ze dan toch niet alleen? Haar mond werd op slag droog. Ineens leek het een heel slecht idee om in haar eentje op onderzoek uit te gaan. Besluiteloos bleef ze staan. De stilte omringde haar weer. Had ze het zich verbeeld? Ze wachtte een paar minuten om er zeker van te zijn dat het stil bleef terwijl ze de sleutel van Tims kantoor in haar hand geklemd hield. Mocht ze weer wat horen, dan zou ze de deur aan de binnenkant op slot doen en zichzelf insluiten. Daarna zou ze Tim bellen.

Ze luisterde geconcentreerd, maar hoorde niets. Ze gaf een klap op de lichtknop en sloot het kantoor af. Morgen zou ze er vast om kunnen lachen als ze het verhaal aan Tim vertelde. Ze liep door naar Sanders kamer en zonder naar binnen te gaan deed ze ook daar het licht uit en sloot af. Ze nam de trap weer naar de centrale hal en wilde net naar de uitgang lopen toen het geluid van een mobiele telefoon klonk. Laura verstijfde. Verschrikt keek ze om zich heen. De hal was leeg. Alert spitste ze haar oren, maar buiten het geluid van de telefoon hoorde ze verder niets.

De ringtone hield aan, het geluid leek uit de kelder te komen. Natuurlijk wist Laura wel dat het beter was als ze zich zo snel mogelijk uit de voeten zou maken, maar haar nieuwsgierigheid nam toch de overhand. Ze kon het niet laten om nog even een verdieping lager te kijken, waar blijkbaar niemand was om de telefoon op te nemen. Voetje voor voetje liep ze de trap af, terwijl ze voortdurend om zich heen keek. Er waren nog steeds geen aanwijzingen

45

dat er nog iemand anders in het gebouw was.

Het telefoongeluid stopte en ze was weer omringd door stilte. Een zwak lichtschijnsel scheen voor haar uit. De deur van het magazijn van Fit & Shape stond op een kier en voorzichtig deed ze hem verder open en gluurde naar binnen. Niemand, maar de lichten waren volop aan.

Weer klonk het geluid van een mobiele telefoon. Hij lag op het bureau naast de computer. Ze liep ernaartoe en keek op het display. Onbekend nummer. Van wie was dit toestel? De ringtone begon haar op haar zenuwen te werken. In een impuls pakte ze het toestel en nam op. 'Hallo?' Aan de andere kant van de lijn werd niets gezegd maar de verbinding werd ook niet verbroken. Laura luisterde naar de duidelijk hoorbare ademhaling die door de lijn klonk. Hoog en snel. Een vrouw?

'Hallo? Wie is daar?' waagde ze nog een poging. De ademhaling versnelde verder, er klonk wat gekraak en de verbinding werd abrupt verbroken. Langzaam haalde ze het toestel van haar oor en legde het terug op het bureau. Afwachtend bleef ze er even naar staren. Misschien zou er worden teruggebeld? Het bleef stil. Laura liep om het bureau heen en bewoog de muis naast de computer zachtjes over de mousepad. Tot haar verbazing kwam het scherm tot leven en verscheen het boekhoudprogramma op de monitor.

'Wat doe jij nou hier?'

Laura gilde van schrik en keek recht in het gezicht van Sander.

'Ik kan jou hetzelfde vragen,' herpakte ze zich snel.

'Ik kon niet slapen en besloot wat achterstallig werk weg te werken.'

'Voor de vakantie zeker,' zei ze cynisch.

'Ah, Tim heeft je verteld van onze vakantieplannen. Wat vind je ervan?'

'Nou, niets ten nadele van jou hoor, maar eerlijk gezegd ga ik liever met Tim alleen.'

'Hmm, snap ik wel, maar we hebben al geboekt...'

'Ja, dat hoorde ik, dus ik zal het ermee moeten doen.'

'Maar wat doe je nou eigenlijk hier?'

Laura wilde net gaan uitleggen dat ze licht had zien branden, toen de telefoon weer ging. Sander keek op het display, maar maakte geen aanstalten om het ding te pakken.

'Moet je niet opnemen?'

'Nee. Een scharreltje dat maar niet wil snappen dat ik geen interesse in haar heb.'

Laura grinnikte. 'Nou, misschien dat ze het nu begrijpt. De telefoon ging net ook al en toen heb ik opgenomen. Er werd niks gezegd verder. Die is zich vast rot geschrokken toen ze een vrouwenstem hoorde.'

Sander lachte wat gemaakt. 'Hé, als je het niet erg vindt, ga ik nog even verder.' Demonstratief ging hij achter de computer zitten en begon wat te typen.

'Oké, ik zie je morgen op kantoor.'

'Doe je de deur achter je dicht?' Sander keek al niet meer op van zijn scherm.

Zachtjes sloot ze de deur. Nu ze wist dat Sander in het gebouw was, verdween het onrustige gevoel. Ze had zich gelukkig druk gemaakt om niks. Opgelucht verliet ze het gebouw en stapte op haar fiets. Ze zette er flink de vaart in. Het was al kwart over één. Ze moest maken dat ze in bed kwam, want morgen moest ze weer om halfnegen op kantoor zitten. Met benen die nog verzuurd waren van het harde fietsen, stapte ze even later haar flat binnen en liep meteen door naar de slaapkamer. Ze gooide haar kleren op een hoop en stapte zonder haar tanden te poetsen in bed. Dat deed ze morgenochtend wel. Haar telefoon legde ze naast zich op het nachtkastje, met het geluid uit. Ze wilde niet meer gestoord worden. Ze viel al snel als een blok in slaap en zag niet meer dat haar display oplichtte omdat Tim haar een berichtje stuurde met de vraag of zij ook nog steeds wakker lag en hem net zo miste als hij haar.

7

Laura schrok wakker en keek op haar telefoon hoe laat het was. Shit, negen uur al. Ze had zich verslapen. Laat naar bed gaan was niet echt haar ding. Wat moest Tim wel niet denken? Ze was gisteren met een kwade kop bij hem vertrokken en nu was ze niet op de afgesproken tijd op haar werk verschenen. Ze zag ook dat ze een berichtje van hem gemist had vannacht. Ze besloot hem alvast een berichtje terug te sturen en dan als de sodemieter te zorgen dat ze op haar werk kwam.

Sorry, heb me verslapen. Ik werk vandaag wel wat langer door.

Hoe zou ze het bericht afsluiten? Ze dacht er even over na en typte er *Love you* achteraan. Ze verzond het bericht, gooide haar telefoon op bed en liep door naar de badkamer voor een snelle douche. Ze zette het water niet te warm om te voorkomen dat ze er te lang onder bleef staan. Het lauwe water had een verkwikkende werking en ze voelde weer wat energie door haar lijf stromen.

Ze checkte haar telefoon. Nog geen bericht terug van Tim. Was dat een slecht teken? Met een onrustig gevoel in haar buik smeerde ze een dubbele boterham met kaas. Die zou ze straks wel op kantoor opeten. Ze wilde eerst weten of het nog goed zat tussen haar en Tim, tot die tijd zou ze geen hap door haar keel krijgen. Stress sloeg altijd meteen op haar maag en werkte niet bepaald eetlust bevorderend. Ze realiseerde zich dat dit de eerste keer was dat Tim en zij echt onenigheid hadden. Ze was er tot nu toe prat op gegaan tegen haar vriendinnen dat ze nooit ruzie hadden. 'Jouw tijd komt nog wel,' wreef Judith haar dan altijd in, die zoals ze zelf altijd zei, in een permanente ego-strijd was verwikkeld met haar Kasper. Hanneke, die er ook wat van kon, keek haar dan met een soort alwetende blik in haar ogen aan. 'Mensen zijn ervoor geschapen om ruzie te maken, denk nou maar niet dat jij en Tim de dans ontsprongen. Het is niet gezond als het af en toe niet eens lekker knalt.' Laura had dat altijd weggelachen, maar misschien moest ze daar nu toch een beetje van terugkomen. Een béétje, want ze was er nog steeds van overtuigd dat de onenigheden tussen haar en Tim tot het minimum beperkt zouden blijven als hij maar eerlijk tegen haar zou zijn.

Vlug stopte ze haar boterhammen in een vershoudzakje, pakte haar tas en fietssleutel en ging naar buiten.

Het was een stuk minder guur dan gisteren en de straat lag bezaaid met een laag smeltende sneeuwprut. Wat een rare temperatuurswisselingen had Nederland tegenwoordig toch. Vroeger waren de winters gewoon koud en de zomers warm, maar nu kon het per dag soms al enorm verschillen. Ze haalde haar fiets van het slot en verwijderde daarna de ketting waarmee ze hem gisteravond aan een lantaarnpaal had vastgebonden. Ze gooide haar tas en de sloten in de bebloemde mand op het rekje aan haar stuur en stapte op haar fiets. In hoog tempo reed ze de straat uit, een duidelijk slingerend wielspoor achterlatend op de plekken waar ze net had gereden.

Met een bonkend hart liep ze de trap op richting Tims kantoor. Zijn deur was dicht. Dat betekende normaliter dat hij niet gestoord wilde worden. Toch besloot ze aan te kloppen om haar gezicht even te laten zien.

Vrijwel meteen vloog de deur open en werd ze het kantoor in getrokken. Tim duwde haar tegen de wand en begon haar te zoenen voordat ze ook maar iets kon zeggen. Opgelucht beantwoordde ze zijn kus. Tim gaf haar niet de indruk dat hij nog boos was.

'Is alles goed met je?' Hij deed een stap achteruit en bekeek haar met een bezorgde blik. 'Ik heb geen oog dichtgedaan vannacht. Als we nog eens een meningsverschil hebben, dan praten we het ter plekke uit. "Nooit met een kwade kop de deur uit," zei mijn moeder vroeger altijd. Hoewel ik het vaak met haar oneens was, had ze op dat punt wel gelijk.'

'Je lijkt wel een wijf,' lachte Laura. 'Mannen horen zich na een ruzie om te draaien in bed en als een blok in slaap te vallen. Het is een vrouwending om te malen en wakker te liggen.'

'*So be it*. Wil je koffie?'

'Graag.' Laura geeuwde. 'Heb je Sander al gesproken?'

'Niet echt, hij was niet bepaald spraakzaam toen hij vanochtend binnenkwam en is meteen het magazijn ingedoken.'

'Ik denk dat hij niet zo goed geslapen heeft. Ik maak me een beetje zorgen om hem.'

'Wat weet jij van Sanders nachtrust af?'

'Toen ik gisteren naar huis fietste, zag ik licht branden bij Fit & Shape.'

Tim fronste zijn wenkbrauwen. 'Jij had toch afgesloten?'

'Ja, maar toen ik de lichten zag branden ging ik aan mezelf twijfelen. Ik ben naar binnen gegaan om te checken wat er aan de hand was.'

'Ben je gek geworden? Je gaat toch 's nachts niet in je eentje een kantoorpand in? Voor hetzelfde geld waren er inbrekers. Waarom heb je de politie niet gebeld? Of mij?'

'Nou ja, er waren geen inbrekers. Jouw computer stond aan en er brandde licht in jouw en Sanders kantoor.'

'Mijn computer stond aan? Ik heb hem duizend procent zeker weten uitgezet voordat ik naar huis ging.'

'Ik begreep er in eerste instantie ook niks van. Als jij je computer vergeten was uit te zetten, dan zou het scherm op stand-by moeten staan en dat was niet zo. De monitor toonde het bureaublad alsof er net nog iemand aan de computer had gezeten, maar er stonden geen programma's open. Ik heb de computer toen maar uitgezet en je kantoor afgesloten. Er was voor zover ik kon zien niemand aanwezig.' Tim fronste zijn wenkbrauwen.

'Maar goed, toen ik het pand wilde verlaten ging er beneden in het magazijn een telefoon over. Ik ben ernaartoe gelopen en toen ik opnam hoorde ik alleen wat gehijg en toen werd de verbinding verbroken. Vlak daarna stond Sander ineens achter me. Ik schrok me in eerste instantie kapot natuurlijk, en toen vertelde hij me dat hij niet kon slapen en nog wat achterstallig werk wilde inhalen. Ik denk dat hij de hele nacht heeft doorgehaald.'

'Hij werkt veel te hard. Het is echt geen overbodige luxe dat we jou in dienst hebben genomen.'

'Ik zou willen dat hij me wat meer werk uit handen liet nemen. Hij is een ontzettende controlfreak.'

'Hij moet er nog even aan wennen dat we Fit & Shape niet langer met zijn tweetjes runnen. Geef hem wat tijd, dan komt het vanzelf goed.'

'Ik zal lief voor hem zijn.' Laura knipoogde ondeugend naar Tim.

'Als het maar niet té lief is,' lachte Tim.

De deur zwaaide open en Sander kwam binnen.

'Ah, Sander, we hadden het net over je,' begroette Tim zijn vriend.

'Alleen maar goede dingen, hoop ik?'

'Uiteraard. Maar we maken ons wel een beetje zorgen om je.'

'Hoezo?'

'We vinden dat je veel te hard werkt.'

'Valt wel mee hoor.'

'Het is niet gezond, Sander, dat je 's nachts ook nog op kantoor bent.'

'Dat was eenmalig. Ik kon niet slapen. In plaats van schaapjes te blijven tellen leek het me nuttiger om nog wat achterstallige administratie bij te werken.'

'Daar hebben we Laura toch voor aangenomen?'

'Correctie, daar heb jíj Laura voor aangenomen. Je weet hoe ik erover denk. Ik wil de administratie in eigen beheer houden, anders raak ik het overzicht kwijt.'

Laura reageerde teleurgesteld op zijn woorden. 'Ik had gehoopt dat je je mening inmiddels had bijgesteld. Als je er nog steeds zo over denkt, dan kan ik misschien toch maar beter naar een andere baan gaan uitkijken.'

'Natuurlijk niet. Sander bedoelde het niet zo. Toch, Sander?'

Sander wilde antwoorden, maar bedacht zich op het laatste moment. Hij maakte een wegwerpgebaar in de lucht en verliet het kantoor, Laura en Tim beduusd achterlatend.

Tim haalde zijn schouders op. 'Laten we het er maar op houden dat we allemaal aan vakantie toe zijn. De afgelopen maanden waren meer dan druk. *Speaking of* vakantie, ga je mee?'

Laura liet hem even op haar antwoord wachten, maar knikte toen. Tim keek haar opgelucht aan. 'Echt, de volgende vakantie is zonder Sander.'

'Eerst zien, dan geloven. Voor nu moet ik er maar het beste van maken.' Tim wilde alweer in de verdediging schieten.

'Zeg, hoe zit het eigenlijk met die koffie die je me beloofd had?' gooide Laura het over een andere boeg. Tim wierp haar een dankbare blik toe. 'Komt eraan!'

8

Laura kon niet wachten tot ze haar benen kon strekken. Hoewel Tims auto niet de kleinste was, begon de lange autorit van ruim tien uur haar nu toch een beetje op te breken. Sanders auto was ruimer, maar die stond in de garage met pech en was niet op tijd klaar geweest voor hun vertrek. Ze waren vannacht om vier uur vertrokken naar wat de hoofdstad van berg- en wintersport werd genoemd. Chamonix was een stadje aan de voet van de Mont Blanc dat je als wintersporter in elk geval één keer in je leven moest aandoen, volgens Tim. Hij zei dat ze haar ogen uit zou kijken op het Mont Blanc-massief, maar ook in de vele winkels en restaurantjes die in het sfeervolle stadje gevestigd waren. Ze was erg benieuwd.

Tim had de eerste uren gereden en Sander had het stuur daarna overgenomen. Zelf had ze geen oog dichtgedaan. Na een lange klim reden ze nu over een indrukwekkende brug het Chamonix-dal in. Laura keek haar ogen uit. Tim had niets te veel gezegd. Een duidelijk hoorbare geeuw van Sander leidde haar even af. Tim, die wat lag te dutten, schrok wakker en bood meteen aan om te rijden.

'Bedankt, maar niet nodig. Dat laatste stukje red ik ook nog wel.'

'Zeker weten?'

'Absoluut.'

Enkele minuten later schoot Tim weer overeind. 'Hé, hoe

kan dat nou? We rijden Hotel Mont-Blanc voorbij.' Tim tikte Sander verbaasd op zijn schouder. 'Je moet terug!'

'We rijden goed.' Sander keek even vluchtig over zijn schouder en concentreerde zich weer op de weg.

'Hoe bedoel je, we rijden goed?' Tim begreep er niets meer van. 'Daar staat ons hotel!' Hij wees met zijn vinger naar het luxueuze complex waar ze steeds verder vandaan reden. 'Wat ben je nou aan het doen?'

'Verrassing! Ik heb ons omgeboekt naar een chalet.'

'Wát heb je gedaan?'

'Nou, omdat jullie gaan samenwonen en zo, leek het me leuk om ergens te verblijven met een wat meer huiselijke sfeer. In Hotel Mont-Blanc vind je die niet echt.'

'Wat is dat nou weer voor raars? We gaan elk jaar naar Hotel Mont-Blanc.'

'Dit jaar dus niet.'

Laura had tot nu toe nog niets gezegd maar nam het op voor Tim. 'Dat is toch raar, Sander, om zonder overleg een andere accommodatie te boeken? En wat een onzin om dat op ons toekomstige samenwonen te gooien. We gaan toch niet met zijn drieën samenwonen?'

Tim gaf Sander zijn telefoon. 'Bel het hotel maar op en kijk maar wat je nog kunt regelen. Ik wil gewoon twee weken op onze gebruikelijke stek zitten en nergens voor hoeven te zorgen.'

'Wat is er mis met zelf koken en de haard aanmaken?'

'Niks, maar dat doe ik de rest van het jaar al. Tijdens de vakantie wil ik volledig in de watten gelegd worden zonder ook maar ergens over na te hoeven denken. We hebben het geld er toch voor? Kom op, bellen.'

'Heeft geen zin. Het hotel is volgeboekt.' Sander reikte Tim zijn telefoon weer aan. De spanning was om te snijden. Hoewel ze Sanders actie belachelijk vond, besloot Laura de boel te sussen voordat het echt vervelend werd. Ze had er geen zin in om met ruzie aan de vakantie te beginnen. Ze pakte Tims hand en zei: 'Misschien is het toch wel heel knus, zo'n chalet. Laten we er gewoon heen gaan en als het niet bevalt, kunnen we altijd nog iets anders zoeken.'

Tim mompelde iets onverstaanbaars maar ging overstag, al was het duidelijk niet van harte.

'We hebben vakantie jongens!' probeerde Laura de sfeer wat op te vijzelen. Tim schonk haar iets wat voor een lauw glimlachje door moest gaan en Sander bleef stoïcijns op de weg kijken. Beide mannen leken in hun eigen gedachtewereld verzonken. Laura besloot het maar even zo te laten en concentreerde zich weer op de prachtige omgeving. Vol ontzag keek ze naar de besneeuwde Mont Blanc die hoog boven het dal uittorende. Bergen hadden voor haar iets magisch. Ze voelde zich altijd zo nietig als ze ernaar keek.

Het was alweer een paar jaar geleden dat ze voor het laatst op wintersportvakantie was geweest. De jaren voordat ze Tim leerde kennen had ze voor strandvakanties gekozen, maar nu ze hier zo door het besneeuwde landschap werd gereden met al die skiliften, begon het toch wel weer erg te kriebelen. Ze blonk niet uit op de ski's, maar ze kon zich staande houden op groene en blauwe pistes. Tim en Sander hadden veel meer ervaring op de lange latten en met snowboards dan zij, maar volgens Tim was dat geen enkel probleem. Chamonix was volgens hem zowel voor zeer ervaren skiërs als voor beginnelingen een waar paradijs. Hoe dan ook, die paar keer dat ze was gaan skiën had ze er altijd ontzettend veel lol in gehad.

In de weken voor de vakantie was ze met Tim nog een paar keer naar SnowWorld geweest om de slag weer een beetje te pakken te krijgen. Op haar eigen ski's welteverstaan, die Tim als verrassing voor haar had gekocht. 'We gaan nog wel vaker skiën en dat huren vind ik altijd zo'n gedoe,' had hij als argument aangedragen. Eigenlijk vond ze het een beetje overdreven, maar ze wilde een gegeven paard ook niet in de bek kijken.

Het was haar meegevallen hoe goed het skiën in Snow-World ging. Hoewel ze flinke spierpijn had gehad, vond ze het heerlijk om haar ingeslapen spiergroepen weer eens goed te gebruiken. Samen met Tim was ze ook een paar keer per week gaan hardlopen om wat meer conditie op te bouwen en haar beenspieren te versterken. Volgens Tim verminderde dat de kans op blessures aanzienlijk. Ze had er lol in om samen met hem te trainen. Ze hield van luieren, maar was ook niet vies van sportief bezig zijn.

Wat haar ook altijd goed was bevallen, was de après-ski. Wat was er heerlijker dan met rode wangen van de kou een kroeg binnen te gaan waar iedereen in feeststemming was en mee te lallen met de muziek? Ineens verlangde ze naar de rozige loomheid die een eerste alcoholische drankje altijd bij haar veroorzaakte na een dag intensief buiten bezig zijn. Er verscheen een glimlach op haar gezicht. Ze voelde Tims arm om haar schouders glijden en ze nestelde zich tegen hem aan. Ze reden langs de rand van het autoluwe centrum van Chamonix. Haar oog viel op het schattige dorpskerkje in de verte. Zou ze met Tim ooit voor het altaar staan? Voordat ze weg kon dromen werden haar ogen alweer weggetrokken naar een groepje mannen dat passeerde met ski's op hun schouders en een indrukwekkende hoeveelheid ijzerwaar aan hun bergsportgordels. 'Dat ziet er profi uit. Ik sla echt een flater naast dat soort mensen,' verzuchtte ze.

'Ben je gek, dit zijn maar *wannabees*. Hoe meer toeters en bellen, hoe minder ze over het algemeen waarmaken op de piste. De echte diehards lopen in versleten spijkerbroeken.'

'Zoals jij,' lachte ze terwijl ze over de dunne stof op zijn knie wreef.

'Heb je hem door?' lachte hij terug. Sander grinnikte mee. Ineens leek er geen vuiltje meer aan de lucht.

9

'We zijn er!' riep Sander enthousiast, terwijl hij de auto bij een sfeervol uitziend chalet parkeerde. Het onderste gedeelte was opgetrokken uit witte leisteen en de bovenste helft bestond uit hout. De luiken van de ramen op de benedenverdieping stonden uitnodigend open.

'Wat een knusse hut, vind je niet Tim?' Laura stapte uit en trok Tim achter zich aan.

'Vanbuiten ziet het er in elk geval erg leuk uit,' gaf Tim schoorvoetend toe.

'Ik weet heus wel wat ik doe hoor, maat.' Sander gaf hem een vriendschappelijke klap op zijn schouder.

'Er zit ook nog best een groot stuk grond omheen.' Laura liep rond het huis en liet diepe voetstappen achter in het dikke pak sneeuw. De tuin was opgebouwd uit terrassen op verschillende hoogtes, zodat je ook vanaf de bovenverdieping met een stap buiten stond en niet via de benedenverdieping hoefde. Beneden in de tuin stond een houthokje met aan één kant een overkapping waar een bijl en een kloofmes op een groot blok hout lagen. Aan de houtsplinters die er lagen was te zien dat er recentelijk nog gehakt was.

Ze liep terug naar de auto en wilde haar tas uit de geopende kofferbak pakken. Tim duwde haar voorzichtig aan de kant.

'Laat dat maar aan de mannen over.' Voordat Tim haar

tas kon pakken, had ze hem al in haar eigen handen. 'Deze vrouw kan anders heel goed haar eigen spullen dragen. Niet zo stereotype denken, Tim Verkerk, dat is niet meer van deze tijd.' Ze wierp de tas over haar schouder en liep naar Sander die op weg was naar de deur. De sleutel zat in het slot.

'Nou, dat hoef je in Nederland niet te proberen. Veilig idee dat dat hier blijkbaar probleemloos kan.'

Sander draaide de sleutel om en opende de deur. 'Na u,' nodigde hij Laura uit om als eerste naar binnen te gaan. Zodra ze over de drempel stapte, drong een zoetige haardgeur haar neus binnen. Ze liep door naar de woonkamer en zette haar tas in de hoek. Haar oog viel meteen op de open haard. 'Wat leuk! Dat wordt fikkie stoken.' Ze draaide een rondje om haar as om de rest van de kamer in zich op te nemen. Op de vloer lagen terracotta gekleurde tegels en de wanden waren betimmerd met houten schroten. Aan de ronde tafel stonden vier stoelen en op het grenen dressoir stonden wat prullaria. Aan de wand hing een ingelijste kaart van de omgeving. De bank met een kleurige grand foulard zag er redelijk comfortabel uit, evenals de twee houten fauteuils met stoffen bekleding op de zitvlakken. Voor de ramen hingen gehaakte witte gordijntjes. Ze liep door naar de eveneens houten keuken en constateerde al snel dat er geen vaatwasser in zat. Magnetron, oven en koffiezetapparaat waren wel aanwezig. 'Ik denk dat we nog even wat boodschappen moeten doen,' zei ze tegen Sander die achter haar aan was gelopen. 'Koffie, afwasborstel, afwasmiddel,' somde ze op.

'Is al geregeld. Heb ik allemaal bij me,' stelde Sander haar gerust.

'Maar dat komt natuurlijk omdat jij beter voorbereid was dan wij,' sneerde Tim, die inmiddels ook binnen was gekomen. 'Dat wordt dus samen aan de afwas in plaats van roomservice.'

'Ja, ja, wrijf het er maar weer in. Om het goed te maken zal ik de corvee wel op me nemen. Hoewel jullie je uiteraard vrij mogen voelen bij te springen.'

'Wie weet doe ik dat wel een keer,' knipoogde Laura. 'Ik vind afwassen altijd wel iets rustgevends hebben en heb er geen hekel aan.'

'Nou, ik wel,' bromde Tim. 'Ik kan wel andere en leukere tijdsbestedingen verzinnen waar ik zen van word.'

'Zoals?'

'Iets waar ik jou ook bij nodig heb, houthakken, naar de haard turen, om maar iets te noemen.'

'Jij was zeker zo'n kind dat zich altijd met een smoesje aan klusjes in huis wist te onttrekken?' grinnikte Laura.

'Ik was meestal wel zwak, ziek of misselijk, ja.' Tim lachte er niet bij.

Sander kuchte. 'Ik ga mijn tas even uit de auto halen en dan zullen we de haard eens flink opstoken. Zo warm vind ik het hier niet. Jullie?' Hij draaide zich om en liep weg.

10

Over het dal van Chamonix hingen laaghangende wolken en het was een beetje mistig. De toppen van de bergen staken donker af tegen de lucht. Het leken wel reuzen die waakten over het dal. Laura zat met haar neus tegen het raam geplakt en bekeek vol ontzag het landschap. Het liep tegen achten toen Tim de auto parkeerde bij restaurant Rendezvous, dat onderdeel was van Hôtel Les Lanchers. Het lag vlak bij de kabelbaan van Flégère. De buitenverlichting aan het gebouw was zeer uitnodigend en gaf de indruk dat het binnen lekker warm en comfortabel was.

Laura voelde haar maag knorren bij de aanblik van het restaurant. Het was al een tijd geleden dat ze iets gegeten had. Hand in hand liep ze met Tim achter Sander aan naar binnen. Ze werden meteen opgevangen door het personeel. Nadat Sander in vloeiend Frans hun reservering had bevestigd, werden hun jassen aangepakt en begeleidde een donkerharige serveerster hen naar hun tafel. Tim schoof galant een stoel naar achteren en Laura nam plaats. Sander greep meteen naar de wijnkaart en bestelde met hun goedkeuring een flesje wit. Daarna liet hij zich tevreden achteroverzakken en zuchtte eens diep. 'Nu heb ik pas echt vakantie.' De serveerster kwam al snel terug met de wijn en de menukaarten. Ze reikte hun de kaarten aan en schonk een bodempje wijn in Sanders glas. Met een serieus gezicht liet hij de wijn in het glas walsen en snoof de geur diep op.

Daarna nam hij een slok die hij uitgebreid rond liet gaan in zijn mond voordat hij hem goedkeurend doorslikte. Hij knikte naar de serveerster, die eerst de glazen van Tim en Laura vulde en vervolgens Sanders glas bijschonk.

Sander hief zijn glas. 'Op een mooie vakantie. Proost.' Voordat Laura kans zag haar glas ook in de lucht te steken, stak Sander zijn hand nog verder omhoog en keek met een verraste blik langs haar heen. Laura draaide zich om en zag halverwege het restaurant een blonde vrouw naar Sander zwaaien. Ook Tim draaide zich nu om. De vrouw liep naar hun tafeltje en Sander sprong op van zijn stoel. 'Nou ja, Cindy, wat leuk! Dat is lang geleden.' Hij gaf de vrouw twee zoenen op haar wang en een op haar mond. Ze draaide haar gezicht niet weg en zoende vol terug. Daarna omhelsde ze Tim en gaf hem een dikke pakkerd op zijn wang. Tims wangen kleurden licht en hij keek wat ongemakkelijk Laura's kant op. Aangezien geen van beide heren de moeite nam om haar voor te stellen aan de vrouw, die ze blijkbaar beiden kenden, nam ze zelf maar het initiatief en stak haar hand uit.

'Ik ben Laura.' Haar stem klonk net iets te hard. 'En jij bent?'

'O, sorry, ik ben Cindy, een oud vriendinnetje van Sander en Tim.'

'Meer van Sander dan van mij hoor,' lachte Tim schaapachtig.

'Laten we het er maar op houden dat we allebei dol op haar waren, nietwaar Cin?' Sander gaf haar een schalkse knipoog en Cindy beantwoordde die met een ondeugende lach.

'Ben je hier ook op vakantie?' Sander wees naar de vrije stoel aan zijn linkerkant. 'Kom, ga zitten. Ook een wijntje?'

'Eentje dan, want ik was eigenlijk op weg naar huis om

wat te gaan eten. Ik woon en werk in Chamonix,' verduidelijkte ze. 'Ik ben instructrice bij Fly-Chamonix.'

'Daar kun je toch paragliden?' vroeg Tim.

'Klopt.'

'Stoere job! Joh, eet gezellig een hapje met ons mee. We hebben heel wat bij te kletsen.' Sander schoof haar zijn menukaart toe.

'Oké, als jullie daar geen bezwaar tegen hebben?' Cindy had het over 'jullie' maar keek alleen Laura aan. Laura verschoof ongemakkelijk op haar stoel. Wat was dit nou weer? Een 'oud' vriendinnetje dat Tim en Sander wel erg amicaal benaderde. Die griet was trouwens ook veel te knap. Ze had Tim nog nooit over een Cindy gehoord, maar hij bloosde toch duidelijk toen ze hem een zoen gaf. Had hij weer iets voor haar verzwegen?

'Laura?' Beide heren en Cindy keken haar aan, wachtend op een antwoord.

'Nee joh, schuif lekker aan,' wist ze over haar lippen te krijgen. 'Ik moet even naar de wc.' Ze schoof haar stoel achteruit en wilde opstaan, maar Tim pakte haar arm en hield haar tegen. 'Kies eerst even uit wat je wilt eten, dan kunnen we zo meteen bestellen. Ik heb trek.'

Met tegenzin pakte ze de menukaart en scande hem globaal. 'Doe maar een menu Gourmand. Vooraf geflambeerde gamba's, als hoofd de entrecote en als toetje de kaas.'

Ze klapte de kaart dicht, griste haar tas van de grond en vertrok richting toilet. Bij de wasbak sprenkelde ze koud water over haar polsen. Ze had zich de eerste avond in Chamonix heel anders voorgesteld. Het was nog tot daaraan toe dat Sander haar en Tim vergezelde, maar het gezelschap van 'oude bekende' Cindy kon ze missen als kiespijn.

Laura boog voorover naar de spiegel. Haar make-up zag er wat slordig uit en met een papiertje verwijderde ze zo goed mogelijk haar uitgelopen oogpotlood, waarna ze een nieuw lijntje aanbracht. Ontevreden bekeek ze het resultaat. Ze voelde zich een slons naast de beeldschone Cindy die haar zelfs zonder make-up nog topte. Ze keerde zich af van haar spiegelbeeld. Hoe langer ze keek, hoe meer oneffenheden ze zag en dat kwam haar laatste beetje zelfvertrouwen niet ten goede. Gefrustreerd verliet ze het toilet. Tot haar afschuw zag ze dat Cindy haar plaats naast Tim had ingenomen en dat ze in een geanimeerd gesprek waren verwikkeld. Dat wijf zat bijna ín hem. Ze had haar hand op zijn arm liggen en haar voorhoofd raakte dat van hem. Tim zag er niet uit of hij zich ongemakkelijk voelde door haar nabijheid, integendeel.

Sander keek als een soort havik uit over het restaurant en zag haar vol afschuw naar Cindy en Tim kijken. Ze zag dat hij Tim een schop onder tafel gaf en hem iets toefluisterde. Onmiddellijk schoof hij bij Cindy vandaan en staakte het gesprek. Cindy stond op en nam haar plaats naast Sander weer in. Met grote tegenzin liep Laura naar het tafeltje en ging zwijgend op haar stoel zitten. Cindy knikte haar vriendelijk toe en deed of er niets aan de hand was, maar Tim keek betrapt.

'Het eten komt er zo aan, denk ik,' zei hij met overdreven opgewekte stem. Niemand reageerde en een nerveuze spanning hing tussen hen in. Tim boog zich naar Laura toe. 'Wat zie je er mooi uit,' fluisterde hij in haar oor. Hij gaf haar een voorzichtig kusje op haar wang. Ze had de neiging hem weg te duwen maar zag dat Cindy elke beweging volgde die ze maakte. Ze wilde zich niet laten kennen. Dat gunde ze haar niet. Ze draaide zich om naar Tim en zoende hem vol op zijn mond. Hij beantwoordde haar kus gretig en ze proefde er opluchting in. Niet te vroeg juichen mannetje, dacht ze terwijl ze Tim overdreven bleef zoenen, ik spreek je later wel.

'Nou, zullen wij dan ook maar,' grapte Sander tegen Cindy. Vanuit haar ooghoek zag Laura dat ze hem een duw gaf waar hij quasiverontwaardigd op reageerde. Laura hoorde een kuch achter zich. De serveerster stond bij hun tafel met de voorgerechten. Ze beet Tim zachtjes in zijn lip en duwde hem toen van zich af. Ze beantwoordde Cindy's starende blik met een triomfantelijke. *Hij is van mij en je blijft met je poten van hem af.* Cindy glimlachte, maar keek niet weg. Gefrustreerd begon Laura aan haar gamba's. Hoewel ze er normaal gesproken dol op was, at ze ze nu met lange tanden. De rest van het gezelschap genoot zichtbaar wel van het eten. En van elkaar, moest Laura tot haar spijt constateren.

11

De autorit terug naar hun chalet was zwijgend verlopen. Gelijk bij het instappen had Laura haar ogen gesloten en gedaan of ze in slaap viel. Ze had veel te veel gedronken en daardoor was ze haar emoties minder goed de baas. Wellicht was het verstandig om Tim pas met haar vragen over Cindy te confronteren als ze weer een beetje nuchter was, maar ze wist niet of ze het volhield om tot de volgende dag te wachten. Tim, de lafaard, had haar zonder pardon laten 'slapen' en was naast Sander gaan zitten tijdens de terugrit. Ook hij had te veel gedronken. Sander was met zijn ene glaasje wijn de enige die nog verantwoord achter het stuur kon plaatsnemen. Laura voelde dat de auto vaart minderde en vrij snel daarna tot stilstand kwam.

'Zet hem maar in zijn versnelling in plaats van op de handrem,' hoorde ze Tim lispelen. Koude lucht stroomde de auto binnen toen er een portier werd opengedaan. Laura huiverde. Haar portier werd opengetrokken en met tegenzin opende ze haar ogen. Ze rook de frisse mintgeur van Sanders kauwgom toen hij haar vroeg om uit te stappen. 'We zijn er, Lau.' Tim stond al bij de deur van het chalet te wachten. Laura wurmde zich uit de auto. Haar warme adem vervloog in een wolk van condens in de koude lucht.

'Ga maar vast naar binnen, ik hak nog even wat hout voor de open haard. Tim heeft de sleutel van de voordeur.'

'Ik loop met je mee. Ik wil weleens zien hoe jij houthakt.'

Eigenlijk had ze gewoon nog geen zin om met Tim alleen in het chalet te zijn.

'Kom je?' riep Tim haar toe. Hij sprong van zijn ene op zijn andere been om warm te blijven.

'Ga maar vast naar binnen. Ik ga houthakken met Sander.'

Tim stak zijn hand op en verdween naar binnen. Laura liep achter Sander aan naar het houthokje. Toen ze er bijna waren stond Sander abrupt stil en Laura knalde bijna tegen hem op. 'Hé, wat is er?'

'Misschien kun je beter naar binnen gaan om Tim gezelschap te houden.'

'Tim is een grote jongen, die redt het echt wel even zonder mij.' Dat heeft hij vanavond wel bewezen, dacht ze er sikkeneurig achteraan.

'Laura, geloof me, het is beter als je naar binnen gaat.' Sander draaide zich om en versperde haar blikveld. Zijn gelaatskleur was asgrauw.

'Je kijkt alsof je net een spook hebt gezien.' Ze probeerde langs hem heen te kijken om te zien waar hij zo van geschrokken was, maar hij pakte haar vast en draaide haar resoluut om. Door de drank stond ze wat onvast op haar benen en viel ze bijna.

'Laat me los. Ik bepaal zelf wel wat ik doe.' Ze duwde hem van zich af, waardoor Sander een stap opzij moest doen. Laura keek langs hem heen en begon onbedaarlijk te gillen.

12

'Wat is dit? O, mijn god, wat is dit voor afschuwelijks?' Laura staarde vol walging en ongeloof naar een plek onder de overkapping van het houthuisje. 'Hij leeft nog,' krijste ze er achteraan. 'Doe iets!'

Tim kwam aanrennen, gealarmeerd door Laura's gegil. In een oogopslag zag hij wat er aan de hand was en trok Laura weg.

'Neem haar mee naar binnen, dan handel ik het hier af,' commandeerde Sander. Tim knikte en trok Laura mee richting het chalet. Ze draaide zich om en keek nogmaals richting het houthuisje. Op het stuk boomstam waar normaliter hout op werd gehakt, lag een haas. Een bijl was midden in zijn lichaam geslagen. Bloed sijpelde uit zijn verminkte lijfje en kleurde de boomstam en de grond eromheen rood. Nu pas zag Laura dat er een belletje of een kokertje aan een van zijn poten was gebonden met een rood lintje. Ze stond stil en wilde ernaartoe lopen, maar Tim trok haar onverbiddelijk mee. Sander ging in haar blikveld staan om haar verder zicht op de haas te ontnemen. Snikkend liet ze zich meevoeren naar het chalet.

Tim leidde haar naar de bank. 'Ik pak even een glaasje water voor je.' Ze knikte en legde haar hoofd in haar handen terwijl ze kastdeurtjes hoorde open- en dichtslaan, gevolgd door het geluid van een kraan. Met trillende handen pakte ze even later het glas water aan van Tim en nam een paar slokken. Toen keek ze hem aan. 'Ik zweer je, toen we hier aankwamen lag hij er nog niet. Het moet gebeurd zijn toen wij in het restaurant waren, dat kan niet anders. Er is hier iemand geweest. Wie doet nou zoiets zieks? En waarom?'

Tim haalde hulpeloos zijn schouders op en nam een slok uit zijn eigen glas water. Sander kwam binnen. Zijn handen zaten onder het bloed. 'Kan iemand de kraan even voor me opendraaien en wat afwasmiddel op mijn handen doen?' Tim sprong meteen op en liep achter hem aan. Tientallen vragen spookten door Laura's hoofd, maar ze betwijfelde of de mannen ze konden beantwoorden.

Met rode handen van het boenen liep Sander even later met een blikje bier de kamer in en ging in de fauteuil tegenover Laura zitten. Hij had zijn jas nog steeds aan. Onder zijn nagels zaten bruinige randen van opgedroogd bloed. Tim nam weer plaats naast haar, maar ze richtte het woord tot Sander.

'Wat zat er aan zijn pootje?'

'Wat bedoel je?' Sander keek haar vragend aan.

'Er was iets met een rood lintje om zijn pootje geknoopt. Een belletje of een kokertje.'

'Nee hoor, hoe kom je daarbij?'

'Ik heb het zelf gezien. Ik ben toch niet gek?'

'Nee, maar wel geschrokken. En flink aangeschoten.'

'Heb jij het niet gezien, Tim?' Hij schudde zijn hoofd.

'Echt, je moet het je verbeeld hebben. Dat is ook heel begrijpelijk, dat je fantasie met je op de loop gaat als je zoiets ziet.'

'Wil je beweren dat ik een fantast ben?' Laura wilde verontwaardigd overeind komen, maar Tim hield haar tegen.

'Ik heb het ook al tegen Tim gezegd, maar toen we hier vanmiddag aankwamen lag dat beest er nog niet. Er is iemand bij het huisje geweest, dat kan niet anders. Dus wie was het en nog belangrijker: waarom doet iemand zoiets?'

'Ik denk dat het een stroper is geweest en dat hij geschrokken is toen hij onze auto hoorde. De haas was nog warm en maakte nog wat stuiptrekkingen toen ik de bijl verwijderde.'

'Hij is nu toch wel goed dood, hè?'

'Doder kan niet, Laura,' stelde Sander haar gerust.

'Maar waarom kiest een stroper deze plek uit? Het lijkt me niet de bedoeling dat de vakantiehuisjes hier als slachtplaats worden gebruikt.'

'Hij zal dat beest opgejaagd hebben en zo zal hij in onze tuin beland zijn. Ik weet het ook niet. Ik heb het beestje begraven. Zullen we het onderwerp nu verder maar laten rusten?'

'Maar moeten we hier geen melding van maken bij de eigenaar van het chalet? Ik vind het een naar idee dat er onbevoegden in onze tuin lopen.'

'Joh, ik ga ervan uit dat dit niet nog eens gebeurt.'

'Dat mag ik hopen ja.'

'Ik denk dat we het hierbij moeten laten, oké? Mocht het nou nog eens gebeuren dan wordt het een ander verhaal. En bang hoef je niet te zijn, Laura, want je hebt twee stoere mannen bij je die je beschermen.' Tim knikte instemmend en legde zijn hand op haar been.

'Ga je mee naar bed?'

'Even naar de wc.'

'Oké, dan ga ik vast naar boven.'

'Ik kom er zo aan.' Laura verliet de woonkamer en liep naar het halletje waar de wc aan grensde en deed de deur achter zich op slot. Voorzichtig ging ze op het toilet zitten. Het duizelde haar en niet alleen van de drank. Wat een bizarre avond was dit uiteindelijk geworden. En dan had ze de Cindy-kwestie nog niet eens met Tim besproken. In gedachten verzonken trok ze haar broek weer omhoog en spoelde het toilet door. Ze bleef nog even staan in de veiligheid van de afgesloten ruimte voordat ze weer naar de kamer liep. Haar kousenvoeten schoven geruisloos over de tegels. Zachtjes deed ze de deur open. Sander zat nog steeds in dezelfde stoel. Het biertje stond op de grond naast hem. Hij leek iets in zijn handen te hebben, maar ze kon niet goed zien wat. 'Welterusten,' verbrak ze de stilte. Hij schrok op en stopte snel iets in zijn jaszak. Ze liep langs hem en ging voor hem staan. 'Is er iets? Je kijkt zo betrapt.'

'Nee, wat zou er moeten zijn?'

'Zeg jij het maar.'

Sander pakte zijn biertje van de grond. 'Proost.'

'Heb je het niet warm met die jas aan?'

'Nee hoor,' antwoordde hij, maar zijn rode hoofd deed anders vermoeden.

'Zal ik je jas even ophangen?'

'Lau, ga slapen. Als ik het warm krijg ben ik mans genoeg om mijn jas uit te doen en op te hangen.'

'Zie je morgen. Van mij zul je geen last meer hebben.'

'Ik heb geen last van je, praat geen onzin.'

In een afwerend gebaar stak ze haar handen in de lucht en vertrok zonder verder nog iets te zeggen naar boven. Zachtjes sloop ze de slaapkamer binnen. Het licht was nog aan, maar Tim was al diep in slaap. Zuchtend trok ze haar kleren uit en gooide ze op een hoop naast het bed. Tandenpoetsen deed ze morgen wel extra goed.

Ze liep om het bed heen naar Tims nachtkastje om het lampje dat daarop stond uit te doen. Haar oog viel op zijn telefoon waar zojuist een WhatsApp-berichtje op was binnengekomen. Nieuwsgierig boog ze naar voren en pakte het toestel. Een steek van jaloezie ging door haar heen toen ze zag dat het bericht van Cindy afkomstig was.

Spreek je snel Timmieboy! Ik verheug me erop... X Cindy

Tim had dus nummers uitgewisseld met die trut. En ze had al een koosnaampje voor hem? Timmieboy? *What the fuck*! Tim kreunde in zijn slaap en draaide zich om. Haar handen jeukten om hem wakker te schudden, maar ze wist zich te beheersen. Hem wakker maken uit een halfdronken roes had weinig zin, wist ze uit ervaring. Ze zou haar boosheid moeten oppotten tot morgen.

Tegen haar zin in kroop ze in bed en ging zo ver mogelijk bij Tim vandaan liggen. Ze hield het maar even vol op haar favoriete slaapzij en draaide toen op haar rug. Haar lichaam was tot op de draad gespannen. Beelden van Cindy die knus tegen Tim aan zat, wisselden zich in hoog tempo af met het tafereel van de doorkliefde haas. Beide beelden waren op hun eigen manier even gruwelijk. Laura balde gefrustreerd haar vuisten.

13

Een volle blaas haalde Laura uit haar slaap. Blijkbaar was de vermoeidheid haar uiteindelijk toch parten gaan spelen. Meteen schoten Cindy en de haas weer door haar hoofd. Ze ging overeind zitten toen een golf maagzuur omhoogkwam. De kamer draaide. Ze slikte een paar keer snel achter elkaar. Een weeïge wijnsmaak bleef achter in haar mond. Het bed kraakte toen ze ging verzitten. Tim snurkte onverminderd door. Ze viste haar sokken uit het hoopje kleren dat op de grond naast het bed lag en schoot daarna haar badjas aan. Ze stond te tollen op haar benen en het zweet brak haar uit. Een zeurderige hoofdpijn hing achter haar ogen. Ze moest minder drinken.

Ze sloop de kamer uit en liep de trap af richting het toilet. Uit Sanders slaapkamer klonk een grommend gesnurk. Zij was na de vreemde gebeurtenissen van de vorige avond duidelijk de enige in huis met slaapproblemen. Op de tast vond ze het toilet en deed het licht pas aan toen ze de deur had afgesloten. Ze knipperde tegen het felle licht en de hoofdpijn nam toe, evenals het unheimische gevoel. Ze dacht weer terug aan de haas en wist honderd procent zeker dat ze zich niet vergist had. Er had iets aan zijn poot gezeten. Sander moest het ook gezien hebben, dat kon niet anders, maar waarom loog hij er dan over? Ze herinnerde zich zijn verschrikte blik toen ze ongemerkt de kamer was in gekomen en hoe hij snel iets in zijn jaszak moffelde. Zou ze zijn jaszakken checken als ze weer naar boven ging? Ze kwam dan immers toch langs de kapstok. Ze besloot het toilet niet door te trekken om het risico dat Sander of Tim wakker werd te verkleinen.

Geruisloos opende ze de deur en liet haar ogen eerst aan het donker wennen voordat ze naar de kapstok schuifelde. Sanders jas hing aan het eerste haakje. Ze liet haar handen over de gladde stof glijden tot ze de zakken had gevonden. In de ene zak vond ze een setje sleutels en een paar euro, in de andere zat een zakdoek en een pasje. Pinpas of creditcard gokte ze. Ze voelde nogmaals in de zakken en liet haar vingers ook goed langs de naden gaan om er zeker van te zijn dat ze niks gemist had. Teleurgesteld trok ze haar handen terug. Zag ze spoken en had Sander gewoon zijn neus gesnoten vlak voor ze de kamer binnenkwam en de zakdoek in zijn jaszak gestopt in plaats van iets van... Ja, van wat eigenlijk? Een zakdoek was aannemelijk, maar het onderbuikgevoel bleef. Zaten er nog meer zakken in zijn jas? Ze streek met haar handen langs de voering van de jas op zoek naar een binnenzak. Verheugd constateerde ze dat die er was. Gretig maakte ze het knoopje los en liet haar vingers naar binnen glijden. Ook hier weer een pasje en een sleutel. Ze voelde verder en haar vingers stuitten op een langwerpig klein voorwerp met wafelstructuur. Haar hart ging sneller kloppen. Zou dit het zijn? Ze pakte het ding uit de zak, sloot zich onmiddellijk op in het toilet en knipte het licht aan. Verdomd! In haar hand hield ze een adreskokertje dat normaliter voor honden en katten werd gebruikt. Gisteren was het voor een haas gebruikt, dat wist ze zeker. Dit was wat ze aan het pootje van het arme dier had zien zitten. Het rode lintje ontbrak, maar ze was ervan overtuigd dat dit het was.

Voorzichtig draaide ze het kokertje open. Er zat een piepklein opgerold papiertje in. Ze trok het eruit. Met twee handen streek ze behoedzaam het briefje glad en liet geschokt de getypte zin op zich inwerken. *Dit is een waarschuwing*, stond er in het Nederlands. Een waarschuwing? Voor wie dan en waarom? De zin impliceerde in elk geval dat die haas daar niet toevallig had gelegen. Het was een weloverwogen actie geweest. Op Laura's armen verscheen kippenvel. Wist Sander hier meer van? Was de bedreiging tegen hem gericht? Dat de zin in het Nederlands was geschreven, was op zijn minst verdacht te noemen. De volgende vraag die meteen in haar opkwam was: waar is iemand die een onschuldig dier vermoordt om iets duidelijk te maken nog meer toe in staat? Waren ze hier wel veilig? Wie weet sloop er nu wel iemand rond het huisje. Bij die gedachte alleen al kreeg ze het Spaans benauwd.

Besluiteloos keek ze naar het briefje, rolde het toen weer op en stopte het terug in het kokertje. Het was waarschijnlijk het beste om het ding terug te stoppen in Sanders jaszak en hem er in eerste instantie niet mee te confronteren. Ze moest eerst weten of hij wel te vertrouwen was. Nooit eerder had ze daaraan getwijfeld. En Tim deed ook al zo raar. De komende dagen zou ze de mannen goed in de gaten houden en er hopelijk achter komen wat er precies aan de hand was.

Uiterst voorzichtig draaide ze de wc-deur van het slot nadat ze het licht had uitgedaan. Ze bleef weer even wachten tot haar ogen aan het donker waren gewend voor ze naar de kapstok liep. Met haar linkerhand hield ze Sanders jas vast terwijl ze met haar rechter naarstig zocht naar de binnenzak waar ze het kokertje eerder uit had gehaald. Ineens hoorde ze een deur opengaan en stond ze in het volle licht.

'Wat ben jij aan het doen?' vroeg Sander verbaasd, zijn ogen dik van de slaap. Laura schrok zo dat ze het kokertje uit haar hand liet vallen. Het viel precies tussen haar voeten in. Razendsnel zette ze haar voet erop en hoopte maar dat Sander het niet gezien had.

'Wat moet jij met mijn jas?'

'Hè? O, wat stom, ik heb met mijn suffe slaaphoofd de verkeerde jas gepakt.' Laura geeuwde vol overtuiging. 'Ik was naar het toilet geweest en had het zo koud dat ik mijn jas aan wilde trekken in bed. Ik dacht dat ie hier hing, maar niet dus.'

Sander keek haar even argwanend aan, maar al snel ontspande hij weer. 'Misschien moet je de volgende keer het licht even aandoen. Dan zie je tenminste waar je mee bezig bent.' Hij sjokte langs haar heen naar het toilet. Pas toen hij de deur achter zich had dichtgetrokken en ze het slot hoorde omdraaien durfde ze zich weer te bewegen. Vlug bukte ze zich om het kokertje op te pakken. Moest ze een nieuwe poging wagen om het in zijn jas te doen, of het meenemen naar boven en het op een later moment terugstoppen? De keuze was snel gemaakt toen ze Sander hoorde doortrekken. Vlug stopte ze het kokertje in de zak van haar badjas en griste haar eigen jas van de kapstok. Met twee treden tegelijk liep ze de trap op naar boven. Pas op de slaapkamer durfde ze weer rustig te ademen. Haar hoofdpijn was toegenomen door de spanning en ze kon haar gejaagde hartslag in haar oren horen.

Tim was nog steeds in diepe slaap en lag er nog exact zo bij als ze hem had achtergelaten. Voorheen had ze het weleens irritant gevonden dat je een kanon naast hem kon afschieten als hij gedronken had, maar nu was ze er heel dankbaar voor.

Voorzichtig opende ze het laatje van het nachtkastje naast haar bed en stopte het kokertje helemaal achterin tegen de wand. Later die dag zou ze vast kans zien om het alsnog ongezien in Sanders jas terug te stoppen voordat hij ontdekte dat het weg was. Ze legde haar jas op het stapeltje kleding op de grond en ging uitgeput op bed liggen wachten tot het ochtendgloren langzaam de donkerte van de nacht verdreef.

14

Met ogen die brandden door het gebrek aan slaap liep Laura met Tim naar beneden. Tim leek zijn roes aardig te hebben uitgeslapen en met behulp van een ibuprofen leek hij de verwachte kater aardig buiten de deur te houden. Toen hij wakker werd had hij gedaan of er niets aan de hand was en zij had het spelletje meegespeeld. Ze was te moe om nu vol in de aanval te gaan. Dat deed ze liever als ze weer een beetje uitgerust was. Met een beetje mazzel zagen ze die Cindy de hele vakantie verder niet meer en waaide het over. Al halverwege de trap kwam de geur van koffie hen tegemoet. Laura liep rechtstreeks door naar de keuken en keek verlangend naar het apparaat waar een volle pot op stond.

Tim pakte twee mokken. 'Jij ook een bakkie, neem ik aan?'

'Ik moet er wat bij eten, mijn maag voelt niet helemaal jofel.'

'Hoorde ik daar iets over eten?' Sander kwam binnen met een zak broodjes en wat andere inkopen.

'Nou, kijk eens aan, je wordt op je wenken bediend,' lachte Tim terwijl hij de zak broodjes van zijn vriend aanpakte en ermee naar de kamer liep.

'Ze zijn nog warm,' lichtte Sander toe. Hij pakte de plastic tas uit en zette boter, kaasjes en jam op de eettafel in de woonkamer. Laura observeerde hem van een afstandje. Sander deed volledig normaal. Hij was vrolijk en oogde ontspannen. Zou hij al ontdekt hebben dat het kokertje niet meer in zijn jaszak zat?

'Regel jij de borden en het bestek voordat de broodjes koud worden?' onderbrak Sander haar gedachten.

'Eh, ja natuurlijk.' Vlug draaide ze zich om en liep terug naar de keuken waar Tim het restant koffie in een thermoskan stond te gieten. Borden en bestek had hij al klaargezet op het aanrecht. Toen ze haar hand uitstrekte om het servies te pakken, greep hij haar pols en trok haar naar zich toe. 'Eerst een kus. Ik heb er nog veel te weinig gehad vanochtend.'

Voordat ze kon protesteren duwde hij zijn lippen op de hare en zoende haar vol overtuiging. Dit voelde niet alsof hij met zijn gedachten bij iemand anders zat. Ze liet haar handen door zijn blonde ongekamde haren glijden en zoende hem hartstochtelijk terug. Even vergat ze alles om zich heen. Een kuch verstoorde het moment van vergetelheid.

'Zal ik de borden zelf maar komen halen?' Sander stond glimlachend in de deuropening naar hen te kijken. Met een rood hoofd maakte ze zich los van Tim en liep met de borden naar de kamer. Tim volgde met de koffie en een tevreden grijns op zijn gezicht.

Laura zette haar tanden genietend in het knapperige verse broodje dat ze ruimschoots besmeerd had met jam.

'Zullen we vandaag gaan skiën?' stelde Tim voor.

'Hallo, daar kwamen we toch voor?' reageerde Sander. 'Ik wilde voorstellen om vandaag met de bus naar Les Praz te gaan en daar de gondel naar Flégère te pakken. Daar kunnen we de skilift naar de Chavanne nemen. Ik ben erg benieuwd naar die nieuwe BMW xDrive Speedphoto-piste aan de rand van de Chavanne. Vijfhonderd meter lang met een verval van honderdvijftig meter. Je kunt je afdaling laten filmen en fotograferen en je snelheid laten meten.'

'Hmm, klinkt interessant, maar moeten we niet eerst even rustig beginnen?'

'Man, doe niet zo suf. Wedden dat ik sneller beneden ben dan jij, Timmieboy?'

'Wedje van niet?'

'Zeg heren, waar blijf ik in dat verhaal? Ik durf die piste niet af, hoor.' Laura was abrupt gestopt met kauwen.

'Jij mag eerst naar ons kijken en dan skiën we met zijn drieën via de blauwe piste terug naar Flégère. Blauw kun je wel aan, toch?'

Laura knikte gerustgesteld en kauwde verder op haar broodje.

'Mooi. Nog een kop koffie, skipakken aan en gaan.'

15

Met een gezicht dat glom van de vettige zonnebrand, stapte Laura naar buiten. Sander keek bedenkelijk naar haar handschoenen. 'Heb je niks beters?'

'Wat is er mis met mijn handschoenen?'

'Nou, ze zijn vooral hip en niet water- en windafstotend. Oftewel, jij gaat heel koude handen krijgen in die dingen.'

'Ik doe het ermee voor vandaag en als ze inderdaad niet warm genoeg zijn, koop ik wel nieuwe.'

'Oké, let's go.' Tim gooide zijn ski's over zijn schouder en ze pakte haar set van hem aan. Sander sloot het huis af en volgde. In stevig tempo liepen ze naar de bus. Enerzijds om het niet koud te krijgen en anderzijds om hun spieren alvast wat op te warmen. In een volle bus reden ze naar Les Praz, waar ze vervolgens de gondel naar Flégère namen. Laura keek haar ogen uit. Ze bleef onder de indruk van de majestueuze Mont Blanc die met zijn ruim 4.800 meter boven alle andere bergen uittorende. De zon reflecteerde fel op de besneeuwde toppen en het overige witte landschap. Toch deed ze haar zonnebril even af om de kleurechtheid van het panorama te ervaren. Veel te snel naar haar zin waren ze in Flégère.

'Eerst iets drinken of meteen door naar de skilift?' vroeg Tim.

'Wat mij betreft meteen door,' antwoordde Sander. 'Als jij dat tenminste ook goed vindt, Laura.'

'Prima. Ik zit nog vol van het ontbijt, dus kom maar op.'

Ze liepen naar de kassa waar ze op vertoon van hun ski-pas een kaartje konden kopen voor de speedpiste. Tim koos voor een skimoviebadge waarmee hij later een filmpje van zijn afdaling kon downloaden. Sander nam genoegen met de fotofinish en snelheidsmeting die bij de speedphoto-badge hoorde. Laura bleef bij haar besluit zich niet te wagen aan de snelle baan en straks de blauwe piste naar beneden te nemen. Tim en Sander bonden hun ski's alvast onder, voordat ze plaatsnamen in de lift. De adrenaline van Tim en Sander nam voelbaar toe toen ze de Chavanne hadden bereikt, evenals de competitiedrang. Laura hoopte dat Tim Sander ver achter zich zou laten. Meestal delfde hij het on-derspit, omdat Sander nou eenmaal een stuk pittiger was, en het zou goed zijn voor Tims zelfvertrouwen en de balans in de vriendschap als de rollen eens omgedraaid werden.

'Na u,' zei Sander lachend toen ze klaarstonden bij de poortjes van de afdaling. 'Dan weet ik tenminste welke tijd ik moet kloppen.'

Laura tuurde naar beneden en kreeg de kriebels van de steilte van de korte piste. Het leek wel een vrije val. 'Doe je wel voorzichtig?' drukte ze Tim op het hart.

'Natuurlijk, voor je het weet sta ik weer naast je. Duim voor me dat ik de snelste ben.' Hij gaf haar een kus en maak-te zich op voor de afdaling. Laura zag dat hij soepeltjes iets door zijn benen zakte terwijl hij wachtte op het startsignaal. Toen de slagboom omhoogging schoot hij weg. Hij zakte nog wat verder door zijn knieën en maakte zich klein om meer snelheid te maken. Sander keek over haar schouder mee terwijl Tim in volle vaart verder naar beneden den-derde. Hij hield een strakke lijn aan om geen extra tijd te verliezen. Hoewel Laura wist dat hij het niet hoorde, klapte ze om hem aan te moedigen.

Plotseling, halverwege de piste, raakte Tim uit balans. Hij maakte zwaaiende bewegingen met zijn armen in een poging om overeind te blijven maar de moordende snelheid maakte dat onmogelijk. Zijn rechterski bleef steken in de sneeuw en schoot los. Onmiddellijk werd Tim gelanceerd en sloeg hij een paar keer over de kop. Sneeuw stoof op en spatte in het rond. Met een harde klap kwam hij weer op de piste terecht en bleef stil op zijn rug liggen. Armen gespreid en hoofd schuin naar rechts. Zijn linkerski was niet losgeschoten en stak recht omhoog uit de sneeuw.

'Tim!' gilde Laura.

Sander duwde haar aan de kant en schoot onder het slagboompje door dat openging bij elke nieuwe afdaling. Op volle snelheid skiede hij richting Tim, die zich nog steeds niet had bewogen. Toen hij nog maar twintig meter van zijn vriend verwijderd was, gooide hij plotseling zijn volledige gewicht naar links en wist nog net op tijd met een halsbrekende manoeuvre uit te wijken voor een van Tims ski's die schuin in de sneeuw lag. Het scheelde heel weinig of ook hij was ten val gekomen. Laura bleef er bijna in. Met haar hand voor haar mond stond ze als bevroren naar het tafereel onder zich te kijken. Sander was ondertussen bij Tim aanbeland, klikte zijn linkerski uit en knielde bij hem neer. Met zijn voorovergebogen lichaam blokkeerde hij Laura's zicht op Tim.

Er schoten nu meer mensen te hulp. Een groepje mensen omsloot Tim. Een van hen, een man in een rood skipak, deed een paar stappen terug, begon haar richting uit te zwaaien en stak zijn duim in de lucht. Bedoelde hij dat alles goed was met Tim? Gespannen bleef ze naar beneden turen. De rest van het clubje mensen liep ook langzaam weg. Tim zat rechtop en Sander ondersteunde hem. Laura begon opgelucht te huilen. Als hij rechtop kon zitten dan had hij in elk geval zijn rug en nek niet gebroken. Ze begon te springen en zwaaide met haar armen om Tims aandacht te trekken. Ze had enorme behoefte aan contact. Het werkte en hij wuifde flauwtjes terug. Sander stond op en klopte de sneeuw van zich af. Daarna hielp hij Tim overeind die blijkbaar ook probleemloos kon staan. De schade leek mee te vallen. Sander pakte Tims ski's en hielp hem ze weer onder te binden. In slakkentempo lieten de mannen zich naast elkaar naar beneden glijden tot het eindpunt. Laura kon niet wachten tot ze weer boven waren en ze Tim in haar armen kon sluiten.

16

'Hoe kan dat nou? Hoe kan mijn linkerbinding nou op DIN 4 staan? Toen ik ze controleerde stonden beide bindingen op DIN 8.' Tim keek Sander verbaasd aan.

'Weet je het zeker dat hij op 4 staat?'

'Ik ben toch niet gek? Hier, kijk zelf maar.'

Sander boog zich over Tims linkerski. 'Ja, je hebt gelijk.'

'Iemand heeft met mijn ski gerotzooid, dat kan haast niet anders.'

'Hoe kan dat nou?' bemoeide Laura zich ermee. 'Wie zou nou in hemelsnaam jouw ski's willen saboteren?' Ineens verstarde ze. Het briefje uit het kokertje met de zin: *Dit is een waarschuwing*. Was dit ook een waarschuwing? Ze keek naar Sander en probeerde zijn blik te peilen. Die was volkomen normaal. Ze besloot hem uit zijn tent te lokken. 'Wat denk jij, Sander? Is er met Tims ski geknoeid?'

'Nee, Laura, ik denk niet dat er geknoeid is met Tims ski. Sterker nog, ik vind het grote onzin dat jullie überhaupt in die richting denken.' Toen richtte hij zich tot Tim. 'Kan het niet zijn dat je je vergist hebt en per ongeluk de verkeerde DIN hebt ingesteld? Je was immers heel moe voordat we op vakantie gingen.'

'Dat is waar,' beaamde Laura.

'Moe is bij mij nooit een reden om minder secuur te zijn. Wat een onzin.'

'Wanneer heb je ze voor het laatst gecontroleerd?'

'Vlak voordat ze in de skibox op het dak gingen. Vannacht zijn ze daarin gebleven en ik heb ze er vanochtend uitgehaald.'

'Was de box op slot?' vroeg Laura.

'Nee, vergeten,' trok Sander het boetekleed aan.

'Er was dus vrije toegang tot de ski's. In theorie kan er dus vannacht iemand mee geknoeid hebben.'

Sander knikte in eerste instantie instemmend.

'Misschien dezelfde persoon die ook die haas te grazen heeft genomen?'

'Je draaft nu wel erg door, Laura,' reageerde Sander geïrriteerd. Hij pakte de ski uit Tims hand en stelde zwijgend de binding in op DIN 8. 'Zo, opgelost. Laten we blij zijn dat Tim er zo goed van af is gekomen. Als jullie even koffie zetten dan berg ik de ski's weer op en voor jouw gemoedsrust, Laura, zal ik de box op slot doen.' Ze grimaste naar hem.

'Ik zet wel koffie. Ik wil een beetje in beweging blijven om te voorkomen dat mijn spieren stijf worden van de val.' Tim verdween naar de keuken en Laura liep naar het raam dat uitkeek op de korte oprit waar de auto geparkeerd stond. Sander opende op dat moment net de skibox. Ineens zag ze hem verstarren en schichtig om zich heen kijken. Ze dook weg achter het halfgeopende gordijntje. Hij liet zijn blik nogmaals rondgaan en griste toen iets uit de skikoffer. De schok was groot toen Laura zag wat hij in zijn hand had. Het was zo'n zelfde kokertje als dat de haas om zijn poot had gehad. Dus toch! De persoon die achter dat dreigbriefje zat had er blijkbaar behoefte aan gehad om de waarschuwing wat steviger aan te zetten, maar deze keer was er wel een heel gevaarlijk spel gespeeld. Een spel dat fatale gevolgen had kunnen hebben.

Had iemand het op Tim gemunt of liepen ze alle drie ge-

vaar? Het onrustige gevoel dat ze niet meer was kwijtgeraakt sinds ze het vorige briefje had gevonden, nam recht
evenredig toe met de angst die haar keel dichtkneep. Steeds
meer had ze het gevoel dat ze in een toneelstuk was beland
waarin het decor op instorten stond en de hoofdrolspelers
de verkeerde teksten opdreunden.

Ze gluurde weer door het raam en zag Sander met een
verbeten blik de skibox dichtdoen. Het kokertje was nergens meer te bekennen. Zoals hij daar stond, groot, ge-
spierd en zichtbaar furieus, werd ze ineens bang van hem.
Was ze er een minuut geleden nog van overtuigd geweest
dat ze hem zou confronteren met wat ze had gezien, nu was
ze daar ineens niet meer zo zeker van. Dit deugde allemaal
van geen kant en ze wist nog niet welke rol Sander in het
geheel speelde. Hoorde hij bij de *good guys* of de *bad*?

Ze besloot er eerst met Tim over te praten en liep naar
de keuken. Door de kier van de deur zag ze dat hij met
een glimlach om zijn mond naar het scherm van zijn toestel staarde terwijl het koffiezetapparaat met een pruttelend
geluid aangaf dat het bijna klaar was. Vliegensvlug zag ze
zijn duimen over het toetsenbord gaan. Ze schraapte haar
keel voordat ze de keuken binnenstapte. Tim schrok enorm
en stopte zijn toestel meteen in zijn broekzak. Laura keek
hem met samengeknepen ogen aan. 'Met wie was jij aan het
whatsappen?'

'Met niemand. Ik checkte mijn werkmail even.'

'Ik dacht dat we hadden afgesproken dat we op vakantie
de boel even de boel zouden laten?'

'Ja, sorry. Ik vind het moeilijk om dat los te laten.' Laura
nam hem met een argwanende blik op.

'Wat kijk je naar me? Ik word nerveus van je.'

'Had je soms weer een bericht van Cindy?'

'Hoe kom je daar nou bij?'

'Zo een van: "Leuk je weer gezien te hebben. Spreek je snel! Kusje."'

'Hoe weet jij dat?'

'Waarom zou ik het niet mogen weten?' pareerde ze hem. 'Wij zouden toch niks meer voor elkaar verbergen? Toen jij gisteren in een wijncoma lag, stuurde ze dat bericht en dat zag ik toevallig.'

'Het betekent niks. Gewoon een berichtje.'

'Gewóón een berichtje? Waarom word je dan zo rood?'

'Doe niet zo moeilijk Laura. Je weet dat ik alleen van jou hou. Jij whatsappt toch ook weleens met een man?'

'O, weet ik dat je van me houdt? Rare manier om dat te tonen heb je. En nee, Tim, ik whatsapp niet met mannen. Ik neem mijn relatie heel serieus in tegenstelling tot andere mensen in dit vertrek.'

Ineens greep Tim naar zijn hoofd. Ondanks haar boosheid schoot Laura bezorgd op hem af.

'Gaat het? Is er iets?'

'Ik ben een beetje draaierig en ik heb hoofdpijn. En mijn nek doet ook zeer trouwens.'

'Vind je het gek? Je doet wel zo stoer, maar je hebt natuurlijk een flinke smak gemaakt.'

'Misschien moet ik toch maar even op bed gaan liggen.' Hij voegde meteen de daad bij het woord en liet haar alleen achter in de keuken.

'Moet ik niet even met je meelopen?' riep ze hem na.

'Nee, ik red me wel. Laat me maar even.'

Laura voelde zich ineens ontzettend eenzaam. Het gesprek met Tim was een heel andere kant op gegaan dan ze wilde. Ze had nog geen woord kunnen reppen over Sander. Ze was woedend op Cindy en hoewel ze wist dat het niet helemaal reëel was, gaf ze haar de schuld van alles. Sinds ze die trut hadden ontmoet, liep alles in het honderd.

17

Tim lag al ruim een halfuur op bed en Laura dronk verveeld haar zoveelste kop sterke koffie. Ze was te onrustig
om te lezen. Sander zat in een stoel bij het raam en was
druk met zijn iPad. Alleen zijn binnensmondse verwensin-
gen tegen de slechte wifiverbinding verbraken zo nu en dan
de stilte in de kamer. Laura observeerde Sander zonder dat
hij het in de gaten had. Hij had een gespannen houding
en zijn wangen waren rood. Alsof hij het ontzettend warm
had. Ze kon het scherm van zijn iPad zien in de weerspiege-
ling van het raam. Hij was ontzettend druk met zijn mail, ze
kon zien dat hij in zijn Gmail-account zat. Helaas zat ze te
ver van hem af om mee te kunnen lezen.

Ze dacht na over het tweede kokertje. Zou hij het in zijn
broekzak hebben gestopt? Ze zou het er wel uit willen hen-
gelen om te achterhalen welk dreigement er deze keer op
het briefje stond. Want dat het om een nieuwe bedreiging
ging, daarvan was ze overtuigd. Ze had alleen geen flauw
idee hoe ze ditmaal het kokertje zou kunnen bemachtigen.
Zijn jas hing nog weleens onbewaakt op de kapstok, maar
zijn broek had hij natuurlijk vrijwel continu aan. Ze dronk
het laatste restje koffie en stond op. Ze had frisse lucht nodig om na te denken. 'Ik loop even naar het centrum. Volgens Tim zitten daar allemaal leuke winkeltjes.'

'Joh, doe niet zo ongezellig.' Sanders aandacht verplaatste
zich volledig van zijn scherm naar haar.

'Ongezellig? Wie doet er hier nou ongezellig? Jij hebt alleen maar oog voor je iPad.'

'Sorry, je hebt helemaal gelijk. Ik moest even wat werkmail checken.'

'Roger neemt toch alles waar zolang je weg bent?'

'Ja, maar ik wil wel de vinger aan de pols houden.'

'Nou, hou jij dan maar lekker de vinger aan de pols, ik ga even een blokje om.'

'Blijf nou, Lau. Als ik nou beloof dat ik mijn iPad wegleg en een wijntje voor ons inschenk?' Hij keek haar met zijn welbekende charmante blik aan. De aangename kriebels die ze daar voorheen van kreeg, bleven deze keer uit. Het deed haar helemaal niets. Ze schudde haar hoofd. 'Nee sorry, ik ga.'

'Dan loop ik gezellig met je mee.' Ogenblikkelijk stond hij op.

'Hoeft niet hoor, ik vermaak me ook prima in mijn eentje,' wierp ze nog tegen, maar hij wilde er niets van horen. 'Kan ik meteen even testen of de wifi in het dorp beter is dan die waardeloze verbinding hier. Ik moet vandaag nog een mail uitsturen.'

'Wat jij wilt.' Ze haalde haar schouders op.

Terwijl Sander nog even naar het toilet ging, trok zij haar jas aan. Ze wachtte buiten op hem. De frisse lucht deed haar goed. Ze stopte haar handen in haar zakken en sloot genietend haar ogen terwijl de combinatie van de kou en de zon haar wangen liet tintelen. Ze had niet gehoord dat Sander naast haar was komen staan en schrok toen hij haar zachtjes aanraakte. 'Besluip jij mensen altijd van achteren?'

'Alleen als ze een lekker kontje hebben.' Hij gaf haar een vette knipoog.

Sander haakte zijn arm in die van Laura en trok haar mee. Ze ergerde zich kapot aan zijn opdringerige en gemaakt joviale houding. Zodra ze in het centrum van Chamonix waren, zou ze proberen hem ergens te lozen. Ze versnelde haar pas. Hoe eerder ze op de plaats van bestemming waren, hoe beter.

18

'Nou, ik zie je straks wel, hè?' Laura probeerde zich, zodra ze het centrum van Chamonix hadden bereikt, uit de voeten te maken.

'Niks daarvan, wij gaan samen gezellig een warm glüh-weintje drinken.' Sander was onverbiddelijk en sleepte haar mee naar de eerste de beste horecagelegenheid tegenover het station die ze tegenkwamen. ELEVATION 1904 stond er op de luifel.

'Wat doe je nou klef?'

'Dat heet gezellig, Laura.'

'Luister, één drankje en dan ga ik echt mijn eigen ding doen.' Verlangend dacht Laura aan de goedgevulde etalages waar ze dolgraag een kijkje in wilde nemen. Thuis nam ze nooit de tijd om uitgebreid te winkelen, maar hier wilde ze het er van nemen voor zover haar budget dat toeliet. Het was al een eeuwigheid geleden dat ze haar ogen uitkijkend in volle kledingrekken had gegraaid of snuisterijen in haar handen had gehad. Ze wilde in elk geval een lekker par-fum kopen. Tim vond lekkere luchtjes heel verleidelijk. De gedachte aan Tim maakte haar verdrietig, onzeker en ook boos. Waarom hield hij contact met die Cindy als het waar was wat hij beweerde? Dat het niks voorstelde? Waarom kwetste hij haar onnodig? Tegelijkertijd maakte ze zich ook zorgen om hem. Hij was lelijk ten val gekomen en het be-viel haar niets dat hij op bed was gaan liggen met hoofdpijn en nekklachten. Misschien was er meer aan de hand dan in eerste instantie leek? Hij wilde niet naar een dokter gaan, maar misschien moest ze daar toch maar op aandringen.

Ze volgde Sander naar een tweepersoonstafeltje aan het raam en plofte neer op de houten stoel.

'Doe je je jas niet uit?' Sander hing die van hem over de stoel.

'Nee, want ik ben toch zo weer weg.'

'Het wordt dus echt een vluggertje, hè?'

'Wat een grapjas ben je toch, maar niet heus.'

Een serveerster kwam naar hun tafeltje en Sander bestelde twee glühwein. 'Maak ze maar lekker heet, dan kan ik wat langer van haar genieten,' vertrouwde hij de serveerster samenzweerderig toe, terwijl hij naar Laura wees. De vrouw keek Laura lachend aan en stak haar duim op. Ze grimaste terug en voelde zich hoogst ongemakkelijk. Het duurde voor haar gevoel een eeuwigheid voordat de gloeiend hete drankjes werden gebracht. Blijkbaar had de serveerster Sanders verzoek ter harte genomen.

Sander probeerde het gesprek aan de gang te houden met koetjes en kalfjes, maar ze was niet in de stemming. Op een gegeven moment staakte hij zijn pogingen en nipten ze allebei zwijgend van hun glühwein. Hoe langer ze daar zat, hoe onrustiger ze werd. Toen ze haar drankje voor driekwart op had vond ze het welletjes.

'Sorry, maar ik ga er nu toch echt vandoor. Ik wil op mijn gemak de winkels bekijken en ik wil Tim ook niet te lang alleen laten.'

Sander leek zich gewonnen te geven. 'Oké, veel plezier dan. Zal ik hier op je wachten?'

'Nee hoor, dat hoeft niet. Ik weet de weg terug.' Hij keek wat teleurgesteld, maar gaf geen commentaar.

'Tot straks,' groette ze hem. Hij stak zijn hand op. Vlug

liep ze naar buiten. Stel je voor dat Sander zich weer bedacht. Hij was een grote jongen en zou zichzelf wel vermaken. Dat bleek een juiste conclusie. Toen ze van buitenaf
naar het tafeltje keek dat ze net had verlaten, zat Sander
druk te whatsappen. Zijn iPad lag voor hem op tafel. Hij gaf
niet de indruk dat hij haar miste.

Opgelucht dat ze eindelijk van hem verlost was, liep ze
door een dikke laag sneeuw naar de overkant van de straat
waar een leuk cadeauwinkeltje zat. Wie weet kon ze iets
vinden voor haar oma die het altijd prachtig vond als ze
een 'buitenlands aandenken' voor haar meenam. Een mok
of een porseleinen beeldje deed het altijd goed.

Eenmaal in de winkel kwam ze al snel op haar voornemen terug. Wat een prijzen! Snel liep ze weer naar buiten.
Ze vroeg zich sowieso af of er hier winkels waren die cle-
mentie hadden met haar portemonnee. Nu ze eens goed
om zich heen keek, zag ze dat de etalages veelal een chique
uitstraling hadden. Nou ja, kijken was ook leuk.

Ze liet haar ogen door de straat gaan en haar adem stokte
in haar keel. Zo'n honderdvijftig meter van haar vandaan
stapte een stel naar buiten. Zij had haar arm door de zijne
gestoken. Ze leken enorme lol te hebben. Hij zei iets tegen haar en ze kroelde hem lachend door zijn haar. Zij was
Cindy. Hij was Tim.

19

Vol afschuw staarde Laura naar Tim en Cindy. Dit kon niet waar zijn! Ze sloot haar ogen en kneep ze stijf dicht. Als ze ze weer opendeed, was alles vast weer zoals het hoorde. Tim lag dan op bed bij te komen van zijn ski-ongeval en de man en vrouw die net lachend uit een winkel waren gestapt, waren mensen die gewoon erg op Tim en Cindy leken.

Ze balde haar handen tot vuisten en opende haar ogen. Wie hield ze nou eigenlijk voor de gek? Tim en Cindy liepen nog steeds innig gearmd voor haar. Onverwachts keek Tim achterom en Laura dook in een reflex weg achter een man die voor haar liep. Achter haar botste een vrouw bijna tegen haar op. Ze mompelde een zacht excuus en bleef angstvallig naar Tim kijken. Hij was weer in een druk gesprek verwikkeld met Cindy en had haar niet gezien.

Wat moest ze nou doen? Tim confronteren of hem volgen om te zien wat hij van plan was? Ze besloot tot het laatste. Confronteren kon altijd nog, maar door hem te volgen kon ze wel met eigen ogen zien wat hij deed. Dat was blijkbaar de enige manier om de waarheid te achterhalen, want op zijn woord kon ze hem niet meer geloven. Wanneer en hoe was Tim uit het huis weggeglipt? In de tijd dat ze met Sander in de woonkamer had gezeten, had ze niks gehoord wat duidde op activiteit op de bovenverdieping. Geen voetstappen, geen krakende trap, geen deur die open- of dichtging. Ineens herinnerde ze zich dat ze bij haar eerste inspectieronde om het huis had ontdekt dat er aan de bovenverdieping een terras grensde dat de mogelijkheid bood om rechtstreeks naar buiten te gaan zonder eerst naar de begane grond te hoeven. Ze was dat eigenlijk alweer vergeten omdat Tim en zij er geen gebruik van maakten en het huisje gewoon via de trap en de voordeur verlieten. Tim moest er op die manier tussenuit zijn gesneakt toen zij nietsvermoedend met Sander in de woonkamer zat.

Was Sander op de hoogte van Tims verdwijnactie? Hij had erg zijn best gedaan haar in het huisje te houden en toen ze eenmaal duidelijk had gemaakt dat ze naar het dorp ging, had hij per se meegewild. Waarom hadden ze haar überhaupt meegevraagd op vakantie? Het begon erop te lijken dat ze alleen maar een last voor hen was die ze liever kwijt dan rijk waren. Ze verlangde ineens hevig naar haar knusse appartement. Haar veilige plek, waar zij bepaalde wat er gebeurde en met wie. Tim had er de laatste weken voor de vakantie enorm op aangedrongen dat ze haar huur zou opzeggen en bij hem kwam wonen. Ze was er niet op ingegaan. De afspraak was dat ze na de vakantie bij hem zou intrekken, maar ze had zelf allang besloten dat ze haar huis voorlopig nog zou aanhouden. Als het samenwonen niet werkte, stond ze met lege handen en dat risico wilde ze vóór dit hele gebeuren al niet lopen. Nu was het sowieso de vraag of het nog tot samenwonen zou komen. Wat moest ze met een vent die tegen haar loog en duidelijk niet te vertrouwen was? Helemaal niks toch? Waarom zou ze haar kostbare tijd nog langer aan hem besteden als hij duidelijk niet zo toegewijd was aan haar als hij altijd beweerde?

Vanavond zou ze hem confronteren en morgen zou ze kijken of ze een vlucht naar huis kon boeken. Ze was wel klaar hier. Maar eerst zou ze Tim en Cindy nog een tijdje volgen, want ze wilde goed beslagen ten ijs komen om elke leugen of ontkenning die Tim haar op de mouw wilde spelden meteen te kunnen pareren. En met Sander was ze ook nog niet klaar. Ze zou hem op de man af vragen hoe het nou zat met die bedreigingen. Als hij zou doen of zijn neus bloedde, dan zou ze het kokertje uit haar nachtkastje pakken en het onder zijn neus duwen. Ze rechtte haar rug en voelde zich strijdbaar.

Van Laura's dappere houding bleef weinig over toen ze enige tijd later Tim en Cindy een juwelierszaak zag binnengaan. Met een knoop in haar maag posteerde ze zich in een winkel schuin tegenover de juwelier, verdekt opgesteld achter een kaartenrek voor het geval Tim of Cindy per ongeluk een blik haar kant uit zouden werpen. Het laatste wat ze wilde, was ontdekt worden terwijl ze de gangen van haar overspelige vriend naging. Maar Tim en Cindy hadden alleen oog voor elkaar en de kans dat ze zich zouden afwenden van de sieraden die de juwelier tevoorschijn haalde, leek nihil. Wat bezielde hem? Ze geloofde steeds minder dat ze Cindy toevallig waren tegengekomen en dat Tim haar al jaren niet gezien had. 'Oud vriendinnetje' ammehoela. Misschien was Cindy wel degene die de kaarten en briefjes had gestuurd die ze in Tims huis had gevonden.

Ze zag dat Tim een van de sieraden van de juwelier aanpakte. Ze kon niet goed zien wat het precies was. Tim ging zo staan dat ze het zicht op Cindy kwijtraakte. Laura werd steeds bozer. Eigenlijk kon ze het niet meer aanzien, het was pure zelfkastijding. Maar ze stond als aan de grond genageld en ze kon niet weglopen. Ze moest alles meekrijgen omdat iets in haar nog steeds niet wilde geloven wat er zich voor haar ogen afspeelde.

Tim deed een stap opzij en haar adem stokte in haar keel. Ringen verdomme! Ze waren ringen aan het uitzoeken! Zij had nog nooit een sieraad van Tim gehad en die trut kreeg meteen een ring en niet de minste ook. Ze kon vanuit haar verdekte positie de diamanten zien schitteren, en toen zag ze hoe Tim de ring bij Cindy aan haar linker-ringvinger schoof. Ze hield haar hand overdreven voor zich uit en Tim keek erbij alsof hij ter plekke met haar in het huwelijksbootje wilde stappen. De juwelier reikte Tim ook een exemplaar aan en hij schoof deze gretig om zijn vinger. Cindy legde haar hand schuin op die van hem zodat beide ringen goed te zien waren en maakte een foto. Vervolgens trok ze Tim tegen zich aan en maakte ze een selfie. De ju-welier stond er lachend bij te kijken.

Laura wankelde en greep het kaartenrek vast, dat daar-door bijna omviel. Er was maar één conclusie mogelijk: de man van wie ze hield voelde blijkbaar niet hetzelfde voor haar. Hij hield van een andere vrouw.

20

De juwelier deed de ring van Cindy's keuze in een doosje waarna hij het in een goudglanzend papieren zakje inpakte. Terwijl Tim betaalde, stak Cindy het zakje met het doosje met een triomfantelijk gezicht in haar jaszak. Laura wilde meteen naar de overkant stormen en het mooi ingepakte doosje uit Cindy's jas trekken, maar ze beheerste zich. Ook al zou ze het liefste uitgillen dat zij die ring verdiende, ze had ook nog haar trots. Ze zou een man nooit op haar knieen smeken van haar te houden. Het was graag of niet.

'Kan ik u ergens mee helpen?' klonk het achter haar. Verschrikt draaide ze zich om. Ze was zo gebiologeerd geweest door de etalage aan de overkant dat ze zich helemaal niet had gerealiseerd dat ze hier niet eeuwig achter dat kaartenrek kon blijven staan. Op een gegeven moment moest ze iets kopen of de winkel verlaten.

'Te veel keus,' antwoordde ze in haar beste Frans terwijl ze een willekeurige kaart van het Mont Blanc-massief uit het rek trok. Schielijk keek ze naar de juwelierszaak en zag Tim en Cindy net naar buiten stappen. Ze gunden de winkel waar Laura in stond geen blik waardig en liepen terug richting het begin van de winkelstraat. Laura strekte haar nek zo ver mogelijk uit om ze zo lang mogelijk te volgen.

'Een postzegel erbij?' De winkelier begon duidelijk zijn geduld te verliezen. Ze knikte en rekende af.

Een kaart rijker en een illusie armer verliet ze het winkel-

tje. Haar adem condenseerde meteen in de koude buiten-
lucht. Nu pas merkte ze dat het zachtjes was gaan sneeuwen.
Met haar hoofd diep in de kraag van haar jas weggestopt
speurde ze de winkelstraat af. In de verte zag ze Tim en
Cindy lopen. Besluiteloos bleef ze staan terwijl de sneeuw-
vlokjes zich aan haar das hechtten. Wat nu? Tim en Cindy
weer volgen of op onderzoek uitgaan bij de juwelier?

Ze zette een paar stappen in Tims richting, maar draaide
zich toen toch om en liep de juwelier binnen. Bij het ope-
nen van de deur ging een belletje en de man achter de balie keek meteen op. Hij glimlachte haar vriendelijk toe. Ze
deed haar best om terug te lachen en het trillen van haar
lippen onder controle te krijgen. Met haar handen in haar
zakken liep ze langs de vitrines waaruit het goud en zilver haar tegemoet blonk. Bij de verlovings- en trouwringen
bleef ze staan. De een was nog mooier dan de andere. Automatisch streek ze met haar hand over het glas.

'Mooi hè?' klonk het naast haar. De juwelier had zich geruisloos bij haar gevoegd. Tot haar schrik zag ze dat ze met
haar hand een vette veeg op de vitrine had gemaakt. Ze verontschuldigde zich in haar beste Frans.

'Pas de problème.' De juwelier keek nog net zo vriendelijk als bij haar binnenkomst en hield een poetsdoekje in
de lucht. Hij haalde het doekje over de vlek heen en poetste
hem in een paar seconden weg. 'Voilà.'

'Zoekt u iets speciaals of wilt u even rondkijken?' De juwelier was overgeschakeld op de Engelse taal. Koortsachtig
dacht ze na wat ze hem zou antwoorden.

'Ik ben op zoek naar kleine gouden oorringetjes, maar
bleef hier even hangen. Mijn zus is net ten huwelijk gevraagd door haar vriend en een van de ringen in de vitrine
lijkt op de verlovingsring die ze gekregen heeft,' verzon ze
ter plekke.

'Wat leuk voor uw zus,' antwoordde de juwelier terwijl hij haar ringloze vingers afspeurde en duidelijk zijn conclusies trok. 'Het blijft altijd iets speciaals, het uitzoeken van een trouwring. Ik had net nog een stel in de winkel.'

'O ja?' vroeg Laura langs haar neus weg om de praatgrage juwelier aan te sporen verder te gaan met zijn verhaal.

'Hij wilde zijn vriendin ten huwelijk gaan vragen en zij adviseerde hem welke ring hij het beste kon uitkiezen.'

'Zijn vriendin adviseerde hem zelf wat voor ring ze wilde? Dat is ook niet erg romantisch.'

'Nee, de vrouw die hem vergezelde was een vriendin, niet zíjn vriendin.'

'Hoe bedoelt u?'

'De jongeman was zo onzeker en bang dat zijn vriendin niet mooi zou vinden wat hij uitzocht, dat hij die kennis had gevraagd hem te helpen. Zo aandoenlijk. Hij vertelde me dat zijn aanstaande heel speciaal was en dat hij de perfecte ring zocht. Hij wilde haar deze week gaan verrassen met een aanzoek.'

Laura begon te trillen.

'Zei hij ook hoe zijn vriendin heette?' Ze kon de gretigheid in haar stem nauwelijks verbergen.

'Ja, Laura.'

'Laura? Weet u dat zeker?'

'Ja, net als mijn dochter.'

Laura kon wel janken. 'Dus hij wilde Laura ten huwelijk gaan vragen en niet Cindy?'

De juwelier keek haar vreemd aan. 'Cindy? Wie is Cindy? Waarom wilt u dit eigenlijk allemaal weten?'

Laura besefte dat ze haar mond voorbij had gepraat door Cindy's naam te noemen. Ze had er verder geen behoefte aan de man wijzer te maken dan hij al was en veranderde van onderwerp. 'Kunt u me de oorbellen laten zien?'

De man keek haar even aan en liep toen naar een vitrine tegenover die van de trouwringen.

'Bescheiden gouden ringetjes toch?' Hij haalde een bosje met allemaal kleine sleuteltjes uit zijn broekzak en opende de vitrine. Voorzichtig pakte hij een paar oorringetjes waar piepkleine diamantjes in verwerkt waren en legde ze in haar hand. Hoewel Laura totaal geen interesse had in de oorringetjes, en met haar gedachten heel ergens anders was, zag ze wel dat ze prachtig waren. Het feit dat er geen prijskaartje aan hing, was echter een sterke aanwijzing dat de prijs ver boven haar budget lag. Ze durfde niet eens naar de prijs te vragen.

'Ze zijn heel mooi, maar ik ben eigenlijk op zoek naar een glad ringetje. Zonder steentjes. Zilver mag ook,' voegde ze er nog snel aan toe. De juwelier pakte de oorbellen van haar aan, legde ze terug in de vitrine en draaide hem op slot. 'Wat u zoekt, heb ik achter de balie liggen.' Hij troonde haar mee naar de toonbank, trok een la open en haalde er een houder uit waar talloze oorbellen in zaten. Ze deed een vluchtige scan en pakte het eenvoudigste paar ertussenuit. Ze trok een moeilijk gezicht. 'Ik weet het niet hoor. Het is toch niet helemaal wat ik zoek, denk ik.' De juwelier zei niets en pakte de ringetjes van haar aan. Hij had wel door dat er aan haar geen eer te behalen viel. Ze mompelde een excuus en verliet haastig de winkel. Op het laatste moment had ze bedacht dat het wellicht niet handig was om straks thuis te komen met oorbellen die gekocht waren bij dezelfde juwelier waar Tim de verlovingsringen had aangeschaft.

Grote opluchting maakte zich van haar meester. Tim ging helemaal niet vreemd met Cindy. Terwijl zij Tim niet vertrouwde en Cindy ervan verdacht dat ze op haar man zat te azen, waren die twee alleen maar bezig geweest met een verrassing voor haar. Tim wilde haar ten huwelijk vragen!

Laura schaamde zich dat haar vertrouwen in Tim zo snel was gaan wankelen. Ze had haar eigen conclusies getrokken en Tim beschuldigd van ontrouw. Ze was blij dat ze het nog niet hardop had uitgesproken tegen Tim. Cindy had de ringen natuurlijk meegenomen omdat Tim bang was dat ze het pakje zou ontdekken. Nu snapte ze ook waarom Sander haar had proberen te weerhouden van een bezoekje aan het centrum. Hij had inderdaad willen voorkomen dat ze Tim en Cindy tegen het lijf zou lopen, maar met een andere reden dan zij tot een kwartier geleden had gedacht.

Ze voelde tranen branden in haar ogen. Langzaam slenterde ze in de richting van de kroeg waar ze Sander had achtergelaten. Regelmatig bleef ze staan voor etalages. Ze wilde Tim de kans geven om eerder dan zij in het huisje terug te zijn. Ze zou zwijgen over wat ze vandaag had ontdekt, ook tegen Sander. Maar hoewel er vandaag een hoop dingen duidelijk waren geworden, was er nog één ding dat haar zorgen bleef baren. De dreigbriefjes waar Sander over zweeg. Die dode haas en de gesaboteerde ski van Tim gaven duidelijk aan dat er iets aan de hand was, en ze was ervan overtuigd dat Sander meer wist dan hij liet blijken. Was hij met foute zaakjes bezig waar hij Tim en haar ongewild in meesleepte? Als dat zo was, waarom liet hij hen dan in het ongewisse na die twee incidenten? Eén daarvan was zelfs levensgevaarlijk geweest! Bleef het hierbij of zat er nog meer aan te komen?

Hoe dan ook, ze moest erachter zien te komen wat er precies aan de hand was. En er was maar één manier die mogelijk meer informatie zou opleveren, maar om dat plan te laten slagen had ze een behoorlijke portie geluk nodig.

21

Laura besloot zichzelf eerst nog op een warme chocomel te trakteren, voordat ze terug zou lopen naar het chalet. Op die manier zou Tim genoeg tijd moeten hebben om 'ongezien' weer in bed te gaan liggen. Pas toen ze rustig zat met haar handen rond de warme mok drong het echt goed tot haar door: Tim wilde haar ten huwelijk vragen. Wat ging ze antwoorden? Even vloog het haar naar de keel. Was het te vroeg? Wilde ze zich wel zo definitief binden? Levenslang wakker worden naast dezelfde man? En dan was er ook nog steeds die onvruchtbaarheidskwestie. Ze hadden erover gepraat en er waren wel wat mogelijkheden, maar had ze er zin in om zo'n heel traject in te gaan?

Ze probeerde Tim uit haar leven weg te denken. Stelde zich voor dat ze weer vrijgezel was. De gedachte maakte haar niet gelukkig. Bij het idee dat ze dan weer de 'markt' op zou moeten, zakte de moed haar in de schoenen. Lange winteravonden in haar eentje op de bank. Het was allemaal niet erg aanlokkelijk. Alle mitsen en maren ten spijt, was er één cruciaal argument dat de balans naar de positieve kant deed doorslaan: ze hield van Tim. En dat was toch zeker de basis voor een huwelijk? De kortstondige periode dat ze geloofde dat hij het met Cindy had aangelegd, had haar intens verdrietig gemaakt. Des te groter was de opluchting dat het allemaal op een misverstand berustte. Ze had hem moeten vertrouwen, dat verdiende hij. Ja, ze zou ja zeggen. Een lach brak door op haar gezicht.

Ze verheugde zich er nu al op om het haar ouders te vertellen. Ze mochten Tim graag. Haar moeder zou erop staan om mee te gaan met het uitzoeken van een bruidsjurk. Dat er misschien geen kleinkinderen zouden komen, vertelde ze wel op een later tijdstip. Het bleef jammer dat Tims moeder dood was en dat hij zijn vader nooit had gekend. Ze was dan ook extra dankbaar dat zij de mooie en belangrijke gebeurtenissen in haar leven nog wel met haar ouders kon vieren en delen. Ze nam de laatste slok van haar chocomel en liep naar buiten.

In een rustig tempo liep ze de weg terug naar het chalet. Ze passeerde de kroeg waar ze eerder met Sander had gezeten. Een vlugge blik door het raam vertelde haar dat hij was vertrokken.

Ze genoot van de wandeling en was weer blij dat ze haar zonnebril bij zich had. De helwitte reflectie van de zon op de sneeuw deed gewoon pijn aan haar ogen. Ze liet de koude lucht ver doordringen in haar longen, versnelde haar pas en kreeg al snel het chalet in haar vizier. Aan de rookpluim die omhoog kringelde uit de schoorsteen zag ze dat Sander de haard had aangestoken. Voor de deur stampte ze de sneeuw van haar laarzen en daarna liep ze door naar de aangenaam warme hal. Tims jas hing aan hetzelfde haakje aan de kapstok. Slim dat hij daaraan had gedacht. Met een glimlach raakte ze de mouw aan. Die voelde zoals te verwachten was koud en klammig aan. Zachtjes liep ze naar boven en sloop de slaapkamer in. Tim lag op bed en ze hoorde zijn diepe ademhaling. Ze ging naast hem liggen en kroop tegen hem aan. Hij reageerde met een zacht gehum. Ze boog zich over hem heen en streelde zijn wang. Hij voelde koud aan, ondanks de rode blos. 'Voel je je wat beter?'

'Nog steeds hoofdpijn,' was het timide antwoord.

Acteur, kon ze niet nalaten te denken. 'Ik trek lekker mijn joggingpak aan en ga dan wat lezen. Slaap jij maar lekker verder, schatje.'

Tim reageerde nauwelijks toen ze uit bed stapte en naar haar tas liep. Haar joggingbroek lag bovenop, maar ze moest op zoek naar de bijpassende trui. Ze vond hem onder in haar tas, erbovenop lag een rode en daar weer bovenop een witte trui. Wat vreemd. Ze wist zeker dat ze de truien in een andere volgorde had ingepakt en dat de rode trui bovenop had gelegen toen ze vanochtend iets uit haar tas had gepakt.

Ze voelde aan de rest van haar kleren. Nog steeds keurig opgevouwen stapeltjes. De sokken die ze links in de hoek had gepropt lagen er ook nog steeds, maar niet meer zo strak tegen elkaar. Alsof er een paar of wat tussenuit waren gehaald. Ze voelde verder en ontdekte tussen haar bh's aan de rechterkant nog twee paar sokken. Hoe kwamen die daar nou? Ze was altijd een pietje-precies met inpakken. Sokken moesten links en bh's rechts en zeker niet door elkaar. Had er iemand in haar tas gerommeld? Maar wie dan... en waarom?

22

Sander stopte de laatste hap van zijn peperonipizza in zijn mond en kauwde er luidruchtig op.

'Het smaakt zeker wel?'

'Uitstekend.' Op het moment dat hij de hap wilde doorslikken, klonk het geluid van een WhatsApp-berichtje. Hij verslikte zich prompt en liep rood aan. Tim vloog meteen naar hem toe en klopte als een bezetene op zijn rug. Laura rende naar de keuken voor een glas water. Sander pakte het dankbaar aan toen hij was uitgehoest. De tranen liepen uit zijn ogen. Langzaam werd zijn ademhaling weer rustig en hij schraapte zijn keel. Laura en Tim gingen weer zitten terwijl Sander zijn telefoon uit zijn broekzak haalde. Zijn hand trilde heel licht, maar Laura zag het. De blik in Sanders ogen was nerveus toen hij naar het scherm van zijn telefoon keek. Vrijwel onmiddellijk klaarde zijn gezicht weer op. 'Het is Cindy, of we vanavond nog mee gaan stappen.' Tim keek meteen nerveus Laura's kant op, maar ze glimlachte geruststellend naar hem.

'Ik heb er eigenlijk wel zin in, jullie?' vroeg Sander.

'Ik hoef niet zo nodig, maar ik denk dat Tim het wel ziet zitten. Hij heeft immers de hele middag in bed gelegen. Je voelt je beter, toch?'

'Ja. Ja, ik voel me beter en ik heb inderdaad wel zin in wat actie.'

'Nou, gaan jullie dan maar lekker op pad, ik ruim de boel

hier wel op en duik op de bank met mijn boek. Vergeet Cindy niet de groeten van me te doen,' voegde ze er nog aan toe.

Tim keek haar bevreemd aan.

'Natuurlijk doen we Cindy de groeten. Ik zal haar even laten weten dat we er zo aan komen.' Sander begon te whatsappen. Tim knikte terwijl hij Laura met een schuin oog in de gaten hield. Ze lachte nogmaals naar hem om duidelijk te maken dat het echt oké was. Het kwam haar heel goed uit als de mannen met zijn tweeën op pad zouden gaan. Zij had namelijk heel andere plannen en daar kon ze Tim en Sander niet bij gebruiken. Hoe eerder ze het rijk alleen had, hoe liever.

'Kom, ga je omkleden,' spoorde ze Tim aan. Sander stond al naast zijn stoel. Aarzelend stond Tim op en vertrok naar boven. Laura stapelde de vuile vaat op, bracht hem fluitend naar de keuken en maakte een afwassopje in de gootsteen. Het bestek gooide ze vast onderin om te weken. Door het kabaal dat ze maakte, had ze Sander niet binnen horen komen. De stevige aftershavelucht kondigde echter aan dat ze niet langer alleen in de ruimte was. Toch schrok ze toen ze zijn hand op haar schouder voelde.

'Ik ben het maar,' grijnsde hij. 'Ik vind het echt tof van je dat je Tim laat gaan. Ik weet dat je het lastig vindt met Cindy, maar je kunt hem echt vertrouwen. Bovendien zou hij wel gek zijn om het met een ander aan te leggen.' Hij schuifelde wat met zijn voeten. 'Ik vind je echt een topwijf.'

'Eh, nou bedankt. Ik mag jou ook heel graag.' Laura voelde zich een beetje ongemakkelijk.

'Weet je, er zijn maar een paar dingen echt belangrijk in het leven. Liefde is er een van. Ik ben weleens jaloers als ik zie hoeveel Tim van je houdt. Ik hoop dat ik op een dag ook zoveel om een vrouw zal geven.' Hij staarde voor zich uit en keek haar toen recht aan. 'Als het ooit gebeurt, hoop ik dat ze op jou lijkt.' Toen draaide hij zich abrupt om en liet haar in verbijstering achter in de keuken.

Afgeleid door zijn woorden was ze vergeten de kraan in de gaten te houden. Ze kon nog net voorkomen dat de gootsteen overliep. Met haar handen in het warme sop bleef ze staan. Wat had dit nou weer te betekenen? Sander was normaal nooit zo serieus. Meestal hing hij de grapjas uit en was het gros van wat hij zei plagerig bedoeld. Maar zijn ernstige gezicht had duidelijk laten zien dat het hem menens was.

Ze pakte de afwasborstel van het aanrecht en roerde wat door de gootsteen. Het bestek maakte een rammelend geluid. Ze pakte een handjevol van de bodem en begon met afwassen. Toen ze halverwege was, kwam Tim de keuken binnen. Ook hij was duidelijk kwistig geweest met een lekker luchtje.

'Hmm, wat ruik je lekker.' Ze liet de afwasborstel vallen en draaide zich naar hem toe. Hij legde zijn handen op haar schouders en kuste haar. 'Vind je het echt niet erg dat ik ga?'

'Nee, echt niet. Dat heb ik toch al gezegd?'

'Ik begrijp het gewoon niet zo goed. Eerst kon je Cindy niet luchten of zien en nu doe je ineens of ze je beste vriendin is.'

'Ik stelde me gewoon aan. Jij bent toch ook weleens jaloers? Ik besef nu dat dat nergens voor nodig is en dat je nooit iets achter mijn rug om zou doen.' Behalve een huwelijk plannen, dacht ze er opgewonden achteraan.

'Nou, ik ben blij dat je er zo over denkt,' zei hij met een stem die nog steeds licht aarzelend klonk.

'Veel plezier schat, ik zie je straks.' Ze gaf hem een laatste zoen en ging weer verder met de afwas.

'Ja, goed. Eh, nou, tot straks dan maar?'

'Tim, gá in godsnaam voordat ik me bedenk!'

'Oké, dag.'

Toen ze de deur hoorde dichtvallen schoot er een opgewonden kriebel door haar buik. Vlug waste ze de laatste dingen af en droogde haar handen. Ze schonk een glas wijn in en legde haar boek klaar op de bank. Mochten de mannen eerder thuiskomen dan verwacht, dan kon ze gauw achter haar boek wegkruipen en braaf gaan zitten lezen.

De lichten in de kamer waren vol aan en daardoor viel het des te meer op hoe donker het buiten was. Op het kraken van de vloer na was het doodstil. De leegte in het huis vloog haar ineens aan. Wat als de persoon die het op hen voorzien had rond het huisje zou zwerven of, erger nog, zou proberen binnen te dringen? Zou iemand haar horen als ze het op een krijsen zou zetten? Ze betwijfelde het.

Waarom was ze ook zo stom geweest om hier alleen achter te blijven? Ze had zich te veel gefocust op het plan dat ze vanmiddag had verzonnen. Om dat ten uitvoer te brengen moest ze alleen zijn. Het was de enige manier om misschien iets meer te weten te komen over de vreemde dingen die er gebeurden sinds ze in Chamonix waren. Een onrustig gevoel maakte zich van haar meester en ze deed alle lichten uit om goed naar buiten te kunnen kijken. De maan reflecteerde op de witte sneeuw. Met haar neus bijna tegen het raam tuurde ze naar buiten. Direct buiten het huis was niets te zien. Ze verlegde haar blikveld en focuste zich op een paar struikjes verderop. Ze kneep haar ogen samen om scherper te kunnen zien. Er bewoog iets en de zenuwen gierden meteen door haar lijf. Stond daar iemand?

Ze baalde dat ze haar verrekijker niet bij zich had. Er bewoog weer wat bij hetzelfde struikje. Haar mond werd droog van de stress. Een windvlaag gierde rond het huisje en de struik bewoog mee. Laura haalde opgelucht adem. Wat een doos was ze ook. Het waaide gewoon een beetje en er stond niemand achter een struik naar het huisje te turen. Ze knipte de staande lamp bij het dressoir aan en nam een grote slok wijn. De alcohol brandde aangenaam in haar keel en de volle ronde afdronk smaakte naar meer. Ze nam nog een slok en hield hem deze keer wat langer in haar mond om ten volle van de smaak te kunnen genieten. Langzaam voelde ze haar lichaam weer wat ontspannen. Ze besloot alle gordijnen dicht te doen, zodat ze niet zo te kijk zat. Voor haar gemoedsrust sloot ze de voordeur af en liet haar sleutel aan de binnenkant in het slot zitten.

Goed, dan nu het echte werk. Ze liep naar Sanders kamer en stapte naar binnen. Een mengelmoes van aftershave en deodorant geurde haar tegemoet. Door de kamer heen lagen her en der wat kleren. Zijn grote sporttas stond geopend naast het onopgemaakte bed. Ze liep ernaartoe en voelde met haar hand in de tas. Alleen maar kleren. Ze concentreerde zich op de zijvakken. In het linker vond ze een lading condooms, twee bussen deodorant, een scheerapparaat, een tube gel en een kam. Vol goede hoop raakte ze het rechteropbergvak aan en voelde dat er iets hards in zat. Vlug trok ze de rits open. Shit, het was een boek en niet waar ze op gehoopt had.

Teleurgesteld kwam ze overeind. Waar kon het zijn? Ze trok de kledingkast open. Leeg op een paar hangers na. Onder het bed dan? Alleen een paar stofwolken. Gefrustreerd ging ze op de grond zitten. Denk na Laura, waar zou je zelf zoiets bewaren? Ze trok het hoofdkussen van het bed. Slechts een verfrommelde zakdoek. Ze vloekte, plofte neer op het bed en bevoelde het hele matras. Ook dat was tevergeefs. Ze realiseerde zich dat ze op één plek nog niet had gekeken en dat was ónder het matras. Het was haar laatste kans. Ze tilde het dunne matras een stukje op en keek op de lattenbodem. Ze duwde het matras verder aan de kant. 'Yes!' Voor haar lag Sanders iPad.

23

Met de iPad in haar hand liep Laura snel naar de woonkamer. Ze installeerde zich op de tweezitter en trok haar benen onder zich terwijl ze ongeduldig de iPad aanzette. Wat ze ging proberen was een gok, maar een poging waard. De verbinding met internet kwam traag op gang en het duurde een eeuwigheid voordat het inlogscherm van Gmail een poging deed om te laden. Nu werd het spannend. Ze gokte erop dat Sander, net als zoveel mensen, had ingelogd terwijl hij was vergeten om het vinkje uit te zetten dat ervoor zorgde dat je automatisch aangemeld bleef in Gmail. In dat geval zou ze in zijn mailbox kunnen komen zonder zijn wachtwoord in te hoeven vullen. De pagina was nog steeds bezig te laden en toen verscheen er een foutmelding op het scherm die meldde dat de server niet gevonden kon worden. Hoe kon dat nou weer? Was de internetverbinding te slecht of was er helemaal geen verbinding meer?

Gefrustreerd nam ze een slok wijn, staarde naar het scherm en zag wat het probleem was. Wat een sukkel was ze toch! In haar haast had ze een typefout gemaakt en de a en de i per ongeluk omgedraaid. Ze wiste de adresbalk en typte deze keer uiterst zorgvuldig het juiste adres in. Haar geduld werd weer zwaar op de proef gesteld bij het laden van de pagina en ze tikte ongeduldig tegen het wijnglas in haar hand. Ze maakte een ongecontroleerde beweging toen Sanders mailbox op het scherm verscheen en kon nog net voorkomen dat ze de wijn over de bank gooide. Bam, ze zat erin! Zo makkelijk was het dus toch. Ze scande de eerste pagina met berichten maar kwam geen rare dingen tegen. Wat recente LinkedIn- en Facebook-meldingen, een online factuur van iTunes en een nieuwsbrief van Live Nation met een aankondiging van de nieuwste concerten. Daar kwam ze dus niet verder mee.

Ze klikte de map Verzonden berichten aan. Sander was vanmiddag duidelijk druk geweest met zijn mail en uit zijn Postvak In kon ze zo een-twee-drie niet opmaken met wie hij correspondeerde. Misschien had hij de mailtjes uit zijn inbox verwijderd. Toen de map Verzonden berichten geladen was zag ze meteen een vijftal mailtjes staan aan ene moneymaker@hotmail.com. In eerste instantie riep dit mailadres maar één gedachte bij haar op: spam. Maar als het spam was, stond het niet in deze map en zou Sander niet hebben gereageerd naar de afzender.

Nieuwsgierig klikte ze de eerste conversatie aan die aan datum en tijden te zien vandaag had plaatsgevonden. Sanders laatste reactie aan Moneymaker verscheen bovenaan op het scherm. Het was een kort bericht en ze schrok van de wanhoop die erin doorklonk.

Ik heb echt langer nodig. Geef me meer tijd. Alsjeblieft. Ik weet dat het fout was wat ik heb gedaan. Ik betaal alles tot de laatste cent terug, dat beloof ik. Doe de mensen om me heen geen kwaad, zij weten van niks en staan hier volledig buiten. Ik smeek je dat zo te houden.

Laura scrolde naar beneden om de berichten die eraan voorafgegaan waren te lezen. Het werd haar al snel duidelijk dat Sander in grote geldproblemen zat. Ze las dat hij zijn auto had verkocht. Die stond dus helemaal niet bij de garage zoals hij had beweerd. Dat verklaarde ook die krak-kemikkige fiets waarop hij nu rondreed. Zijn huis had hij blijkbaar vlak voor de vakantie te koop gezet.

Ze opende een nieuw scherm en typte zijn adres in op Funda. Het klopte inderdaad. Sanders huis werd aange-prezen met een gelikte makelaarstekst en er waren drie-entwintig foto's te bewonderen. De vraagprijs was 325.000 euro, een prijs die haar te laag leek voor zijn riante en luxe twee-onder-een-kap. Ze had het vermoeden dat de krappe vraagprijs niets te maken had met de crisis op de woning-markt, maar met het feit dat hij snel wilde verkopen omdat hij geld nodig had. Ze wist dat hij maar een kleine hypo-theek op het huis had en er ook met deze lage verkoopprijs nog genoeg aan over zou houden.

Hoeveel geld was hij die Moneymaker wel niet schuldig als hij zelfs tot drastische maatregelen als de verkoop van zijn huis en auto moest overgaan? En waarom? Was hij privé in iets verwikkeld of was er een link met Fit & Shape, en zo ja, wist Tim er dan van? Ze kon het zich bijna niet voorstellen. Hij had het in elk geval niet met haar gedeeld. Als het niet goed zou gaan met het bedrijf, dan zouden ze haar toch nooit hebben aangenomen?

Ze las de teksten die Moneymaker aan Sander had ge-stuurd ('Vluchten heeft geen zin', 'Ik weet je overal te vin-den') en het viel haar op dat de toon bij elk bericht dreigen-der werd. Die Moneymaker was duidelijk niet het geduldige type. De afgelopen vijf dagen had hij elke dag gemaild.

Laura dacht aan Sanders gedrag van de afgelopen tijd. Hij had af en toe wel vreemd gedaan, maar niet zo opvallend dat ze er iets achter had gezocht. Het had er in elk geval niet op geleken dat hij gebukt ging onder een hoop stress. Natuurlijk kon dat toneelspel zijn, maar toch. Sinds ze die dode haas hadden gevonden en er vermoedelijk met Tims ski's was geknoeid, had hij zich wel wat nerveuzer gedragen, maar opnieuw niet zo dat het echt opviel. Alleen vandaag was hij druk in de weer geweest met zijn iPad. Wellicht kwam dat omdat die Moneymaker dreigde 'andere maatregelen' te gaan nemen omdat hij lang genoeg 'vriendelijk' was geweest. Laura wilde er niet te veel bij nadenken wat Moneymaker in een onvriendelijke bui zou doen om zijn zin te krijgen.

Plotseling werd er hard op het raam gebonsd en Laura vloog gillend overeind. De iPad viel van haar schoot en kwam met het scherm op de tegelvloer terecht. Haar hart bonkte zo hard dat ze bang was dat het ermee op zou houden. Weer klonk het geluid van een vuist tegen glas. Deze keer bij een ander raam. Had Moneymaker hen gevonden? Een inbreker?

Schichtig keek ze om zich heen. Waar kon ze zich verstoppen als de persoon die op de ramen stond te rammen binnen probeerde te dringen? Ze griste de iPad van de grond en rende naar het halletje. Snel vluchtte ze Sanders slaapkamer in en propte de iPad onder het matras waar ze hem gevonden had. Ze wilde niet met waardevolle spullen in haar handen staan als iemand het huisje binnendrong. Met haar ogen scande ze vluchtig de kamer op geschikte verstopplekken, maar die waren er niet.

Als een opgejaagd dier rende ze de kamer weer uit, het halletje in. De wc, misschien moest ze zich daarin opsluiten. Ze zette een pas in die richting maar bevroor toen ze de klink van de voordeur op en neer zag gaan. Er werd ook aan het slot gemorreld. Ze wilde wegrennen maar kon van pure angst geen stap meer verzetten. Het leek wel of haar schoenen aan de vloer waren vastgelijmd. De klink ging steeds wilder op en neer en er klonk een bonk tegen de deur alsof iemand er met zijn volle gewicht tegenaan duwde. Als een konijn gevangen in het licht van een koplamp keek ze naar de deur, wachtend tot het gevaar op haar af zou komen. Waarom was ze ook alleen thuisgebleven? Zeker na alles wat er al gebeurd was? Hoe dom kon je zijn? Weer klonk het geluid van een lichaam tegen de voordeur en toen dat geluid was verstomd klonk achter haar het gekraak van de trap. Ze begon te gillen.

24

Laura werd van achteren bij haar schouders gegrepen en een hand smoorde haar gegil. Hij was koud en stonk naar sigarettenrook. Ze begon wild om zich heen te slaan om los te komen, maar haar belager was veel sterker.

'Rustig maar,' klonk het sussend in haar oor. Langzaam drong het tot haar door dat ze die stem kende. De armen om haar heen verslapten hun greep en ze maakte meteen gebruik van het moment om zich los te rukken. Furieus draaide ze zich om en keek recht in het gezicht van Tim. Op het moment dat ze hem zijn vet wilde geven omdat hij haar zo had laten schrikken, viel haar oog op zijn jas. 'Je zit onder het bloed! Wat is er gebeurd?'

Kalmerend hief hij zijn hand op. 'Met mij is alles goed, het bloed is van Sander.'

'Wát?! Wat is er gebeurd? Waar is hij?'

'Hij staat voor de deur. Hij is door een of andere dronken-lap op zijn neus geslagen en het bleef maar bloeden, dus we zijn maar naar huis gegaan.'

'Waarom komen jullie dan niet normaal binnen?'

'Dat ging niet.' Tim wees naar de sleutel die aan de bin-nenkant in het slot stak. 'We hebben op de ramen en op de deur geklopt maar je hoorde ons niet. We dachten dat je misschien in slaap was gevallen. Ik wist dat het raam op onze slaapkamer openstond, dus toen ben ik maar naar binnen geklommen. Het spijt me dat ik je zo aan het schrikken heb gemaakt. Ik had even moeten roepen dat ik het was, maar het leek me wel grappig.'

Er werd weer driftig op de voordeur gebonkt en Tim liep langs Laura heen om de deur open te doen.

'Jemig man, waarom duurde dat zo lang?' Sanders stem klonk vervormd omdat hij met duim en wijsvinger zijn neus dichtkneep. Zijn handen waren rood van het bloed en hij zag eruit alsof hij rechtstreeks van het slagveld kwam. Laura wilde bezorgd naar hem toe lopen, maar hij weerde haar af.

'Het lijkt erger dan het is. Ik spring even onder de douche.' Hij wurmde zich uit zijn jas en Laura pakte hem aan. 'Ik probeer je jas met water en een sopje wel schoon te krijgen. Met een beetje mazzel werkt de waterafstotende laag nog zo goed dat ik het bloed er zo vanaf kan poetsen.'

'Ik help je wel.' Tim pakte de zware jas van haar over en liep ermee naar de gootsteen in de keuken. Hij goot er een scheutje afwasmiddel in en draaide meteen de warme kraan open.

'Wat is er nou precies gebeurd?' Laura leunde met haar armen over elkaar tegen de muur. Ze zag nog steeds een beetje bleek van de schrik.

'Eigenlijk niet heel veel.'

'Nou, zo zag het er niet uit.'

'We stonden met Cindy en een vriendin van haar aan de bar toen een dronken gast op Sander afliep en hem op zijn neus sloeg. Er was geen enkele aanleiding. Voordat we konden reageren was die vent alweer vertrokken.'

'Kende Cindy of die vriendin hem?'

'Nee. Ze hadden hem nog nooit gezien. Waarschijnlijk een toerist met een kwade dronk of zo.'

'Nou, kennelijk kon hij nog wel heel gericht slaan,' reageerde Laura cynisch. 'Weet je zeker dat hij dronken was?'

'Ja, natuurlijk. Niemand slaat toch in nuchtere toestand

een willekeurige onbekende zomaar op zijn bek?'

'Misschien was Sander geen onbekende voor hem?' flapte ze eruit.

'Wat bedoel je daar nou weer mee?'

'Niks, laat maar. Ik sta nog steeds te shaken van de schrik en dan zoek ik overal wat achter.'

Tim stond met de afwasborstel verwoed op Sanders jas te boenen. Ze liep naar hem toe. 'Kom, laat mij maar.'

Sander kwam in zijn joggingpak de keuken in lopen. 'Gaat het er een beetje uit?'

'Redelijk, maar helemaal vlekvrij krijg ik hem niet.'

'Laat lekker zitten joh, ik rol morgen wel een keer door de sneeuw.'

'Laat je neus eens zien. Is het bloeden goed gestopt?' Laura droogde haar handen af en voelde voorzichtig aan Sanders neus. Hij kromp ineen bij de aanraking. 'Is ie gebroken, denk je?'

'Ik denk het niet. De boel is wat gezwollen, maar hij staat niet scheef of zo. Als je het zeker wilt weten moet je naar een dokter gaan.'

'O, nee, geen dokters, daar heb ik geen vertrouwen in. Ik los het liever zelf op.'

Tim keek Sander vluchtig aan maar zei verder niets.

'Dingen zelf oplossen, daar ben je goed in, ja.' Laura schrok van de vinnige toon van haar eigen woorden. Sander keek haar niet-begrijpend aan. 'Ik heb gewoon geen goede ervaringen met dokters. Als ze overduidelijke symptomen moeten herkennen, slaan ze de plank mis en als er niets aan de hand is, dan kun je ze zo om de tuin leiden dat ze elke diagnose stellen die je maar wilt.'

'Dat is nogal een uitspraak. Maar goed, wat jij wilt, geen dokter. Het is jouw neus.'

'Inderdaad, geen dokter voor deze jongen. Weet je waar ik erg van zou opknappen? Een lekker koud biertje.'

'Heb je niet genoeg gehad voor vanavond?'

'Ik heb nog amper gedronken. Ik zat net aan mijn eerste drankje toen die malloot me te grazen nam. Over zinloos geweld gesproken.'

'Je weet zeker dat je die vent niet geprovoceerd hebt of dat hij nog iets van je tegoed had?'

'Iets van me tegoed had? Het is eerder andersom, denk ik. Als ik hem nog eens zie dan krijgt hij een flinke dreun terug. En nee, ik heb hem niet geprovoceerd, ik had pas in de gaten dat hij er was toen zijn vuist mijn kant op kwam.'

'Lau, laat hem nou met rust. Hij heeft al genoeg hoofdpijn van die klap.' Tim trok de koelkast open en haalde er voor zichzelf en Sander een biertje uit. Hij gooide het blikje naar Sander en die ving hem keurig op.

'Jij begrijpt het tenminste.' Hij opende het blikje met een sissend geluid en nam een grote slok bier. Tim volgde zijn voorbeeld. 'Jij een wijntje, Lau?' Ze schudde haar hoofd. 'Ik stap over op thee. Iemand in dit huis moet zijn kop erbij houden.'

'Kom je zo naar de huiskamer, mopperkont?' Tim gaf haar een kus op haar hoofd en liep achter Sander aan de keuken uit.

Laura vulde de kleine waterkoker en wachtte ongeduldig tot het water kookte. Met het theezakje nog in haar mok liep ze de kamer in. Thee moest bij voorkeur zo donker mogelijk zijn. De mannen hadden de beide fauteuils ingenomen, dus nam ze zelf weer plaats op de tweezitter. Terwijl ze suiker door haar thee roerde en Sander recht aankeek, zong ze duidelijk hoorbaar *You're shakin' that money maker, like a heart breaker...* Sander schrok zichtbaar toen hij het woord 'money maker' hoorde, maar wist zich snel weer te herstellen. Laura zóng de zin nog een keer en concentreerde zich deze keer op Tim. Zijn gezicht bleef onbewogen bij 'money maker'.

'Goh, ik krijg dat liedje maar niet uit mijn kop. Kennen jullie het?' Ze richtte zich weer tot Sander en keek hem wat langer aan dan nodig was.

'Nee, nooit gehoord. Van wie is het?' reageerde hij overdreven nonchalant.

'Van Thomas Rhett. Het liedje heet *Get me some of that.* Dat ken je toch wel?'

'Nee, ik ken het niet. Jij, Tim?' Ook Tim schudde ontkennend zijn hoofd.

'Zonde. Als je maar lang genoeg zoekt, ontdek je af en toe interessante dingen waar je het bestaan niet van wist. Die kun je dan weer delen met anderen.' Ze gaf Sander een veelbetekenende knipoog en probeerde vervolgens zijn blik vast te houden, maar hij keek weg. Het was duidelijk dat hij zich opgelaten voelde.

'Ik ga naar bed.' Nors stond hij op en liep de kamer uit.

Tim keek hem verbaasd na. 'Waar heeft hij ineens last van?'

'Ik denk dat mijn killersblik hem te veel werd. Geeft niet, toch? Ik denk dat wij ons ook prima vermaken zonder Sander.' Ze liep naar hem toe en ging schrijlings op zijn schoot zitten. Tim slaakte een kreunende zucht voordat ze hem verleidelijk kuste. Zijn tong smaakte naar bier en gepassioneerd verlangen.

25

Laura en Tim hadden hun ontbijt al bijna op toen Sander met een beteuterd gezicht de kamer in kwam sjokken. Zijn neus was flink gezwollen. In zijn hand had hij zijn iPad.

'Gaat het een beetje met je? We hebben je maar even wat langer laten liggen.'

'Ik heb ontzettende koppijn en mijn neus doet gruwelijk zeer, maar dat gaat allemaal wel weer over. Dit is veel erger.' Hij hield zijn iPad in de lucht. 'Er zit een barst in het scherm, verdomme.'

Laura nam snel een slok thee om hem niet aan te hoeven kijken. Shit. Ze had de iPad gisteren zonder verder te kijken of er schade was weer in het hoesje gedaan en teruggelegd onder Sanders matras.

'Hoe kan dat nou?' vroeg Tim.

'Geen idee. Toen ik hem gisteren opborg, was ie nog pico bello in orde. Het enige wat ik kan verzinnen is dat ik erbovenop ben gaan liggen, maar daar moet zo'n ding toch tegen kunnen?'

'Erbovenop gaan liggen?' vroeg Tim verbaasd.

'Ja, ik had hem onder mijn matras gelegd zodat ie niet zo in het zicht lag.'

'Doet ie het nog wel?' vroeg Laura voorzichtig.

'Ja, maar het is razend irritant om de hele tijd tegen zo'n barst aan te kijken.'

'Dan koop je toch een nieuwe?' zei Tim.

'Jij denkt echt dat geld onbeperkt beschikbaar is, hè Tim? Nou, geloof me, ook daar zitten limieten aan,' reageerde Sander afgemeten. Tim begreep niets van zijn korzelige reactie, maar Laura snapte het maar al te goed. Ze voelde zich schuldig dat ze de iPad had beschadigd, maar dat toegeven zou betekenen dat ze ook moest bekennen dat ze het ding stiekem gebruikt had. Het leek haar beter dat voorlopig even voor zichzelf te houden. Het zou de onderlinge verhoudingen alleen maar onder druk zetten en ze hadden al genoeg gedoe.

Sander ging zitten en legde zijn iPad op tafel. 'Kijk, het leek me leuk om vandaag hier eens een kijkje te gaan nemen, nu Tim en ik allebei niet zo fit zijn.' Laura en Tim bogen zich over het scherm.

'*Mer de Glace*.'

'Het is de grootste gletsjer van Frankrijk en het uitzicht schijnt adembenemend te zijn. Je gaat vanuit Chamonix met een ouderwets tandradtreintje naar het eindpunt van de gletsjer. Daar kun je uitstappen en vanaf het plateau uitkijken over de gletsjer. Daar schijnt ook een gondel te zijn die je nog zo'n honderd meter verder naar beneden brengt om de gletsjer van dichterbij te zien. Vanaf daar kun je ook nog lopend vierhonderd treden afdalen naar een klein museum met informatie over Mer de Glace. Ze hakken ook elk jaar ijsgrotten uit in de gletsjer waar je sculpturen kunt bekijken. In het voorjaar en tot eind december zijn die grotten dicht. Volgens mij hebben we net mazzel en zouden we erin moeten kunnen.'

Laura tikte op een foto van een uit ijs gemaakt bankje dat paars werd uitgelicht. 'Lijkt me bijzonder om echt in de gletsjer rond te lopen en die sculpturen te zien.'

'Goed plan dus, dat Mer de Glace?'

'Ja, *let's do it*.'

'Ik neem nog een bak koffie en dan kunnen we wat mij betreft zo gaan. Jullie ook nog?'

Laura schudde van nee en Sander stak zijn duim op. Tim stond op en liep met twee mokken richting de keuken. Laura keek nog steeds op het scherm van de iPad en kon haar ogen niet afhouden van de barst die er dwars overheen liep. Wat een mazzel dat het ding het nog deed. Er verscheen een melding van een nieuw e-mailbericht op het scherm. Sander klikte het bericht snel weg en zette zijn iPad plompverloren uit.

'Moet je niet even kijken?' vroeg Laura langs haar neus weg.

'Nee hoor, dat komt vanavond wel weer. Ik wil op pad.'

Op het moment dat hij de iPad in de hoes stopte, ging zijn telefoon. Nerveus graaide hij in zijn broek, wierp een vluchtige blik op het scherm en drukte de beller weg. Daarna zette hij zijn telefoon op stil. Laura keek hem alleen maar aan en zei verder niets.

'Wat kijk je nou? Ik hou vandaag een communicatieloos dagje. Daar is toch niks mee?'

'Zeker niet. Het staat alleen een beetje haaks op je gedrag van gisteren. Toen was je vergroeid met je iPad.'

'Ik heb vakantie, ze kunnen me best een dagje missen. Ik ga een warme trui aantrekken en een pot paracetamol naar binnen werken.' Hij propte een laatste hap croissant in zijn mond en liep de kamer uit.

Tim kwam met twee dampende mokken koffie binnen en keek verbaasd naar de lege stoel van Sander. 'Waar is hij nou gebleven? Hij wilde toch koffie?'

'Ik geloof dat hij zich bedacht heeft. Geef maar hier, ik help je er wel vanaf.' Tim haalde zijn schouders op en gaf haar de mok. Hij tikte de zijne ertegenaan. 'Nou, proost dan maar.'

26

Laura tuurde naar het ouderwets uitziende rode treintje dat al klaarstond voor vertrek. 'En daar moeten we duizend meter mee gaan klimmen? Is dat wel veilig?'

'Lijkt me wel. Het is een van de belangrijkste attracties in Chamonix, dus velen zijn u voor gegaan,' lachte Sander.

'Kijk, zie je die extra rail in het midden van het spoor? Het tandwiel van de trein grijpt in de tanden van die middelste rail en drijft hem op die manier aan. Een dergelijke spoorweg is veel geschikter voor het overbruggen van hellingspercentages en dus veel veiliger dan een gewone spoorlijn.'

Tim pakte Laura's hand en trok haar mee naar de trein. 'Geen zorgen, volgens Sander zitten we op het goede spoor,' lachte hij.

'Nou, daar zal ik dan maar op vertrouwen.'

Ze stapten naar binnen en liepen door naar het voorste gedeelte. Het interieur bestond uit houten bankjes. 'Dat spoor mag dan meer dan honderd jaar oud zijn, de bankjes zijn dat volgens mij ook.' Laura koos een zitplaats links bij het raam. 'Poeh, comfortabel is anders. En ik maar klagen over de NS.' Het treintje liep langzaam vol. Laura nam de mensen in zich op: een luid pratend echtpaar met twee nors kijkende puberzoons die waarschijnlijk liever op de latten hadden gestaan vandaag; een paar kwiek uitziende oudere stellen en iemand die zichzelf had ingepakt alsof ie naar de Noordpool ging. Laura kon niet goed zien of het nou een man of een vrouw was, aangezien het gezicht schuilging achter een dikke das en een zonnebril het zicht op de ogen wegnam. Aan de lengte te zien zou het om een man kunnen gaan. Het postuur was lastig in te schatten door het dikke witte skipak. De persoon was alleen en nam achter in de trein plaats, ver van hen vandaan. Wat een aparte types had je toch op de wereld.

Laura draaide zich om toen de trein met een schokje in beweging kwam. Al snel zat ze met haar neus tegen het raam geplakt en vergat ze alles om zich heen. Het treintje klom omhoog over een berg die volgens Sander de naam Montenvers droeg. Het ploeterde door besneeuwde bossen, door smalle donkere rotstunnels en over viaducten.

Het uitzicht vanaf de viaducten was geweldig en Laura probeerde niet te veel te kijken naar de in haar ogen summiere afrastering tussen de spoorlijn en de afgrond. Toch haalde ze opgelucht adem toen ze na een minuut of twintig veilig uitstapten op het eindpunt. 'O wow!' riep ze enthousiast uit door de prachtige uitkijk over de gletsjer. Het zag er heel anders uit dan ze zich had voorgesteld. Bij een gletsjer dacht ze aan een helderwitte ijslaag, maar deze gletsjer was onderaan bedekt met een laag stenen en gruis.

'Als we de gondel naar beneden nemen dan kun je het ijsgedeelte veel beter zien,' leek Sander haar gedachten te lezen. 'Dat steen en gruis dat je ziet wordt meegevoerd uit de bergen en hoopt zich aan de onderkant op, vandaar dat het daar grijs is en niet wit.'

'Je hebt je goed ingelezen,' grinnikte Tim. Ze liepen naar de gondel en stapten met zijn drieën in het rode bakje. De persoon in het witte skipak wilde ook bij hen instappen, maar Sander versperde de ingang. '*It's full.*' De persoon aarzelde even en droop toen af naar de gondel naast hen.

'Er was toch best nog plaats?' vroeg Tim.

'Ik heb behoefte aan een beetje lucht en ruimte. Ik kan amper door mijn neus ademen en hutjemutje in zo'n bak hangen lijkt me niet echt lekker.'

De gondel kwam soepel op gang en bracht hen honderd meter omlaag. Toen ze uitgestapt waren, volgden ze het looppad naar beneden dat hen naar de ijsgrot moest leiden. Sander ging voortvarend voorop. Laura liet Tim voorbijgaan en volgde in haar eigen tempo. Het ging vrij steil naar beneden en ze begreep nu wel waarom het niet geschikt was voor mindervaliden. Rechts beneden konden ze de ijsgrotten al zien liggen. Er was wit plastic overheen gedrapeerd. 'Weet jij waarom dat is?' vroeg ze Sander.

'Het is een poging om het smelten van het ijs te vertragen zodat de grot niet eerder gesloten hoeft te worden. Door de opwarming van de aarde wordt de gletsjer elk jaar dunner en zakt hij steeds verder het dal in.' Laura stond even stil om een foto te maken met haar telefoon. Bijna ging ze onderuit toen ze een harde duw kreeg van een voorbijganger. Haar toestel vloog uit haar hand toen ze tegen de reling aan viel. Boos pakte ze het van de grond en keek welke idioot haar bijna omver had gelopen. In volle vaart zag ze de persoon in het witte skipak naar beneden lopen, rakelings langs Tim en daarna vol tegen Sander op. Sanders weigering om hem of haar in de gondel te laten stappen had blijkbaar toch wat kwaad bloed gezet.

'Hey, watch your step!' schreeuwde Tim verontwaardigd terwijl hij Sander overeind hielp. 'Zal ik achter hem aan gaan?'

'Nee, laat maar. Eén potje knokken per vakantie vind ik wel genoeg,' reageerde Sander gelaten. Hij klopte de sneeuw van zijn muts en haalde nerveus zijn hand door zijn haar. Zijn ogen schoten alle kanten op terwijl hij om zich heen keek.

'Gaan we door of wil je terug?',
'Door natuurlijk, ik ben geen watje.'

Meteen zette Sander er flink de pas in. Als hij zich al pijn had gedaan, dan was daar niets van te merken. Laura wilde volgen, maar haar oog viel op een klein kokertje dat in de sneeuw lag op de plek waar Sander was gevallen. Vlug raapte ze het op en stopte het in haar zak. Sander en Tim hadden het blijkbaar niet gezien. Tim zou het ook niet herkend hebben als iets wat daar niet toevallig lag. Zij, maar ook Sander, wist inmiddels dat het een boodschap bevatte. De derde op rij nu. Ze kon zich niet voorstellen dat het briefje in dit kokertje een gezelligere boodschap te melden had dan zijn voorganger. Straks op het toilet zou ze het bekijken en daarna was het toch echt tijd om Sander te confronteren met wat ze wist. Dat was stap één, voordat Tim erbij betrokken werd. Ze wilde pas slapende honden wakker maken als het echt niet anders meer kon.

'Kom je nog?'

Laura keek op en zag dat de afstand tussen haar en de mannen groter was dan ze dacht. Ze zette een spurtje in en sloot weer aan.

'In de buurt blijven,' commandeerde Sander nors. Tim keek haar aan met een verontschuldigende blik. Hij vond het omgeslagen humeur van zijn vriend duidelijk vervelend. Laura knikte dat het oké was. Net als Sander keek ze continu om zich heen. De persoon met het witte skipak moest hier nog ergens rondlopen. Als ze elkaar weer tegen het lijf liepen, wat zou er dan gebeuren? Liepen ze echt gevaar of probeerde deze persoon slechts met intimidatie iets duidelijk te maken? Laura kon zich eigenlijk niet voorstellen dat iemand op een plek als deze, waar genoeg getuigen rondliepen, echt over de schreef zou gaan. Ze zag er wel tegen op om terug te gaan naar het huisje. Daar zou het weleens een heel ander verhaal kunnen zijn. Die Money-maker van Sander wist waar ze verbleven, dat had hij met die haas wel duidelijk gemaakt. In het huisje waren ze stuk-ken kwetsbaarder dan op een openbare plek. Hoe ver zou Moneymaker bereid zijn te gaan om te krijgen wat van hem was? Hoe boos had Sander hem daadwerkelijk gemaakt? En viel dat nog terug te draaien?

27

Laura trok de deur van het toilet achter zich dicht. Tim en Sander zaten in het restaurantgedeelte van Grand Hôtel du Montenvers te wachten op hun lunch. Zodra ze haar bestelling had doorgegeven, was ze ertussenuit gepiept. Het kokertje brandde in haar zak en ze moest weten welke boodschap er deze keer op het briefje stond. De persoon in het witte skipak waren ze gelukkig niet meer tegengekomen. Naarmate de tijd vorderde, was Sander zich wat minder nerveus gaan gedragen en toen ze naar het toilet vertrok, had hij alweer het hoogste woord gehad. Ze kon niet goed peilen of hij zich echt geen zorgen meer maakte, of dat het toneelspel was om haar en Tim niet argwanend te maken. Aan de andere kant wist hij niet van het bestaan van dit kokertje af en zou hij de persoon in het witte skipak misschien typeren als een toevallige voorbijganger met een slecht humeur.

Ze pakte het kokertje uit haar zak en draaide het open. Een déjà vu met de vorige keer, toen ze ook al stond te prutsen in een toilet. Ze rolde het briefje uit en bereidde zich voor op een agressieve tekst. De zin die ze las was niet wat ze had verwacht. *Morgen om 13.00 uur Elevation 1904. Kom alleen.* De bedreiger gooide het nu over een andere boeg en stuurde aan op een ontmoeting. Er stond verder niet bij wat de consequenties zouden zijn als er niet aan het verzoek werd voldaan. Wat nu? Moest ze Sander op de hoogte stellen van dit briefje, of zou ze de stoute schoenen aantrekken en morgen zelf rond het middaguur naar Elevation gaan om te kijken wie er rond het afgesproken tijdstip kwam opdagen?

Hoewel ze eerst van plan was geweest Sander te confronteren met wat ze wist, voelde ze eigenlijk het meest voor het laatste. Een stemmetje in haar hoofd zei dat ze misschien wel met vuur speelde door Sander niet op de hoogte te stellen van de afspraak. Ze moest echter weten wat er precies speelde en Sander zou het haar niet vertellen. Heel toevallig was haar oog op het kokertje gevallen, maar ze had het ook net zo goed over het hoofd kunnen zien. Als dat het geval was geweest, had het daar nog steeds op de grond gelegen. Dan had niemand van het bestaan ervan geweten, laat staan aan het verzoek tot een ontmoeting kunnen voldoen. Nu moest ze alleen nog een smoes verzinnen om morgen alleen op pad te kunnen. Ze zou eens langs haar neus weg vragen wat de mannen morgen voor plannen hadden.

Ze borg het briefje weer op in het kokertje en stopte het terug in haar zak. Straks zou ze het opbergen in het laatje van haar nachtkastje bij het eerste exemplaar. Nummer twee was nog steeds in het bezit van Sander. Ze waste haar handen met warm water en bekeek zichzelf in de spiegel boven de wasbak. Ze begon al aardig bruin te worden. De huid rond haar ogen en neusbrug, die door haar zonnebril grotendeels bedekt werd, had een lichtere tint. Ze werkte haar lippenstift bij en veegde wat uitgelopen mascara weg onder haar rechteroog. Zo kon ze de mannen weer fatsoenlijk onder ogen komen. Ze verliet het toilet en ging weer op weg naar het restaurant. In de gang kwam ze Sander tegen. In eerste instantie zag hij haar niet eens omdat hij zo gebiologeerd met zijn telefoon bezig was. Zijn vingers vlogen als een razende over het scherm en hij lette helemaal niet op waar hij liep. Hij had een gespannen gezichtsuitdrukking en liep rakelings langs haar heen. Hij schrok toen ze hem erop attendeerde. 'Beetje uitkijken, hè?'

'Hè?' Onmiddellijk liet hij zijn telefoon zakken en hield hem met het scherm tegen zijn been. Haar poging om uit te vinden met wie en waarom hij zo druk was, werd meteen om zeep geholpen. Uiteraard had ze wel een vermoeden, maar dat wist Sander niet.

'Ik dacht dat je vandaag een communicatieloos dagje wilde?' herinnerde ze hem aan zijn uitspraak van die ochtend. 'De dag is nog lang niet om, hoor.' Ze lachte hem vriendelijk toe.

Sander glimlachte gemaakt terug. 'Ik krijg steeds berichten van een scharreltje van een paar weken geleden. Die griet laat me maar niet met rust,' verantwoordde hij zijn gedrag.

'Misschien is het verstandig om het te negeren? Actie geeft immers reactie.'

'Ja, waarschijnlijk heb je wel gelijk, maar ik kan het niet laten om dan toch weer iets terug te sturen. Vooral als ze onredelijk wordt. Dan heb ik toch het idee dat ik me moet verdedigen of zo.'

'Telefoon gewoon helemaal uitzetten tot de vakantie voorbij is?'

'Daar voel ik me niet lekker bij. Roger moet me kunnen bereiken als er iets met de zaak is.'

'Dan zeg je toch dat hij Tim moet bellen als hij jou wil spreken?'

'Nee. Nee, dat vind ik niks. Ik zal proberen er minder vaak op te kijken,' zei hij met enige tegenzin in zijn stem.

'Je hoeft het niet voor mij te doen hoor, al whatsapp je de hele wereld bij elkaar. Het lijkt me alleen voor je eigen rust beter. Jij hebt af en toe ook wat ontspanning nodig om weer op te laden en het duurt nog een hele tijd voordat de zomervakantie aanbreekt.'

'Ja, zo kan ie wel weer, je hebt je punt gemaakt. Ga Tim maar gezelschap houden, wijsneus. Ik ga pissen.'

Laura bleef staan en keek hem na tot hij in het toilet was verdwenen. Ze durfde er wat om te verwedden dat hij zijn telefoon alweer gepakt had om WhatsApp-berichten en mailtjes te beantwoorden. Zou hij ook per mail op de hoogte zijn gesteld van de afspraak in Elevation? Ze realiseerde zich nu pas dat dat wel iets was waar ze serieus rekening mee moest houden. Dat betekende dat ze morgen nog meer op haar hoede moest zijn als ze ging posten bij die kroeg.

28

Laura was die ochtend opgestaan met een nerveuze kriebel in haar buik. Ze had de hele nacht bijna geen oog dichtgedaan. Zo zeker als ze er overdag van was geweest dat ze Sander niet zou informeren over het kokertje en zelf naar de afspraak zou gaan, zo'n slecht plan leek dat toen ze in de donkere slaapkamer naar het plafond lag te staren. 's Nachts kon ze de wereld toch altijd minder goed positief bekijken dan overdag. Maar toen ze de gordijnen opende en het daglicht de kamer binnenstroomde, werd ze weer een stuk zelfverzekerder.

Het had haar weinig moeite gekost om de mannen van zich af te schudden. Tim en Sander hadden behoefte aan een skidagje gehad en waren al vrij snel vertrokken na het ontbijt. Ze had hen wijsgemaakt dat ze nog lang niet was uitgekeken op het centrum van Chamonix en dat ze graag nog een paar uur door de winkelstraten wilde struinen voordat ze ook de lange latten zou onderbinden. Op die manier waren Sander en Tim ook vrij om wat ruigere afdalingen te nemen of zelfs *off-piste* te gaan. Dingen die ze niet deden als zij mee was.

Zowel Tim als Sander had er niks achter gezocht en waarom zouden ze ook? Ze waren zelfs opgetogen geweest dat ze even helemaal los konden gaan, zoals ze dat voorheen ook deden toen zij nog niet in beeld was. Op haar verzoek hadden beide mannen hun skibindingen nog eens extra gecontroleerd voordat ze op pad gingen. Gelukkig was daar niets mee aan de hand geweest. Het slot op de koffer had gewerkt.

Rond kwart voor twaalf was ze zelf vertrokken. Ze wilde zeker een uur van tevoren in de buurt van Elevation aanwezig zijn. Op die manier had ze ruim de tijd om een goede plek uit te kiezen om de boel in de gaten te houden. Ze twijfelde tussen een plekje bij het station, vanwaar ze schuin op Elevation uit kon kijken, of de kroeg die er recht tegenover lag. Ze koos voor het laatste omdat dat toch beter zicht opleverde. Ze durfde niet in Elevation zelf te gaan zitten voor het geval Sander toch zou opduiken. Ze kon daar altijd later nog naar binnen gaan als ze een verdacht persoon zag. Maar hoe zag een verdacht persoon eruit? Zittend voor het raam in café Chambre Neuf voelde ze zich ineens heel dom. Ze had werkelijk geen idee waar ze op moest letten. In haar ogen kon iedereen die rond één uur Elevation binnenstapte verdacht zijn. Ze realiseerde zich dat ze met een vrij kansloze missie bezig was. Als ze dat eerder had verzonnen, had ze nu op de ski's kunnen staan.

Een lange man met een notitieboekje in zijn hand haalde haar uit haar gedachten. *'Would you like something to drink to cheer up? We have amazing cocktails.'* Laura moest lachen om het Franse accent dat doorsijpelde in zijn Engels.

'Ah, you can smile! Good. What can I get you?'

Laura bekeek vluchtig de lunchkaart en bestelde een homemade hamburger.

'Excellent choice, we're famous for that. And for drinks?'

'Surprise me with one of your cocktails.' De ober lachte verheugd en schoof door naar het tafeltje naast haar om daar de bestelling op te nemen.

Het was misschien niet zo handig om het zo vroeg al op een drinken te zetten, zeker niet als ze vanmiddag nog even wilde gaan skiën, maar ze moest een manier verzinnen om de tijd door te komen. Een mierzoete cocktail leek haar aangenaam gezelschap om de tijd te doden.

Laura was inmiddels aan haar tweede cocktail begonnen, nadat ze de laatste hap van de smaakvolle hamburger naar binnen had gewerkt. Hoewel het tegen enen liep, waren de zenuwen waar ze al de hele ochtend mee kampte zo goed als verdwenen. De mix van alcohol en zoete vruchten in haar drankje deed zijn werk uitstekend en had haar loom gemaakt. Misschien wel iets té loom, realiseerde ze zich toen ze wat rechterop ging zitten. De geluiden om haar heen klonken harder en ze voelde zich een beetje licht in haar hoofd. Haar humeur was omgeslagen in een melige bui. Ze vond alles ineens grappig, vooral het feit dat ze hier in haar eentje detectiveje zat te spelen.

Ondanks haar jolige bui hield ze haar ogen toch strak gericht op de ingang van Elevation. Een gearmd stel dat duidelijk enorme lol met elkaar had, stapte er naar binnen. Die konden meteen van de verdachtenlijst worden geschrapt. Het duurde een paar minuten voordat er weer iemand aankwam. Deze keer was het een groepje van vier mannen. In gedachten streepte ze ook die door. Weer bleef het even rustig. Het was inmiddels al tien over een. Kon het zijn dat de afzender van het briefje al een tijd binnen zat en dat ze hier voor jan lul de boel in de gaten zat te houden? Ze kon zich bijna niet voorstellen dat die persoon te laat zou komen op zijn eigen afspraak.

Ze besloot nog maximaal een halfuur te blijven zitten en daarna nog even bij Elevation zelf binnen te lopen. Net toen ze een flinke lurk aan haar rietje gaf, kwam er een beer van een vent uit het station aangelopen. Hij was duidelijk alleen en had een norse kop waar de littekens van hevige acne nog duidelijk op te zien waren. Hij droeg een oorbel en had een donkere wollen muts op zijn hoofd. Laura's alarmbellen begonnen te rinkelen. Zou dat hem zijn? Het was wel het type dat ze zich voorstelde bij iemand als Moneymaker. Een stukje achter de man kwam een vrouw aanlopen. Ze had haar handen diep weggestopt in haar zakken en liep de man zonder op te kijken voorbij. Daar achteraan kwam nog een groepje mannen. Ze liepen luidruchtig kletsend met elkaar verder de straat in en verdwenen toen uit het zicht.

Laura verlegde haar aandacht weer naar de man. Hij liep richting Elevation. Vlug pakte ze haar telefoon en maakte een paar foto's. Altijd handig om te hebben als bewijs. De vrouw was eerder bij de ingang dan de man en hield de deur voor hem open. Er was kort oogcontact en beiden keken even richting de straat, waarna ze achter elkaar aan naar binnen stapten. Het leverde een duidelijk plaatje op van de man die mogelijk schuilging achter de naam Moneymaker. Moest ze het hierbij laten of toch naar binnen gaan bij Elevation? Sander had zich nog steeds niet laten zien, dus ze kon er bijna wel van uitgaan dat hij nog steeds met Tim op de ski's stond en het bericht voor de afspraak niet via de mail had gekregen.

Ze dronk zichzelf moed in met de laatste slokken van haar cocktail en wilde naar de bar gaan om af te rekenen. Het zweet brak haar uit toen ze opstond van haar stoel. De ober kwam lachend naar haar toe toen hij haar zag wankelen bij de tafel.

'*You liked the cocktails?*' lachte hij.

'*A little too much, I guess,*' grijnsde ze terug. Ze zwaaide met haar pinpas ten teken dat ze wilde afrekenen. De ober haalde een mobiel pinautomaat tevoorschijn, toetste wat dingen in en hield hem haar voor. Laura schrok van het bedrag. Dat moest hem in de drank zitten. Weer een les voor de volgende keer: laat je nooit verrassen door de ober maar kies je eigen drankjes. Een stuk minder vrolijk haalde ze de pas door de automaat en betaalde. Een fooi liet ze achterwege, tot duidelijke teleurstelling van de ober die zich meteen omdraaide en haar plompverloren liet staan.

Ze ritste haar jas tot bovenaan dicht en verliet het café. De kou voelde aangenaam aan op haar gezicht en werkte letterlijk verfrissend. Ze bleef een paar minuten staan om het even op zich te laten inwerken. Daarna liep ze naar de overkant. Ze zou toch even gaan kijken bij Elevation, al was het alleen al om een paar glazen water te bestellen voordat ze weer terug zou gaan naar het huisje.

Zodra ze de kroeg binnenliep, viel haar oog op de man die in zijn eentje aan de bar zat. Door zijn grote postuur was hij moeilijk te missen. Zijn muts had hij afgedaan en zijn kop was zo kaal als een biljartbal. De barkruk naast hem was leeg. Dit was een uitgelezen kans om een gesprek met hem aan te knopen, maar durfde ze dat? Het benevelde gevoel in haar hoofd gaf de doorslag. Ze rechtte haar rug en liep verleidelijk heupwiegend zijn kant op. Met vrouwelijke charmes kwam je nog altijd het verst.

'Is this seat taken?' De man keek niet op of om en draaide verveeld een glas bier rond in zijn grote hand. Het viel Laura op dat zijn nagels keurig geknipt en schoon waren. Niet wat je zou verwachten bij zo'n man. Dat kwam vast omdat die vent anderen voor zich liet werken en bij voorkeur zijn eigen handen niet vuilmaakte. De mails aan Sander hadden niets te wensen overgelaten.

'Is this seat taken?' herhaalde ze. Deze keer hoorde de man haar wel en draaide zich ongeïnteresseerd naar haar toe. Hij nam haar van top tot teen op. De harde blik in zijn ogen leek wat te ontdooien en hij grijnsde. Hij sloeg uitnodigend met zijn hand op de lege kruk. Laura wilde het liefst keihard wegrennen, maar ze kon nu niet meer terug.

Ze klom op de kruk en wenkte de barman om een glas water te bestellen. De man naast haar deed hetzelfde en wees naar zijn bierglas terwijl hij twee vingers opstak. Met een grote klap zette de barman twee grote pullen voor hen neer en sloeg verder geen acht meer op haar. Bij de gedachte aan bier ging Laura bijna spontaan over haar nek, maar toch bedankte ze de man naast haar met een flauw glimlachje. Hij hief zijn pul en tikte hem tegen de hare voordat hij een slok nam. Het schuim dat achterbleef likte hij met zijn tong weg.

'Are you alone?' probeerde ze een gesprek aan te knopen zodat ze niet hoefde te drinken.

'My one o'clock appointment didn't show up.' Zijn stem was laag en rauw.

'Oh really, I'm sorry to hear that. First date?'

'Something like that. He will regret.' Hij nam weer een grote slok bier terwijl Laura probeerde haar gezicht in de plooi te houden. Er trok een kramp door haar buik en ze voelde zich misselijk. Weer sloegen de twijfels toe. Had ze er wel goed aan gedaan om Sander niet op de hoogte te stellen? Aan de ene kant was ze blij dat ze hem had behoed voor een middag met deze griezel, maar aan de andere kant was de man nog bozer nu Sander niet was komen opdagen.

Ze keek met een schuin oog naar de enorme knuisten van haar bargenoot en wilde er niet te veel over nadenken hoeveel schade een klap met zo'n vuist zou veroorzaken. Daar zou Sanders gekneusde neus een kleinigheidje bij zijn.

'You don't like beer?'

'Not really, actually. Sorry.'

De man keek beledigd, pakte zonder pardon haar glas en zette dat naast dat van hem neer. Toen hij zijn hand uitstak, schoof de mouw van zijn zwarte trui een stukje omhoog.

Om zijn pols droeg hij een bandje in de kleuren van de regenboog.

Laura begon zich steeds ongemakkelijker te voelen en de man had zich inmiddels van haar afgekeerd. Hij zat nog net niet met zijn rug naar haar toe, maar het scheelde niet veel. Zonder nog iets te zeggen stond Laura op van haar kruk. Het had weinig zin om nog langer te blijven zitten. Ze had het duidelijk verpest en zou verder toch geen informatie meer uit de man krijgen.

De cocktails begonnen haar steeds meer dwars te zitten. Haar mond was droog van de alcohol maar ze peinsde er niet over om hier nog langer te blijven voor een glas water. Zonder om te kijken liep ze naar de uitgang. Ze hoorde voetstappen achter zich. Die vent kwam toch niet achter haar aan? Ze liep bijna tegen iemand op in haar haast om buiten te komen. Ze gooide de deur open en nam niet de moeite om hem open te houden voor degene die achter haar aan naar buiten liep. Ze hoorde een boze uitroep. Een vrouwenstem. Shit. Ze draaide zich om en zag dat de deur in het gezicht was geklapt van de vrouw die kort daarvoor tegelijk met Moneymaker naar binnen was gelopen. Ze mompelde haar excuses, maar de vrouw bleef haar boos aankijken. Eerlijk gezegd kon Laura haar geen ongelijk geven en ze maakte zich snel uit de voeten. Pas aan het einde van de straat keek ze weer om. De vrouw liep een paar meter achter haar en had haar blik strak op Laura gericht. Werd ze achtervolgd?

Laura versnelde haar tempo en keek zenuwachtig over haar schouder. Net toen ze het op een lopen wilde zetten, boog de vrouw af en sloeg een zijstraat in. Laura lachte zenuwachtig om zichzelf. Ze gedroeg zich vandaag echt als een idioot. Niets aan de hand, ze was gewoon paranoïde. Langzaam kwam ze weer op adem en vervolgde in slentertempo haar weg naar het huisje. Ze keek niet meer om tot ze haar sleutel in het slot stak, maar was wel blij toen ze de deur achter zich dicht kon trekken.

Het huis was stil. De lege plekken aan de kapstok verraadden dat Tim en Sander nog niet thuis waren. Ze hing haar jas op en liep door naar de keuken. Onrustig keek ze om zich heen, maar er was niks te zien. Alles was zoals het hoorde te zijn. Ze begon onbedaarlijk te trillen.

29

Laura werd wakker van enthousiast gepraat en gelach. Versuft kwam ze overeind van de bank. Toen het trillen was afgenomen had ze een paar glazen water gedronken, en daarna was ze blijkbaar in slaap gevallen. Ze wreef haar ogen uit en keek met kleine oogjes naar de deur die open-zwaaide.

'Hé, schatje, ben je al thuis?' Tim liep op haar af en gaf haar een kus. Ze voelde zijn koude neus tegen haar huid. Zijn ogen glinsterden en op zijn wangen lagen rode blos-sen. 'Nog wat leuks gekocht of alleen te veel gedronken?' zei hij terwijl hij knipoogde.

'Is het zo duidelijk?'

'Wat is duidelijk?' kwam Sander binnen. Ook hij had ge-zonde rode wangen en hij keek, ondanks zijn opgezwollen neus, een stuk frisser uit zijn ogen. Hij maakte een veel re-laxtere indruk.

'Dat Laura in de kroeg heeft gewinkeld,' grinnikte Tim.

'Daar is toch niks aan, in je eentje naar de kroeg?' Sander trok een moeilijk gezicht.

'Een vrouw is nooit lang alleen,' gaf ze hem lik op stuk.

'Waar ben je geweest?'

'Chambre Neuf en Elevation 1904.'

'Nog interessante mensen ontmoet?'

'Zeker. Heel interessant. Even na enen in Elevation. Grote stoere vent, kale kop, oorbel, acnehuid...'

Ze hield Sander nauwlettend in de gaten toen ze de man omschreef, maar hij gaf niet de indruk dat er een lampje ging branden. Goed toneelspel of wist hij echt niet waar ze het over had?

'Helemaal jouw type dus?'

'Nou, ik wel het zijne want hij wilde een biertje met me drinken. Zijn date was niet op komen dagen.' Opnieuw verblikte of verbloosde Sander niet.

'En heb je dat gedaan? Een biertje met hem drinken?' kwam Tim tussenbeide.

'Ik hou niet van bier, dat weet je toch? Maar wel van jou.' Ze stak haar hand uit en hij pakte hem vast terwijl hij naast haar op de bank kwam zitten.

'En jullie? Lekker geskied?'

'Het was te gek. We zijn off-piste gegaan bij Flégère. Man, dat uitzicht daar op de Mont Blanc, echt geweldig.'

'Was het een beetje te doen?'

'Nou, het was wel pittig. Verijsde stukken, korstsneeuw, stenen, modder.'

'Ik hoor het al, het is maar goed dat ik jullie samen heb laten gaan. Ik hou erg van maagdelijke hellingen met poedersneeuw waar ik rustig overheen kan wedelen zonder continu bang te zijn dat ik onderuitga.'

'Skiën voor watjes noemen ze dat.'

'Mij best, dan ben ik maar een watje.'

'Hoe dan ook, ik heb er wel dorst van gekregen. Jullie ook wat?' Tim stond op.

'Een glas water graag tegen de nadorst.'

'Voor mij een biertje.'

'Ga ik regelen.'

Toen Tim in de keuken was verdwenen, zag Laura haar kans schoon. 'Ik heb onderweg nog wat mooie foto's gemaakt. Wil je ze zien?'

'Ja, leuk.' Sander kwam naast haar op de bank zitten terwijl ze haar iPhone pakte. Ze scrolde naar een foto die ze had gemaakt van het uitzicht vanuit hun huisje en gaf het toestel aan Sander. Hij bladerde snel door de foto's heen en Laura vroeg zich af of hij wel echt keek. Bij elke foto die dichter bij de laatste kwam, begon haar hart sneller te kloppen. Nog twee te gaan. Ze draaide zich naar hem toe en hield zijn gezicht aandachtig in de gaten zodat ze elke minieme verandering zou signaleren. Nog één. Sanders vinger veegde over het scherm. Ze hield haar adem in van de spanning. Daar was hij, de foto van de man die zij ervan verdacht Moneymaker te zijn.

Ze zag Sander slikken. Zijn ogen werden groter en zijn gezicht bleek. Op dat moment kwam Tim de kamer weer in lopen met twee blikjes bier en een glas water. Er ging een schok door Sanders lijf en Laura zag hem op het prullenbakje in het scherm klikken. Voordat ze er maar een opmerking over had kunnen maken, was de foto verdwenen.

'Hé, wat doe je nou?'

'O sorry, dat ging per ongeluk. Gebeurt me ook zo vaak met mijn eigen toestel. Een touchscreen is zo gevoelig.'

Laura griste haar toestel uit Sanders hand. De foto was echt weg.

'Ik zal je nog eens wat laten zien.' Ze gaf Sander een venijnige stomp tegen zijn schouder.

'Ik zei toch sorry.'

'Ja, en wat heb ik daaraan? Daar krijg ik mijn foto toch niet mee terug?'

'Welke foto?' Tim stond midden in de kamer het gekibbel aan te horen.

'Een foto van mijn zogenaamde date van vanmiddag. Ik had voor de gein een foto van hem gemaakt die ik je nog wilde laten zien. Maar nou heeft die sukkel hier hem "per ongeluk" verwijderd.' Ze gaf hem nog een por.

'Nou zeg, rustig maar, het is maar een foto van een wild-vreemde,' zei Sander en hij duwde haar van zich af.

'Weet je wel zeker dat het een wildvreemde is?'

'Hoe bedoel je?' Hoorde ze een trilling in Sanders stem?

'Ik denk dat je heel goed weet wat ik bedoel.'

'Ik heb werkelijk geen flauw idee.' Hij klonk weer nor-maal, maar zijn ogen stonden op onweer.

'Zeg, ik weet niet waar dit allemaal over gaat, maar zullen we er een borrel op nemen en het een beetje gezellig hou-den?' probeerde Tim de boel te sussen.

'O, natuurlijk, meneer de conflictvermijder doet ook van zich spreken, hoor.' Laura stond geïrriteerd op. 'Gaan jullie maar "gezellig" bier drinken, maar wel zonder mij. Ik ga even een luchtje scheppen. Daar ben ik ineens heel erg aan toe.'

'Ik wil niet dat je alleen naar buiten gaat,' probeerde San-der haar op andere gedachten te brengen.

'Wat is dat nou weer voor onzin? Ik ben een volwassen vrouw die heel goed voor zichzelf kan zorgen en dus ook in haar eentje kan wandelen.'

Ook Tim keek Sander niet-begrijpend aan. Laura had geen zin om nog langer met Sander in een kamer te zijn. Ze liep de woonkamer uit, griste haar jas in het voorbijgaan van de kapstok en sloeg de voordeur met een klap dicht. Ze realiseerde zich dat ze haar telefoon binnen op de bank had laten liggen. Korzelig voelde ze in haar broekzak. Gelukkig, ze had haar sleutel van het huisje wel bij zich. Niks zo stom als met een kwade kop weglopen en dan uiteindelijk alsnog afhankelijk zijn van de mensen waar je boos op bent om weer binnen te komen.

Ze ergerde zich suf aan het gedrag van Sander. Het was

overduidelijk dat hij was geschrokken van de foto. En per ongeluk verwijderen... bullshit. Het was overduidelijk een doelbewuste actie geweest, precies op het moment dat Tim binnenkwam. Alsof hij niet wilde dat Tim de foto zou zien. Maar waarom niet? Ook al waren Sanders problemen megagroot, hij kon toch zeker wel zijn beste vriend inlichten? Volgens Tim was hun band zo sterk dat ze elkaar alles vertelden, maar kennelijk dacht Sander daar anders over. Hij wilde Tim misschien niet met zijn sores belasten, wat op zich nobel was, maar wat was een vriendschap waard als je er niet voor elkaar kon zijn in noodgevallen?

'Laura, wacht even,' klonk het achter haar. Ze draaide zich om en zag Sander aan komen rennen. Ze liep door. Een krachtig signaal om aan te geven dat ze geen behoefte had aan zijn gezelschap. Hij trok zich er niets van aan en kwam naast haar lopen.

'We moeten praten.'

'We moeten helemaal niks.'

Hij pakte haar bij haar arm om haar staande te houden. Ze rukte zich los. 'Blijf van me af. Ga bier drinken met Tim of een potje vechten in de kroeg, maar laat mij met rust.'

'Hoe laat heb je die foto genomen?'

'Die foto van die "onbekende"?' reageerde ze cynisch.

Sander keek haar vragend aan.

'Uurtje of een, hoezo?'

'Luister, ik zit in de problemen.'

'Goh, je meent het?'

'Hou nou even op met bitchen en luister gewoon even naar me.' Laura keek hem uitdagend aan, maar hield wel haar mond.

'Ik heb wat schulden en ik weet even niet meer hoe ik daar uit moet komen.'

'Bij Moneymaker?'

'Wat weet jij van Moneymaker?'

'Ik weet wel meer. Je huis staat te koop en je auto staat helemaal niet in de garage met panne. Die heb je verkocht. Nu jij weer.' Sander staarde haar met open mond aan. 'Hoe wéét je dat?'

'Ik heb in je mailbox gekeken.'

'Je hebt wát? Ben je nou helemaal besodemieterd? Waar haal je het lef vandaan?'

'Nou, je hoeft niet zo hoog van de toren te blazen, hoor. Als jij niet zo raar had gedaan, dan had ik helemaal niet tot dergelijke maatregelen over hoeven te gaan om aan informatie te komen.'

'Hoe kom jij aan mijn wachtwoord?'

'Heb ik niet. Misschien moet je het vakje "ingelogd blijven" in je Gmail eens uitvinken op je iPad.' Ze keek hem triomfantelijk aan.

'Heb jij die barst in mijn iPad gemaakt?' Sander werd steeds bozer.

'Ja, sorry, ik heb hem laten vallen.'

'Waarom heb je dat niet gezegd?'

'We hebben allemaal zo onze geheimen, nietwaar?' zei ze vilein. 'Ik stel voor dat we stoppen met geheimen hebben. We gaan nu terug naar binnen en dan ga je mij en Tim haarfijn uit de doeken doen wat er allemaal aan de hand is.'

'Tim mag het niet weten!' Sander pakte haar bij haar schouders en hield haar in een ijzeren greep. 'Ik kan jou een deel vertellen, maar alleen als je belooft om je mond tegen hem te houden.'

'Tim en ik hebben met elkaar afgesproken dat we na dat onvruchtbaarheidsgedoe altijd eerlijk tegen elkaar zullen zijn. Ik heb hem ongelooflijk op zijn lazer gegeven omdat hij zo'n groot geheim voor me verborgen heeft gehouden, dus dan kan ik het niet maken om hem overal buiten te laten. Dat kun je echt niet van me vragen.'

'Laura, luister naar me.' Sanders stem klonk nu smekend. 'Het is in Tims belang dat hij niks te weten komt. Je brengt hem ernstig in de problemen als je je kop niet houdt. Het enige wat ik al die tijd heb proberen te doen, is hem beschermen ten koste van mezelf. Als je met hem praat, is alles voor niets geweest.'

'Hé, kemphanen, is het nou klaar?' Tim kwam aanlopen. Sander schrok en keek Laura indringend aan. 'Ik spreek je later, maar je moet echt je mond houden,' fluisterde hij. Ze was niet onder de indruk van zijn woorden, ze had zich nog nooit door iemand laten commanderen, maar ze werd bang van de blik in zijn ogen. Hij was báng. Echt bang. Totdat Sander haar meer vertelde, zou ze daarom zwijgen.

'We zijn afgekoeld, hoor,' stelde ze Tim gerust, terwijl ze een geforceerde lach op haar gezicht produceerde.

'Dikke vrienden,' zei Sander terwijl hij een arm om haar heen sloeg. Zijn kneepje in Laura's bovenarm maakte nog maar eens duidelijk dat hij op haar rekende.

'Mooi. Dan zou ik het wel erg gezellig vinden als jullie weer naar binnen zouden komen.' Tim draaide zich om en liep terug naar het huisje. Laura ging naast hem lopen en pakte zijn hand.

Toen ze net weer zaten met hun half opgedronken drankjes, ging Sanders telefoon. Als door een wesp gestoken pakte hij het toestel uit zijn broekzak. Laura volgde gespannen zijn bewegingen. Hij bracht het toestel naar zijn oor. 'Ha Cindy, wat leuk dat je belt.' Laura nam opgelucht een slok water terwijl ze meeluisterde met het gesprek.

'Ja, het gaat beter hoor met mijn neus. Een beetje blauw en dik nog, maar de pijn is goed te doen... Wat? ... Gaaf!

Wanneer? ... Ja, lijkt me geweldig. Ik overleg even met Tim en Laura en dan bel ik je terug. Morgen, hè? Oké, je hoort het nog. Dag.' Hij verbrak de verbinding. Tim en Laura keken hem vragend aan.

'Dat was Cindy. Of we morgen mee gaan parapenten bij Planpraz. Ze heeft twee collega's bereid gevonden om met ons een duovlucht te doen. Te gek, hè!'

Tim reageerde meteen enthousiast. 'Ik zeg doen! Ik heb altijd al eens onder zo'n ding willen hangen, maar het kwam er op de een of andere manier nooit van.'

'Je durfde gewoon niet,' plaagde Laura hem.

'We moeten Cindy binnen een uur laten weten of we meegaan, anders moet ze de plekken weer vrijgeven. Ik wil wel.'

'Ik ook.'

'Dan is het aan jou om de knoop door te hakken, Laura.'

'Zijn er veel risico's aan verbonden?'

'Welnee, joh. We worden gekoppeld aan ervaren instructeurs die dit vrijwel dagelijks doen. Zij doen het werk en jij hoeft alleen maar in je tuigje te hangen en te genieten. Wat zeggen ze altijd ook al weer over vliegen? De autorit naar het vliegveld is het gevaarlijkst. Dat geldt vast ook voor parapenten.'

'Als hele volksstammen het doen, dan kunnen wij het ook,' viel Tim Sander bij. 'Het lijkt me echt ontzettend gaaf.' Een blik op Tims enthousiaste gezicht maakte dat Laura overstag ging. 'Oké, ik zal geen spelbreker zijn. We doen het,' lachte ze.

'*Love you!*'

Sander pakte meteen zijn telefoon om Cindy terug te bellen. '*We're in*! Ogenblikje, dan pak ik even pen en papier...' Laura gaf hem het notitieblokje uit haar tas. Sander krabbelde een paar blaadjes vol in zijn kriebelige handschrift en hing toen op. Laura keek bedenkelijk naar het resultaat.

'Nou, ik ga voor de mondelinge toelichting, want hier kan ik werkelijk geen chocola van maken.'

'Schoonschrijven is inderdaad nooit zijn sterkste punt geweest,' beaamde Tim.

30

Laura keek door het raam naar buiten. De zon scheen alweer volop over de witte bergtoppen die het Chamonix-dal omringden. Qua weer hadden ze absoluut niet te klagen. Tim en Sander liepen al een uur opgewonden door het huis. Ze leken geen enkele last te hebben van de zenuwen die zij voelde. Straks zou ze in de lucht hangen en haar leven toevertrouwen aan een stuk textiel en wat draden. Dat vond ze nogal wat. Het onbehaaglijke gevoel dat ze daarvan kreeg, overtrof haar nieuwsgierigheid naar hoe het zou zijn om als een vogel door de lucht te vliegen. Net als haar vriendinnen had zij zich dat als kind ook vaak afgevraagd als ze de meeuwen zag zweven over de boulevard van Scheveningen. Maar ondanks haar angst besloot ze toch door te zetten. Terugkrabbelen na een toezegging was niet haar ding.

'Ben je er klaar voor?' Tim kwam achter haar staan en zoende haar in haar nek.

'Yep.' Zenuwachtig ging ze in haar hoofd het lijstje af dat Cindy hen had geadviseerd. Stevige hoge wandelschoenen in plaats van skischoenen zodat ze meer grip zouden hebben tijdens de start en landing en ook hun enkels minder kwetsbaar zouden zijn. Warme kleding, handschoenen, een zonnebril en een camera of telefoon om eventueel plaatjes te schieten vanuit de lucht. Tim masseerde de strakke spieren in haar nek en schouders zachtjes. Ze onderging het en probeerde een beetje te ontspannen.

'Er hangt een ervaren instructeur achter je, hè?'

'Ja, weet ik, maar toch.'

'Ik weet zeker dat je het geweldig gaat vinden.'

'We moeten gaan jongens, anders komen we te laat en sterf ik de verstikkingsdood.' Sander stond al in vol ornaat klaar en het zweet op zijn voorhoofd liet zien dat hij het bloedheet had. Laura ritste haar softshelljas dicht en pakte haar jas en handschoenen die al klaarlagen op de bank. 'Waar moeten we ook al weer naartoe?'

'Naar de voet van Le Brévent. Daar moet een verzamelpunt zijn voor de ticketbalie van de Chamonix Planpraz-lift. Cindy en haar collega's staan ons daar als het goed is op te wachten. En nou gaan we.'

Tim parkeerde de auto op de parkeerplaats bij de ticketbalie. Cindy en haar collega's stonden inderdaad al klaar bij het afgesproken verzamelpunt, dat met een blauw bordje werd aangegeven.

'Het is mooi weer om te vliegen vandaag,' begroette Cindy hen. 'Dit zijn mijn collega's Jacques en Armand.' Er werden handen geschud. 'Ik vlieg vandaag met Sander, Jacques met Laura en Armand met Tim. Dat is qua gewicht de beste verdeling. Hebben jullie op dit moment nog vragen? Nee? Goed, dan gaan we omhoog. Ik heb de tickets al geregeld.' Cindy zwaaide met de kaartjes. Laura liep mee met Jacques en Armand richting de lift en Tim en Sander volgden met Cindy. Uit het zachter worden van hun enthousiaste gepraat achter haar, maakte ze op dat ze er een trager tempo op nahielden. Ze keek over haar schouder en zag nog net dat Tim iets van Cindy aanpakte en het snel in zijn binnenzak stopte. Wat hij aanpakte was klein en ze dacht een glimp van gouden inpakpapier op te vangen. De ringen? Ging hij haar vandaag ten huwelijk vragen? Er ging een steek door haar buik. Deze keer niet van de zenuwen, maar van blijdschap. Met hernieuwde energie en een glimlach op haar gezicht liep ze door. Ze zweefde al voordat ze onder de parapente hing.

'*You look like you're looking forward to flying. That's good,*' probeerde Jacques een gesprek aan te knopen. Ze knikte. Hij hoefde niet te weten dat ze zich op iets heel anders verheugde. Op zijn uitnodiging stapte ze in de gondel die hen naar tweeduizend meter hoogte zou brengen.

Laura gespte de door Cindy en haar team meegebrachte *crampons* onder haar schoenen, een soort krammen die moesten voorkomen dat ze van de steile gladde helling af zou glijden. Het pak met het harnas waarmee ze straks aan Jacques zou worden gekoppeld had ze al aan. Cindy was bezig om Tim aan Armand te vergrendelen. Ze trok de riemen van zijn tuig stevig aan en controleerde alle verbindingen voordat ze Tim zei zijn helm op te zetten en zich voor te bereiden op de vlucht. Armand gaf aan dat hij zou wachten tot Laura en Sander ook goed waren ingesnoerd.

Vakkundig zekerde Cindy ook Laura vast aan haar instructeur. Laura was gefascineerd door de snelheid waarmee haar handen aan de juiste kabels trokken en dingen vastklikten. Ook deze keer liet ze er nog een extra controleronde op volgen voordat ze haar duim opstak. Ze gaf aan dat Laura haar helm met communicatiesysteem mocht opzetten. Jacques instrueerde haar om mee te lopen en achter Tim en Armand te gaan staan terwijl Cindy zichzelf aan Sander vastkoppelde. Daarna stelden ze zich op achter Laura en Jacques. Armand stak zijn hand in de lucht ten teken dat hij en Tim gingen vertrekken. Twee assistenten spreidden de parapente en hielden hem voor zich uit. Laura kreeg de kriebels toen Armand de uit nylondoek gemaakte vleugel strak liet trekken door de wind. Bijna als vanzelf werden hij en Tim naar de bergrand getrokken. Ze zetten een paar passen en toen ze goed los waren, trokken ze hun benen in. Ademloos keek Laura hoe haar grote liefde steeds verder van haar vandaan zweefde. Ze wilde achter hem aan! Het communicatiesysteem in haar helm kraakte en de stem van Jacques kondigde aan dat hij de parapente de lucht in ging brengen en dat ze klaar moest staan om mee te rennen. Laura zette zich schrap toen de wind onder de vleugel sloeg en een ruk gaf aan het tuig. Even nam de angst weer bezit van haar, maar het ongeduldige getrek van de parapente dirigeerde haar en Jacques richting het eindpunt van de steile helling. Er was geen weg meer terug.

'Een paar passen zetten en je lijf gestrekt houden!' brulde Jacques. 'Niet in elkaar duiken of je knieën intrekken voordat we in de lucht zijn.' Laura spande haar spieren aan en rekte zich uit. Zodra ze geen vaste grond meer onder haar voeten voelde, begon ze te gillen. 'Nu mag je gaan zitten.' Laura trok haar benen wat in, maar hield zich met beide handen krampachtig vast aan de baleinen.

'Ontspan maar en geniet.' Die Jacques had makkelijk praten. Hoe moest je nou ontspannen gaan 'zitten' in een 'stoeltje' dat bestond uit een paar brede riemen? Jacques stuurde meteen naar rechts om de kabelbaankabels aan de linkerkant niet te raken. Hij zorgde ervoor dat ze dicht langs de richel bleven zodat ze genoeg afstand hadden van de gletsjer. Cindy had eerder uitgelegd dat boven de gletsjer meer risico op dalende lucht was, die hen te snel naar beneden zou dwingen. Laura keek om en zag de rode parapente van Cindy en Sander inmiddels ook in de lucht hangen. Tim en Armand zweefden als een gele stip voor hen uit.

Nu ze allemaal goed in de lucht hingen, begon Laura wat te ontspannen en er de lol van in te zien. Links steile rots-

pieken en rechts de immense witblauwe gletsjer vol scheuren. Ze voelde zich een nietig stipje tussen de massa van
steen en ijs. Jacques draaide de parapente naar rechts en ze
zweefden richting de vallei van Chamonix waar ze straks
op een veld zouden landen. Laura keek uit over de vallei.
Aan de andere kant raceten speedriders van Le Brévent
naar beneden.

'Recht onder ons is een noodlandingsplaats, Clos du
Savoy,' zei Jacques in haar oortje. 'Maar omdat er sneeuw
ligt, dient hij nu als skipiste en mogen wij er geen gebruik
van maken. We hebben hem niet nodig ook, want het gaat
hartstikke goed. Geniet je een beetje?'

'Ik vind het fantastisch,' liet ze hem weten. Tim en Armand zweefden nog steeds voor hen uit. Ze keek achterom
naar Cindy en Sander en zag hen in eerste instantie niet.

'Waar zijn Cindy en Sander?' vroeg ze aan Jacques. Hij
keek net als zij om. 'Ze vliegen een stuk onder ons.' Laura
keek naar beneden. Inderdaad, daar was de rode parapente.
Het ding zweefde niet rustig en in strakke lijn zoals die van
haar en Tim. De vleugel maakte ongecontroleerde bewegingen naar rechts en links. Jacques had het ook opgemerkt.

'Dat ziet er niet goed uit,' mompelde hij. Hij ging iets lager vliegen en zocht via zijn communicatieset contact met
Cindy. '*Merde*,' hoorde Laura hem vloeken. Paniekerig keek
ze naar de rode zwalkende vleugel. Wat was er aan de hand?

'Het tuigje van Sander is losgeschoten!' lichtte Jacques
haar in. 'Hij heeft zich vastgeklampt aan Cindy, maar ze
weet niet of hij het lang genoeg volhoudt tot ze veilig beneden zijn. Ze probeert zo snel mogelijk naar de noodlandingsplaats te vliegen.'

Laura voelde het bloed uit haar gezicht wegtrekken.
Gespannen tuurde ze naar Sander en Cindy die uit alle
macht probeerden in de lucht te blijven. Jacques ging nog

wat lager vliegen zodat ze op gelijke hoogte kwamen. Nu kon Laura pas goed zien in welke penibele situatie Sander zat. Hij had zijn vingers op de een of andere manier achter Cindy's harnas weten te haken en dat was het enige wat voorkwam dat hij naar beneden stortte. Zijn handschoenen had hij niet meer aan. Zijn gezicht was verwrongen en rood van de inspanning. Cindy's gezicht stond geconcentreerd. Ze had duidelijk moeite met het gewicht dat aan haar hing en trok steeds aan de rechterrem om zo veel mogelijk recht te blijven vliegen. Zou haar tuigje lang genoeg bestand zijn tegen het gewicht van twee personen?

Laura hoorde Jacques aanwijzingen aan Cindy geven. Zijn kalme stem sprak ook bemoedigende woorden tegen Sander. De rode parapente daalde veel te langzaam naar Laura's zin. Sanders handen moesten inmiddels stram zijn van de kou en de inspanning. Ze keek voor zich uit waar Tim en Armand waren. Ze hadden duidelijk niet door dat er iets grondig mis was met Sander en Cindy, aangezien ze volop door waren gevlogen. Hun parapente hing als een gele stip aan de hemel, een stuk hoger dan die van haar en Sander. Hoewel het geen zin had, wilde Laura Tims naam schreeuwen. Hem terugroepen om Sander te steunen. Iets te doen, ook al wist ze niet wat.

Paniekerig keek ze weer naar Sander en slaakte een kreet toen zijn linkerhand zijn grip begon te verliezen. Hij hing nog maar aan één arm en graaide wanhopig in de lucht. 'Sander!' krijste ze. 'Nee!' Cindy stak haar hand uit en probeerde hem in een reflex vast te pakken terwijl ze met haar andere hand probeerde de parapente te besturen. De vleugel zwalkte ongecontroleerd door de lucht en Cindy had beide handen nodig om hem weer onder controle te krijgen. Sander was op zichzelf aangewezen. Voordat Cindy de boel kon rechttrekken vlogen ze al boven de gletsjer. Een windvlaag sloeg onder de vleugel, tilde hen eerst omhoog en smeet hen daarna een stuk naar beneden terwijl ze om hun as tolden. Sander deed opnieuw een verwoede poging om zijn losgeschoten hand achter Cindy's tuigje te haken, maar slaagde daar weer niet in. Cindy was nog steeds bezig om de parapente weer onder controle te krijgen maar de dalende lucht maakte dat vooralsnog onmogelijk.

Ze maakten weer een duik naar beneden terwijl de vleugel hen al ronddraaiend naar achteren trok en weer naar voren smeet. Laura durfde bijna niet meer te ademen van angst. Dit kon nooit goed gaan! Ondanks de forse dalingen was de afstand tussen de rode parapente en de verboden nood-landingsplaats nog aanzienlijk. 'Laat verdomme zien dat je zoveel uren op die stomme sportschool zit!' schreeuwde ze Sander toe. Ze wist dat haar woorden vervlogen in de wind voordat ze Sander bereikt hadden, maar toch luchtte het op ze uit te spreken. Ze hoorde Jacques via het communica-tiesysteem contact zoeken met Armand en hem inlichten over de situatie. Hij droeg hem op door te vliegen en te lan-den op de normale landingsplaats in de vallei terwijl hij zou proberen Cindy bij de les te houden.

Laura had het niet meer. Sanders ene arm zou zijn gewicht niet veel langer kunnen dragen en Cindy's harnas kon het elk moment begeven, en dan zouden ze allebei neerstorten. Dit was nou precies waarom ze zo had geaarzeld toen Tim en Sander haar overhaalden mee te gaan. Ze deed haar best om er niet aan te denken dat ze zelf ook nog in de lucht hing. Paniekerig voelde ze aan haar eigen tuigje. Had Cindy de inspectie goed uitgevoerd? En wat zei dat eigenlijk? De rode parapente daalde weer een aanzienlijk stuk, terwijl hij ongecontroleerd heen en weer zwalkte. Even leek hij een vrije val te maken en Cindy's mond opende zich voor een schreeuw. Jacques begon meteen op haar in te praten. Het leek effect te hebben. De snelheid waarmee ze daalden nam niet af maar ze slaagde erin om weer wat stabieler in de lucht te hangen. Laura keek angstig naar beneden en bad dat Sander het nog even zou volhouden.

'Handen aan het stuur!' commandeerde Jacques tegen Cindy. 'Waag het niet om los te laten!' Cindy luisterde en bleef haar best doen om de parapente te stabiliseren in plaats van een helpende hand naar Sander uit te steken. Nu loslaten zou voor hen allebei het einde betekenen. Maar ook Sanders rechterhand begon zijn grip te verliezen. Laura was misselijk van de spanning. Ze wilde er niet bij nadenken hoe doodsbang Sander op dit moment moest zijn en ze bewonderde Jacques dat hij zo koel kon blijven en zijn collega zo kon ondersteunen in deze levensgevaarlijke situatie. Ze wilde uitschreeuwen dat ze naar beneden wilde, geen seconde langer meer in de lucht wilde zweven, maar ze wist zich te beheersen.

Tevergeefs probeerde ze oogcontact met Sander te krijgen. Hij mocht niet opgeven! De veilige grond kwam steeds dichterbij. Het witte sneeuwtapijt gaf de indruk dat het hen allemaal zacht zou laten landen. Nog zo'n vijf meter te gaan. Van welke hoogte was een val dodelijk? Nog vier meter. Laura hield haar adem in. Het móést goed komen. Drie meter. Toen verloor Sander het laatste beetje grip en liet los...

31

In eerste instantie leek Sander een eeuwigheid in de lucht te zweven. Toen viel hij loodrecht naar beneden en kwam op zijn rug in de sneeuw terecht. Een skiër die net kwam aansuizen moest een onmogelijke manoeuvre maken om hem te ontwijken en kwam ten val. Hij maakte een paar koprollen voor hij tot stilstand kwam. Hij stond vrijwel direct weer op en leek geen ernstige verwondingen te hebben. Sander daarentegen bewoog niet. Cindy en Jacques bereikten bijna op hetzelfde moment de grond. 'Hard meelopen als we landen,' commandeerde Jacques in haar oor. Laura probeerde te gehoorzamen, maar toen het erop aankwam, gooide ze in een reflex haar benen naar voren en haar billen naar achteren. Laura werd een paar meter over de grond gesleept totdat Jacques haar overeind tilde.

Cindy had haar parapente al losgemaakt en rende naar Sander. De skiër had hem inmiddels al bereikt. Jacques verzekerde zich ervan dat Laura weer stabiel op haar benen stond en koppelde haar los om vervolgens zelf ook naar Sander toe te sprinten.

Doordat ze met zijn drieën om Sander heen stonden, kon Laura hem niet meer zien. Ze wilde naar hem toe, maar de angst voor wat ze zou aantreffen hield haar tegen. Was Tim maar hier. Jacques draaide zich naar haar toe en stak zijn duim op. Het moest wel betekenen dat Sander nog leefde en dat er geen heel ernstige dingen aan de hand waren, en Laura begon te huilen.

De opluchting gaf haar vleugels en ze rende naar het clubje mensen om Sander heen. Cindy en de skiër ondersteunden hem bij het zitten. Laura hurkte bij hem neer en wilde hem omhelzen maar Jacques trok haar weg. 'Hij heeft waarschijnlijk een rib gekneusd.' Nu pas zag Laura dat Sander zijn ogen gesloten had en dat zijn gezicht was vertrokken van de pijn. Hij kreunde zachtjes en ademde oppervlakkig.

'Het komt wel goed,' stelde Jacques haar gerust. 'Je ribben kneuzen doet nou eenmaal ontzettend veel pijn. Er is hulp onderweg om hem naar een ziekenhuis te brengen voor röntgenfoto's en een algeheel lichamelijk onderzoek.'

'Had hij niet plat moeten blijven liggen, voor als hij nek- of rugletsel heeft?'

'Eigenlijk wel, maar de skiër was als eerste bij hem en wist dat niet. De enige plek waar hij aangeeft pijn te hebben, is aan zijn ribbenkast. Hoofd, nek en rug lijken op het eerste gezicht in orde. Hij kan alles ook nog gewoon bewegen. Voor de zekerheid laten we hem toch maar met een helikopter vervoeren en niet per skibrancard. Voor het geval er toch nog ergens een werveltje niet goed zit.'

Niet veel later klonk het geluid van een helikopter. Het ding cirkelde een rondje boven hen, op zoek naar een geschikte landingsplaats. Toen hij even later aan de grond stond, snelden twee mannen met een eerstehulpkoffer en een brancard naar Sander toe. Hij schreeuwde het uit van de pijn toen ze hem vastsnoerden op de brancard. Zijn hoofd werd stabiel gehouden tussen oranje kussens en de boel werd vastgezet met een band over zijn voorhoofd. Laura zag dat hij extra zuurstof kreeg toegediend. 'Waarom krijgt hij dat?'

'Om het ademen wat makkelijker te maken nu hij zo'n pijn

heeft.' Een van de broeders nam Cindy apart om zich te laten informeren over de toedracht van het ongeluk en de andere boog zich over Sander heen en schoof het zuurstofmasker even opzij. Hij hield zijn oor bij Sanders mond. Vervolgens wenkte hij Laura. Snel liep ze naar de brancard toe en legde voorzichtig haar hand op Sanders ingepakte lijf. Zijn hoofd durfde ze niet aan te raken, bang dat er iets zou verschuiven. 'Ik ben zo blij dat je nog leeft,' snikte ze. Met haar vrije arm wreef ze de tranen uit haar ogen. Ze wilde helemaal niet janken. Ze moest Sander steunen in plaats van hier als een labiel tutje naast hem te staan. Daar had die jongen helemaal niets aan. Ze vermande zich. 'Het komt goed met je. Ze brengen je even voor een controle naar het ziekenhuis en vanavond zit je weer gewoon bij Tim en mij op de bank.'

Sander probeerde iets te zeggen, maar door het zuurstofmasker op zijn gezicht kon ze hem niet verstaan. Toen knikte hij maar, wat hem meteen op een hoop gemopper van de broeder kwam te staan. 'Stilhouden dat hoofd!' De andere broeder was uitgepraat met Cindy en voegde zich weer bij zijn collega. Laura werd verzocht aan de kant te gaan. 'We komen zo snel mogelijk naar het ziekenhuis,' riep ze hem toe. De broeders tilden de brancard met Sander in de helikopter. Zodra ze veilig geïnstalleerd waren, steeg hij op. Al snel was hij uit beeld. Cindy stond er wat verloren bij in haar eentje. Er stonden tranen in haar ogen. Laura liep naar haar toe. 'Gaat het?'

'Dat scheelde echt niks. Hij had wel dood kunnen zijn. Ik voel me zo schuldig.'

'Hoezo? Jíj hebt Sander en jezelf toch niet in gevaar gebracht? Zoiets heet overmacht.'

'Ik heb niet gemerkt dat zijn tuigje niet goed was. Ik had het materiaal nog beter moeten controleren. Ik... Dit is echt onvergeeflijk.'

Jacques was ook bij hen komen staan en sloeg een arm om Cindy heen. 'Je bent een van onze beste krachten.'

'Dat maakt het nog erger. Als mensen bij mij niet veilig kunnen zijn, bij wie dan wel? Zoiets is me nog nooit overkomen.'

'Het heeft geen zin om jezelf de schuld te geven voordat we de ware toedracht van het ongeluk kennen. Het is een wonder dat je ongedeerd bent en dat Sander er waarschijnlijk met een paar kneuzingen van afkomt. Je hebt de parapente heel knap aan de grond weten te krijgen in de moeilijkste omstandigheden. Daarmee heb je jullie levens gered.'

'Ik ben het met Jacques eens. Je verdient meer credits dan je jezelf nu geeft.' Laura kneep Cindy even bemoedigend in haar hand.

'Deze dag had zo anders moeten lopen.' Cindy keek haar aan maar verklaarde zich niet nader. Laura vroeg niet om uitleg omdat ze allang wist dat Cindy op het huwelijksaanzoek doelde. In plaats daarvan zei ze: 'Niemand van ons had dit kunnen bedenken toen we vanochtend opstonden.'

'Kom, we gaan zorgen dat we zo snel mogelijk bij Tim en Armand komen,' onderbrak Jacques hen.

'Ja, graag. Heb jij Armand al laten weten hoe het met Sander gaat?'

'Natuurlijk, meteen.'

'Fijn.' Toen richtte Laura zich weer tot Cindy. 'Weet jij naar welk ziekenhuis hij wordt gebracht?'

'Het Centre Hospitalier Intercommunal Hôpitaux du Pays du Mont-Blanc in Chamonix.'

'Zo, dat is een mond vol.'

Cindy glimlachte en leek zichzelf weer een beetje te herpakken. Haar handen trilden beduidend minder. 'Het is het dichtstbijzijnde ziekenhuis dat in het wintersportseizoen de eerste opvang doet van gewonde wintersporters. Er is een Spoedeisende Hulp en een röntgenafdeling die tussen negen uur 's ochtends en zeven uur 's avonds geopend zijn. Sander is daar in goede handen.'

'Waarom hanteren ze tijden? Een ongeluk valt toch niet te plannen?'

'Buiten het seizoen en buiten de openingstijden wordt iedereen automatisch naar het ziekenhuis in Sallanches gebracht. Dat ligt verderop in de vallei. Hulp is er natuurlijk altijd, ook buiten kantooruren. Soms moet je er alleen wat langer voor rijden.'

32

Tim zat met een verbeten gezicht achter het stuur. Ze waren op weg naar het ziekenhuis waar Sander naartoe was gebracht en hij had de hele weg nog amper iets gezegd. Ondanks zijn milde karakter was hij helemaal uit zijn plaat gegaan tegen Cindy. Hij hield haar verantwoordelijk voor Sanders val. Laura had haar uiterste best gedaan om hem te kalmeren en was flink voor Cindy in de bres gesprongen, maar Tim weigerde zijn standpunt bij te stellen.

'Je hebt het goed verpest,' beet hij haar steeds weer toe. Cindy had amper weerwoord gegeven of een serieuze poging gedaan om zichzelf te verdedigen tegen Tims beschuldigingen. Dit tot grote frustratie van Tim, die haar tenslotte een duw had gegeven om een reactie uit te lokken. Laura wist niet wat ze meemaakte. De ruziezoekende Tim die ze samen met Jacques uiteindelijk in bedwang moest houden, was niet de Tim die zij kende. Ze begreep dat hij erg geschrokken was, dat waren ze allemaal, maar alles op Cindy afschuiven sloeg nergens op. Ze kon niet goed bevatten waar zijn overtrokken reactie vandaan kwam.

Daarna was Tim boos op haar geworden, omdat ze zijn kant niet koos. Dit was de eerste ruzie tussen hen die Tim begonnen was. Meer dan wat hoognodige woorden had hij sindsdien niet meer tegen haar gesproken. Het leek haar beter hem even in zijn sop te laten gaarkoken en een gesprek te beginnen als hij weer wat was afgekoeld.

De TomTom gaf aan dat ze over een paar minuten bij het ziekenhuis zouden arriveren. Laura keek met een schuin oog naar Tims gezicht en constateerde dat het nog steeds op onweer stond. Ze hoopte maar dat hij tegenover Sander zijn zonnige gezicht zou opzetten en zijn tirade over Cindy niet opnieuw zou beginnen. Sander had al genoeg aan zijn hoofd zonder dat Tim de boel ging zitten opfokken. Verdrietig dacht ze aan haar blijdschap van die ochtend toen ze Cindy het juweliersdoosje aan Tim had zien geven. Het had een dag vol liefde en toekomstplannen moeten worden, maar hoe anders was het gelopen. Ze had nooit kunnen vermoeden dat de dag zo'n dramatische wending zou nemen. Tegelijkertijd telde ze ook hun zegeningen, want het had allemaal veel erger kunnen aflopen.

Tim parkeerde de auto op de kleine parkeerplaats voor het uit leem en hout opgetrokken ziekenhuis. Het had op het oog twee verdiepingen en een behoorlijk schuin aflopend dak. Nog steeds zwijgend namen ze de betonnen trap naar de ingang. Vlak voor ze naar binnen gingen, pakte Laura aarzelend Tims hand. Hij duwde haar niet weg en keek haar aan. De blik in zijn ogen verzachtte. 'Sorry. Jij kunt er ook niets aan doen. Maar het idee dat Sander vandaag het loodje had kunnen leggen, maakt me gek. Hij is een deel van mij en ik kan niet zonder hem.'

'Natuurlijk kun je niet zonder je beste vriend. Maar gelukkig hoeft dat ook niet en is het met een sisser afgelopen. Probeer niet na te denken over wat had kunnen gebeuren, maar blijf bij de realiteit. Sander heeft het overleefd. Het was een ongeluk.'

'Cindy had beter op moeten letten.'

'Ik ben ervan overtuigd dat Cindy Sanders tuigje net zo grondig heeft gecontroleerd als dat van jou en mij. Ze zou toch wel gek zijn om zichzelf in gevaar te brengen? Het had met haar ook slechter kunnen aflopen. Als ze niet zo'n bedreven parapenter was geweest, hadden zij en Sander het allebei niet meer kunnen navertellen.'

Tim zuchtte. 'Misschien heb je wel gelijk. Ergens weet ik ook wel dat het niet terecht is dat ik haar zo aanviel, maar ik moest iemand de schuld geven. En totdat we meer weten over de toedracht is zij echt de meest aangewezen persoon.'

'Zullen we daar straks verder over praten? Sander heeft ons nu nodig en het lijkt me niet in zijn belang als we met kwade koppen aan zijn bed staan. Hij is ook niet gebaat bij lukrake beschuldigingen aan Cindy's adres. Ik vind haar persoonlijk een heldin zoals ze er uiteindelijk in geslaagd is om "veilig" te landen.'

'Oké, laten we dan maar eens kijken hoe het met Sander is. Hopelijk mogen we hem straks al mee naar huis nemen. Daarna zien we wel weer verder.' Galant hield hij de deur voor haar open en volgde haar naar binnen. Laura haalde haar neus op. 'Wat hangt er toch altijd een typisch luchtje in ziekenhuizen. Ik hou er niet van.' Tim humde wat en liep naar de informatiebalie om te vragen waar ze Sander konden vinden.

Na wat omzwervingen kwamen ze bij de juiste kamer terecht. De deur stond op een kier en Laura loerde naar binnen. Toen ze Sander zag zitten, duwde ze de deur verder open. Zijn bovenlichaam was ontbloot en er was een drukverband aangelegd rond zijn ribbenkast. Zijn ogen stonden dof en hij maakte een wazige indruk.

'Goed je te zien, makker,' begon Tim. Hij tikte Sander zachtjes aan op zijn schouder. Het kwam wat onbeholpen over.

'Timmieboy,' kreunde Sander terwijl hij voorzichtig wat voorover ging hangen in zijn stoel.

'Inderdaad gekneusde ribben?' vroeg Laura.

'Yep. Twee stuks. Man, wat doet dat zeer. Maar die pijn-stillers die ze hier hebben, dat is goeie shit.' Hij toverde een grimas op zijn gezicht. 'Je wordt er heel relaxed van.'

Laura liet haar ogen over zijn voorovergebogen torso gaan en schrok van een duidelijk zichtbaar litteken op zijn schouders dat doorliep tot aan de rand van het verband en misschien nog wel verder. Ze besloot hem er op een an-der moment eens naar te vragen. 'Helpt dat verband een beetje?'

'Ze zeggen het. Het zou het gekneusde weefsel rond mijn ribben wat moeten ondersteunen en het maakt ademen wat minder pijnlijk. Ik schijn mazzel gehad te hebben dat ik geen rib heb gebroken. In het ergste geval had die mijn long kunnen perforeren.'

Laura trok een moeilijk gezicht. 'Ik hoor bij voorkeur geen plastische verslagen van dingen die hadden kunnen gebeuren.'

'Op die ribben na ben je in orde?'

'Ja, wonder boven wonder wel. Ik wacht nog op een paar recepten voor pijnstillers en dan mag ik met jullie mee.'

'Top!' Tims gezicht klaarde op. 'Hoe eerder we uit dit zie-kenhuis weg zijn, hoe beter.' Onrustig liep hij heen en weer door de kleine kamer.

'Doe eens niet zo zenuwachtig joh, het lijkt wel of jij de patiënt bent,' lachte Laura. 'Heb je nog zo'n zenpilletje over voor Tim, Sander?'

'Nee, ik hou ze lekker voor mezelf.'

Een arts kwam binnen en schudde Tim en Laura de hand. Sander probeerde wat rechterop te gaan zitten, maar liet dat snel uit zijn hoofd toen een nieuwe pijnscheut hem plaagde.

'Ondanks de pijn is het goed om af en toe wel wat te bewe-gen,' adviseerde de arts. 'Je moet proberen je spieren zo soe-pel mogelijk te houden. Af en toe een stukje wandelen zou goed zijn.' Hij overhandigde Sander twee recepten. Omdat hij steeds waziger voor zich uit ging kijken, richtte de arts zich tot Laura en Tim. 'Het is belangrijk dat hij de paracetamol vier keer daags consequent neemt, want je moet een spiegel opbouwen in het bloed voor het beste effect. Van die andere pijnstiller in elk geval vandaag en morgen drie keer daags een tablet. Hij heeft er een halfuur geleden al een gehad, dus de pijn zal als het goed is nog wat afnemen. Je merkt het vanzelf aan hem als de pil is uitgewerkt en hij een nieuwe moet hebben. Bij heel hevige pijn kan een extra pil ook geen kwaad, maar het zijn geen snoepjes. Hoe minder je ervan gebruikt, hoe beter. En geen alcohol zolang hij deze pillen slikt.'

Laura knikte. 'Gaan we voor zorgen. Moet hij hier nog terugkomen voor controle?'

'Nee, als hij het nodig vindt kan hij thuis gewoon naar zijn eigen huisarts gaan, maar in principe geneest het vanzelf. Het heeft alleen wat tijd nodig. Hij heeft echt een engeltje op zijn schouder gehad dat hij er zo goed van af is gekomen. Zijn rug, nek en hoofd zijn wonder boven wonder in orde.'

'We realiseren ons maar al te goed dat het ook heel anders af had kunnen lopen.' Laura bedankte de arts en schudde hem de hand. Tim volgde haar voorbeeld.

Sander stak voorzichtig zijn hand een stukje in de lucht als afscheid. 'Dank u wel, dokter, voor de goede zorgen.'

'Kom kneus, we gaan je meenemen.' Tim hielp Sander voorzichtig overeind. Tim wilde hem ondersteunen met lopen maar Sander weerde hem af.

'Zo min mogelijk aan me komen, graag.' Als een oude man met gekromd bovenlichaam schuifelde hij op eigen kracht achter hen aan.

'Mag ik wel de deur voor je openhouden?'

Sander mompelde wat en liep de gang op.

Buiten scheen de zon en Laura zette haar zonnebril op. 'Ik kruip wel achterin, dan hoeft Sander zich niet in allerlei bochten te wringen.' Tim drukte op de afstandsbediening en de auto ontgrendelde met een klik. Sander ging met zijn rug naar de stoel staan en hield zijn armen strak langs zijn lichaam terwijl hij langzaam door zijn knieën zakte tot hij het zitvlak raakte. Hij ademde hoorbaar in en draaide zijn lijf een kwartslag zodat hij normaal op de stoel kwam te zitten. 'Aaaah. *Damn*.'

'Waarom doe je dat dan ook zo lomp? Neem dan even rustig de tijd.'

'Het is net als een pleister, Tim. Als je je tanden op elkaar zet en het in één keer regelt, dan is de pijn even kort en hevig maar per saldo altijd nog minder dan dat je gaat lopen pielen. Nou, instappen en rijden. Ik wil naar huis.'

Laura stond in gedachten verzonken uit het raam te turen. Terug in het huisje was Sander meteen naar zijn slaapkamer vertrokken. Laura had graag nog even met hem gepraat, maar ze snapte ook wel dat hij even in alle rust wilde bijkomen. Nu Sander weer op zijn pootjes terecht was gekomen, begon het gesprek dat ze met hem had gehad over zijn geldproblemen weer door haar hoofd te spoken. Er waren heel veel vragen waar ze een antwoord op wilde. Eerlijk gezegd waren er steeds meer vragen bij gekomen. Als Tim het gesprek op dat moment niet had onderbroken, had ze nu misschien al van de hoed en de rand geweten. Sander had toegezegd haar te informeren, maar sinds gisteravond was ze niet meer alleen met hem geweest. Toen Tim aankondigde dat hij naar bed ging, had ze nog even willen blijven zitten in de hoop het gesprek met Sander af te maken. Die was echter nog eerder vertrokken dan Tim en had zijn kamerdeur op slot gedraaid. Het was duidelijk dat hij met rust gelaten wilde worden en onder het beloofde gesprek probeerde uit te komen.

Gisteravond had ze het erbij laten zitten, maar vandaag was ze stellig van plan geweest hem op de een of andere manier apart te nemen zodra de gelegenheid zich voordeed. Hoe anders stonden de zaken er nu weer voor.

'A *penny for your thoughts, dear.*' Laura schrok toen ze Tims armen om zich heen voelde. Ze draaide zich naar hem toe.

'Waar was je over aan het piekeren?'

'Ik zie de hele tijd hoe Sander met één arm aan die parapente hangt en dan valt.' Ze vond het vervelend om niet eerlijk te kunnen zijn tegen Tim, maar ze wilde Sander eerst spreken om te weten wat er nou precies aan de hand was. Bovenal wilde ze weten waarom Tim 'voor zijn eigen bestwil' overal buiten moest worden gehouden. Tim mocht op geen enkele manier in moeilijkheden worden gebracht. Ze zou hem met alles wat ze in zich had beschermen en ze kon zich niet aan de indruk onttrekken dat Sander hetzelfde aan het doen was. Maar tegen wie of wat? En waarom?

'Ik ben blij dat ik het niet live heb gezien, moet ik je eerlijk bekennen. Ik weet niet wat ik gedaan had.'

'Net als ik, niks. Wat kun je doen? Die machteloosheid vond ik het ergste. Je ziet het voor je ogen gebeuren en je kunt alleen maar toekijken en bidden dat het goed afloopt.' Laura zuchtte diep.

'Ik had me vandaag heel anders voorgesteld.' Tim veegde een pluk haar uit haar gezicht.

'Hoe dan?' vroeg Laura naar de bekende weg.

'Dat ga ik je een andere keer vertellen, maar niet nu. Dit is niet het moment.'

'Wat doe je geheimzinnig. Vertel nou wat je bedoelt. Ik

heb vandaag al genoeg spanning voor mijn kiezen gehad.'

'Later, nieuwsgierig aagje.'

'Wanneer dan? Kan ik je niet verleiden om alvast iets te verklappen? Eén hint?' Ze kuste hem verleidelijk, maar hij hield voet bij stuk. 'Je merkt het vanzelf als het zover is.'

33

Sander strompelde druk whatsappend richting de gedekte ontbijttafel en nam plaats op de stoel tegenover Laura. 'Hoe gaat het met je?' vroeg ze hem.

'Redelijk, veel pijn.'

'Doe vooral rustig aan, zou ik zeggen.'

'Ik zal wel moeten.'

'Dus ook niet de hele tijd whatsappen. Wie is het?' Laura wees naar de telefoon.

'Cindy. Ze wilde weten hoe het met me gaat. Ze hebben mijn harnas onderzocht en er bleek een aantal stiknaden te zijn gescheurd toen ik er met mijn volle gewicht aan hing. Niemand begrijpt er iets van, aangezien het tuig pas twee weken in gebruik was. Ze gaan contact opnemen met de fabrikant om te achterhalen of het een fabricagefout is geweest.'

'Poeh, dus het zou kunnen dat er gewoon een steekje bij je los zat?'

'Haha, flauw.'

'Sorry, dat is inderdaad flauw. Geen beste beurt van die fabrikant als het inderdaad verwijtbaar blijkt te zijn. Levensgevaarlijk zelfs. Als ik Cindy's baas was, deed ik geen zaken meer met ze.'

'Dat is nog te voorbarig om te zeggen. Het is nog niet zeker dat het aan de fabrikant ligt.'

'Aan wie zou het anders moeten liggen?'

'Weet ik veel.' Sander haalde zijn schouders op en hij blies hard tussen zijn lippen door om de pijn op te vangen. 'Man, zelfs de lulligste bewegingen doen zeer.'

'Ik stel voor dat we de vakantie maar afbreken en vandaag nog naar huis rijden.' Laura peilde Sanders reactie terwijl ze op een croissant kauwde.

'Nee joh, ben je mal. Jullie kunnen toch nog een paar dagen lekker skiën? Ik vermaak me wel. Genoeg kroegen in Chamonix waar ik nog niet binnen ben geweest.'

'Zie je het voor je? Jij op kroegentocht. Man, je kunt amper fatsoenlijk rechtop zitten,' bemoeide Tim, die net was binnengekomen, zich er nu ook mee.

'Bovendien mag je geen alcohol drinken bij die pijnstillers van je,' vulde Laura aan.

'Je kunt ook naar een kroeg voor de gezelligheid, Laura. Niet iedereen zuipt zich klem aan cocktails om het een beetje leuk te hebben,' gaf Sander haar lik op stuk. Voordat Laura een snedige opmerking kon maken, nam Tim het woord weer. 'Ik ben het wel met Laura eens. We kunnen beter naar huis gaan zodat je in alle rust kunt herstellen. Een goed bed lijkt me in jouw geval ook geen overbodige luxe en die dingen van hier zijn nou niet bepaald heel comfortabel. Of wilde je beweren van wel?'

'Het gaat wel. Heus. Gaan jullie nou gewoon nog een paar dagen lol maken, terwijl ik mijn wonden lik. *No big deal.*'

'Het lijkt wel of je niet naar huis wilt,' merkte Laura op. Sander wierp haar een waarschuwende blik toe.

'Hoezo zou ik niet naar huis willen?'

'Zeg jij het maar.'

Sander propte zijn mond vol met stokbrood en nam rustig de tijd om zijn mond leeg te eten voordat hij antwoordde. Uitsteltruc, dacht Laura schamper.

'Om heel eerlijk te zijn moet ik er niet aan denken om

urenlang in die auto te zitten. Over een paar dagen is de pijn vast minder en houd ik de terugreis beter vol. Het heeft dus niets te maken met dat ik niet naar huis zou willen.'

'Oké, daar is wat voor te zeggen,' reageerde Tim instemmend. 'Misschien moeten wij inderdaad nog maar een paar dagen gaan skiën.'

'Ik blijf erbij dat ik liever naar huis wil. Sinds we hier zijn, hebben we alleen nog maar gedoe gehad. Eerst dat skiongeluk van Tim, toen die vechtpartij in de kroeg en gisteren Sanders bijna dodelijke val. O, en dan zou ik die dode haas nog bijna vergeten. Ik zeg: laten we de veiligheid van thuis gaan opzoeken nu we allemaal nog in relatief goede gezondheid verkeren. Met een extra pijnstiller overleef je die autorit echt wel.'

'Tja, misschien heb je toch wel gelijk, Lau. Ik weet niet hoe het met jullie zit, maar ik heb het echte vakantiegevoel nog niet te pakken gekregen. Ik ben nog minstens zo moe als toen we hiernaartoe vertrokken. Thuis op de bank hangen met wat goede dvd's klinkt bij nader inzien best aanlokkelijk. Ik kan een paar dagen bijtanken nog wel gebruiken, voor ik weer aan de slag moet.'

Samen keken ze naar Sander die wat nors voor zich uit staarde. Op het moment dat hij zijn mond opende om iets te zeggen, ging zijn telefoon. Automatisch veerde hij op en vloekte hartgrondig. Het geluid van zijn telefoon hield aan. 'Klotezooi! Laat me toch met rust.' Hij trok bleek weg toen hij zijn telefoon uit zijn broekzak probeerde te halen. Gefrustreerd zette hij het geluid uit, terwijl hij vluchtig op het scherm keek en de kamer uit liep.

'Waar ga je naartoe?' Laura en Tim liepen hem achterna.

'Een frisse neus halen. In mijn eentje. Ik ben het allemaal even spuugzat.'

'Je gaat niet in je eentje op pad terwijl je zo stoned bent

van de medicijnen. Straks val je nog.' Laura was al bezig om haar jas aan te trekken maar Sander ging dreigend voor haar staan. 'Wat begrijp je niet aan "ik ga in mijn eentje"? Nou?'

'Rustig maar, Laura bedoelt het goed,' kwam Tim tussenbeide. Sander draaide zich zonder verder nog iets te zeggen om en liep naar buiten.

'Waar ga je heen? Zeg dan in elk geval waar je naartoe gaat.' De deur sloeg met een klap dicht in Laura's gezicht. Vertwijfeld keek ze Tim aan. 'Wat moeten we nu? Hem zo laten weglopen of toch achter hem aan gaan? Straks gebeurt er wat.'

'Ik weet het niet. Hij gaat flippen als we nu naar hem toe gaan.'

'En ik ga flippen als hem iets overkomt.'

'Oké, we volgen hem. Maar zo dat hij het niet in de gaten heeft.' Tim trok zijn jas van de kapstok en zette de voordeur op een kier. 'We gaan pas naar buiten als hij uit het zicht is verdwenen. Hij zal vast een paar keer achteromkijken, vermoed ik.'

'Goed, ik pak even wat pijnstillers en paracetamol voor het geval dat. Mocht hij ergens stranden van de pijn, dan kunnen we hem in elk geval helpen.'

34

'Hij heeft de gang er niet echt in, hè?' Het kostte Laura veel moeite om de afstand tussen hen en Sander niet kleiner te laten worden. Ze hield van doorstappen en niet van het geslenter waar ze nu toe veroordeeld waren. Het steeds stilstaan en weer kleine stukjes lopen begon haar flink de keel uit te hangen en was ook niet bevorderlijk voor het warm houden van haar lichaam. Tim leek er minder moeite mee te hebben. Hij droeg de rugzak met spullen en neuriede zachtjes een liedje.

'Kunnen we niet gewoon naast hem gaan lopen en hem overhalen met ons mee te komen?'

'Lijkt me niet verstandig. Als Sander in een dergelijke bui is, kun je hem beter even met rust laten. Alles wat je dan zegt, werkt averechts, geloof me.'

'Ik geloof je. Jij kent hem beter dan ik. Ik vraag me af waar hij naartoe loopt. Ik blijf erbij dat ik het onverantwoord vind dat hij in deze toestand in zijn eentje op pad is.'

'Hij is niet in zijn eentje. Wij lopen mee,' reageerde Tim droog. Laura zuchtte. 'Hij heeft al die tijd nog niet één keer omgekeken.'

'Ik denk dat hij moeite genoeg heeft om vooruit te komen. Van draaiende bewegingen wordt hij op dit moment niet echt gelukkig.'

'Nou, dat is voor ons dan mooi een geluk bij een ongeluk. Het maakt het volgen een stuk makkelijker.' Een tijdje liepen ze zwijgend verder, Sander geen moment uit het oog verliezend.

'Hij gaat naar het centrum volgens mij. Zou hij echt naar de kroeg gaan?'

Tim haalde zijn schouders op. 'We merken het vanzelf.'

In het centrum van Chamonix aangekomen koerste Sander naar de dichtstbijzijnde pinautomaat. Buiten zijn blikveld volgden Laura en Tim zijn handelingen. Sander haalde een blauwe bankpas uit zijn zak en stak hem in het apparaat.

'Waarom neemt hij geld op van de bedrijfsrekening?' De verbazing klonk door in Tims stem.

'Hoe weet je dat?'

'Omdat aan de bedrijfsrekening van Fit & Shape blauwe passen zijn gekoppeld. Privérekeningen hebben oranje passen.'

'Misschien vergist hij zich? Die pijnstillers werken wel wat vertroebelend.'

'Dat hoop ik maar, anders heeft hij wel wat uit te leggen. We hebben de afspraak dat we de bedrijfsrekening niet privé gebruiken. Als je daaraan begint dan is het einde zoek.'

'Wanneer heb jij eigenlijk voor het laatst de boeken van Fit & Shape ingezien?'

'Nou, dat is wel een tijdje geleden. Sander regelt de boekhouding. Meer zijn ding dan het mijne.'

'Maar dan heb je toch totaal geen zicht op wat er gebeurt?'

'Ik vertrouw Sander.'

'Is dat niet een beetje naïef? Hij staat nu wel de bedrijfsrekening te plunderen.'

'Kan nooit om een groot bedrag gaan. Je kunt in het buitenland niet ongelimiteerd geld opnemen.'

'Nee, maar toch.'

Sander draaide zich om en Laura en Tim konden nog

net op tijd een winkel induiken. Door de etalage heen glurend zagen ze Sander de pinpas en het geld wegstoppen. Daarna pakte hij zijn telefoon en typte een WhatsAppbericht. Althans, zo leek het. Al die tijd was zijn gezicht duidelijk vertrokken van de pijn en had hij nauwelijks oog voor zijn omgeving.

'Wat is hij nou toch allemaal aan het doen?'

'Ik weet het niet. Ik hoop dat hij nu omkeert en naar huis gaat. Ik begin het wel een beetje zat te worden. Ik moet er niet aan denken dat hij ook nog eens een paar uur in de kroeg gaat zitten.'

'Op kosten van de zaak,' voegde Laura eraan toe.

'Ik zal hem straks weleens vragen naar dat geld, maar er is vast een goede verklaring voor.'

Laura twijfelde of ze Tim over Sanders geldproblemen moest vertellen, maar besloot het toch niet te doen. Ze zou hem straks dwingen om zelf open kaart tegen Tim te spelen.

Ze wachtten nog even tot hij weer een eindje op pad was en glipten toen achter hem aan.

'Hij maakt in elk geval niet rechtsomkeert,' concludeerde Laura al snel geërgerd. Weer begon het spel van lopen en stilstaan. Uiteindelijk kwamen ze terecht bij de gondel naar Planpraz, die ze gisteren ook hadden genomen om te gaan parapenten.

'Wat moet hij hier nou? Het debacle van gisteren nog eens herbeleven of zo?'

'Ik heb werkelijk geen idee.' Het was vrij druk bij de gondel dus Laura en Tim konden zich probleemloos verschuilen voor de niet al te alerte Sander. Toen Sander was ingestapt namen ze zelf een van de laatste gondels. Net als gisteren bracht de kabelbaan hen weer naar tweeduizend meter hoogte. Het viel Laura op hoe anders het landschap eruitzag nu bewolking de overhand had. Door de mist leken de bergtoppen die gisteren nog goed te zien waren, te verdwijnen in de wolken.

Aangekomen op Planpraz nam Sander meteen de kabelbaan naar de top van Le Brévent. Laura en Tim wisten hem weer ongezien te volgen.

'Het wordt steeds meer een dappere onderneming.' Tim keek bezorgd naar de steeds dikker wordende mist waar de kabelbaan zich een weg doorheen baande. Het laatste stuk ging behoorlijk steil omhoog. De wind trok aan en de gondel schudde heen en weer. Laura greep Tim geschrokken vast toen er een luik aan de bovenkant openwaaide. 'Ik geloof dat ik dit niet zo fijn vind.'

'We zijn er bijna,' stelde Tim haar gerust.

Laura was blij toen ze weer vaste grond onder haar voeten voelde. Met een zorgelijk gezicht keek ze naar de lucht die steeds donkerder werd. 'Ik wil zo snel mogelijk weer naar beneden. Ik vertrouw het weer niet.'

'Eerst maar eens kijken waar onze grote vriend ons nu weer naartoe brengt.'

Laura en Tim bleven wat staan dralen tussen de andere mensen die uit de gondel waren gestapt. Laura maakte uit de gesprekken op dat het een grote groep vrienden was die naar Lac du Brévent wilde wandelen, een bergmeer gelegen op de helling onder de top van Le Brévent. Ze hoopte niet dat Sander het in zijn hoofd haalde om daar ook naartoe te gaan. Ze waren helemaal niet goed voorbereid op zo'n tocht. Tim stond op zijn tenen te kijken waar hij gebleven was en gaf Laura een por. 'Daar, hij gaat dat wandelpad op.'

Tot haar opluchting zag Laura dat Sander een andere route nam dan de groep, maar ze was die opluchting snel weer kwijt toen bleek dat er geen andere mensen meer waren die een buffer konden vormen tussen hen en Sander. Het zou nu wel heel lastig worden om hem ongezien te volgen. 'Wat doen we nu?'

'Voldoende afstand houden en hopen dat hij niet omkijkt. Voor zover ik kan zien is het een vrij bochtig wandelpad dus dat biedt mogelijkheden.' Sander was al voorbij de eerste bocht en Laura en Tim begonnen rustig te volgen. De wind trok wat verder aan en de eerste sneeuwvlokken begonnen te vallen. 'Ook dat nog. Weet je zeker dat je door wilt gaan?'

'Ik kan Sander niet in de steek laten. Als jij terug wilt moet je dat nu doen, maar ik ga verder.'

Laura aarzelde even maar besloot toch mee te gaan. 'Ik laat je niet alleen, dan heb ik ook geen rust.' Ze liep achter Tim aan en probeerde zo ver mogelijk weg te blijven van de steile afgrond aan haar rechterhand. Ze concentreerde zich op het goed neerzetten van haar voeten en was extra beducht op gladde stukken. Daardoor vergat ze ook af en toe voor zich uit te kijken en botste ze plompverloren tegen Tim op die stilstond bij de eerste bocht waar Sander achter verdwenen was. Tim helde naar voren, maar wist zijn evenwicht te bewaren.

'Sorry. Ik zal beter opletten.' Tim drukte zijn lijf tegen de rots aan de linkerkant van het pad en keek eromheen. 'Hij is bijna bij de tweede bocht.' Laura knikte en wachtte geduldig tot Tim weer ging lopen. Ze zorgde dat ze vlak achter hem bleef lopen om zichzelf zo goed mogelijk tegen de koude windvlagen te beschermen. Het begon wat harder te sneeuwen en ze dook weg in haar jas. Als Sander nog eens iets wist! Ze hadden nu ook gezellig met zijn drieën bij de haard kunnen zitten.

Ze zette haar verstand op nul en haar blik op oneindig. De ene voet voor de andere, daar kwam je het verste mee. Deze keer vergat ze niet ook af en toe voor zich uit te kijken zodat ze voorbereid was als Tim ineens weer stilstond. Bij de volgende bocht aangekomen keek hij weer voorzichtig om de rots heen en trok zijn hoofd snel terug. 'Hij staat vlakbij en er is iemand bij hem.' Laura keek voorzichtig langs Tim heen en verschool zich geschrokken weer achter hem. 'Tim, dat is die figuur in dat witte skipak die Sander laatst onderuit duwde toen we naar die gletsjer gingen!'

Tim keek nog eens langs de rand. 'Verrek, ik denk dat je gelijk hebt. Ik had het in eerste instantie helemaal niet door.'

'Ik heb nog steeds geen idee wie het is. Die zonnebril, muts en das laten geen millimeter gezicht of haar zien en dat dikke pak geeft ook haast niets prijs van het postuur.'

Samen zakten ze door hun knieën en bogen voorzichtig naar voren. Sander stond met zijn rug naar hen toe en de wind voerde zijn stemgeluid hun richting uit. Hoewel Laura niet kon verstaan wat hij zei, klonk zijn stem hard. Aan zijn lichaamshouding was te zien dat hij ontzettend boos was op de persoon die voor hem stond. Was het Moneymaker? Wie het dan ook was, deze persoon was duidelijk een stuk kalmer dan Sander. Een handschoen werd uitgedaan en een slanke lange hand werd Sanders richting uitgestoken. Het was een vrouwenhand, met zwart gelakte nagels.

Terwijl Sander een stapeltje bankbiljetten in de uitgestoken hand legde, dook Tim terug achter de rots. Hij was lijkbleek. Laura greep hem vast omdat ze bang was dat hij ter plekke zou flauwvallen. 'Tim, wat is er aan de hand?' Hij schudde onophoudelijk met zijn hoofd, maar reageerde niet op haar bezorgde vraag. Hij begon ongecontroleerd te ademen en Laura sloeg hem zachtjes op zijn wang om hem bij de les te houden. De blik in zijn ogen was afwezig en ze kon geen contact met hem krijgen.

Sander praatte nog harder, en de vrouw die bij hem was,

stond nu ook te schreeuwen. Laura keek weer langs de rots en zag dat de vrouw Sander een duw tegen zijn gekneusde ribben gaf. Hij brulde van de pijn. Toen ze weer aanstalten maakte om naar hem uit te halen was Sander haar ondanks de pijn voor. Met twee armen duwde hij haar krachtig van zich af. De vrouw schoot naar achteren maar wist op de been te blijven terwijl ze hem van alles toeschreeuwde. Ze stond gevaarlijk dicht bij de afgrond.

'Tim, we moeten ingrijpen voordat er ongelukken gebeuren. Sander duwt haar bijna het ravijn in.' Laura schudde Tim door elkaar. 'Hou hem tegen voordat hij domme dingen doet.'

In plaats van in actie te komen, begon Tim te huilen. Laura begreep niets van zijn reactie, maar besloot zelf in te grijpen voordat Sander dingen deed waar hij later spijt van kreeg. Ze sprong achter de rots vandaan op het moment dat Sander met zijn rechterschouder vol op de vrouw inramde.

'Sander!' schreeuwde Laura. De vrouw slaakte een gil en verloor haar evenwicht. Ze viel achterover en belandde op de rand van het ravijn. Haar bovenlichaam lag nog op het wandelpad, maar een groot deel van haar onderlichaam stak over de rand uit. Ze bleef doodstil liggen om niet weg te glijden. Laura wilde te hulp schieten, maar voelde plotseling Tims sterke armen om zich heen die haar optilden. Ze probeerde los te komen uit zijn greep. 'Laat me los, we moeten haar helpen!'

Sander stond dreigend boven de vrouw, maar stak geen poot uit om haar te helpen. Toen draaide hij zich om naar Laura en Tim. 'Wat doen jullie hier?' Voordat Laura antwoord kon geven klonk de stem van de vrouw. Ze richtte zich tot Tim en haar stem werd zacht en flemend.

'Peter, jij laat me hier toch niet hulpeloos liggen? Ik heb

zoveel voor je gedaan. Heb je me niet een beetje gemist?'
Sander maakte een slaande beweging met zijn arm richting
de vrouw, maar die leek niet onder de indruk.

'Lazer op Fred, dit is iets tussen mij en je broer. Jíj hebt
hem van me afgepakt. Ik háát je.' De stem van de vrouw
klonk nu vals en dreigend, ondanks haar benarde positie.

Laura, die nog steeds door Tim in bedwang werd gehouden, begreep er helemaal niets meer van. *Peter en Fred?
Broers?*

Sander schreeuwde tegen de vrouw: 'Je zult nooit stoppen, hè? Dan moet ík je maar stoppen. Je hebt genoeg schade aangericht.' Met zijn voet gaf hij haar een zet en ineens
was de vrouw over de rand verdwenen.

'Nee!' schreeuwde Laura. Tim liet haar los en ze rende
naar Sander toe. Een halve meter onder de rand bungelde
de vrouw aan een stuk uitstekende rots dat ze wonder boven wonder te pakken had gekregen. Laura ging op haar
knieën zitten en wilde haar hand uitsteken, maar Sander
trok haar weg.

'Nee. Hier eindigt het.'

'Tim, doe jíj dan iets!' Tim bleef verstijfd staan en verzette
geen stap.

'Petertje,' klonk het, smekend nu. Laura zag dat de vrouw
haar grip langzaam begon te verliezen.

Sander strompelde naar de rand. 'Tim. Hij heet Tim.'

'Ik had je moeten vermoorden, net als je vader,' siste de
vrouw. 'Gisteren was het me bijna gelukt en dan had ik Peter weer voor mezelf gehad!'

'Dus papa is helemaal niet bij ons weggelopen? Leugen-
achtig secreet. Wat heb je met hem gedaan?'

'Help me omhoog en ik vertel je alles,' zei de vrouw. De
hatelijkheid was uit haar stem verdwenen en ze klonk nu
wanhopig.

'Help haar, Sander.' Tim zette een paar stappen in de richting van het ravijn.

'Ja, Peertje, jij helpt mama wel, hè schat? Alsjeblieft?' Tim maakte aanstalten om dichter naar de rand te lopen maar Sander hield hem tegen.

'Je trapt er toch niet weer in, Tim? Een pathologisch leugenaar zal nooit de waarheid vertellen. Er is geen plaats meer voor haar in ons leven.' Sander duwde Tim weg bij de rand. 'Hou hem vast, Laura.' Toen keek hij weer naar beneden.

'Fred, verdomme, ik houd het niet lang meer vol.'

'Sander, help haar nou,' jammerde Laura. 'Straks is het te laat.' Sander negeerde haar en richtte zich weer tot de vrouw.

'Hoezo had je me gisteren bijna vermoord?' Sander keek over de rand. 'Was jij het... heb jíj dat tuigje gesaboteerd?'

'Peter is van mij, niet van jou.' De woorden klonken steeds moeizamer door de krachtsinspanning die de vrouw moest leveren. Toch hield ze haar mond niet. 'Ik... haat... je...' De handen van de vrouw verloren hun laatste beetje grip en ze stortte naar beneden.

Haar gekrijs ging Laura door merg en been. En toen hield het op. Sander zakte kreunend in elkaar en Tim rukte zich los en vloog op hem af. Rende toen naar de afgrond. 'Ze beweegt niet. Sander? Sander? Ze ligt daar maar op haar rug met haar nek in een rare houding.' Hij rende terug naar Sander. 'We hadden haar kunnen redden maar we hebben het niet gedaan. We hebben haar vermoord.' Tim liet zich bij Sander in de sneeuw vallen en begon ongecontroleerd te huilen.

Sander kwam moeizaam overeind en pakte hem bij zijn schouders. Hij hield hem een tijdje vast en liet hem uithuilen. 'Tim, kijk me aan. Het is beter zo. Ze zou je nooit met rust laten. Nooit. Hoor je me? Ze chanteerde me al een tijdje. Alleen als ik haar geld betaalde, zou ze jou en Laura met rust laten. Een tijdje geloofde ik haar omdat ik het zo graag wilde, maar ze werd steeds hebberiger. En toen kwam ik erachter dat ze ons gevolgd was, nota bene door die foto die Laura had gemaakt bij Elevation, en toen wist ik dat ze nooit tevreden zou zijn en nooit zou stoppen.'

'Maar ze is onze moeder.'

'Schei toch uit Tim, ze is nooit een moeder geweest. Een bloedband is geen garantie. Ik heb mezelf verschrikkelijk in de nesten gewerkt om jou te beschermen. Laat dat niet voor niks zijn geweest. Vergeet wat er zojuist gebeurd is en wordt gelukkig met Laura. Alsjeblieft.'

Laura had ademloos naar Sander geluisterd. 'Vergeten wat er gebeurd is? Dit is gewoon moord! We hadden haar kunnen redden en door dat niet te doen zijn we medeplichtig. O, fuck.' Angstig keek ze om zich heen. Het pad achter hen was nog steeds leeg. Ze dankte in stilte het slechte weer dat daar ongetwijfeld de oorzaak van was. Sander volgde haar blik. 'Er zijn geen getuigen. We zorgen nu als de sodemieter dat we hier wegkomen en hopen dat het lichaam voorlopig niet gevonden wordt. Vanavond rijden we naar huis. Zolang we alle drie onze mond houden is er niets aan de hand. Ik had jullie niet voor niets gezegd om me niet te volgen. Als jullie thuis waren gebleven, had ik dit zelf opgelost en hadden jullie van niks geweten.'

'Hoe kun je zo koelbloedig zijn?' Laura trilde over haar hele lichaam. 'Los jij altijd dingen op door mensen uit de weg te ruimen?'

'Straks leg ik je alles uit, Laura. Echt waar. Dan zul je het begrijpen. Geloof me, haar dood is Tims redding.'

'Waarom noemde ze jullie Peter en Fred? Wat is er toch aan de hand? Was zij Moneymaker?' Het begon steeds harder te sneeuwen en de wind trok verder aan.

'Straks, Laura. Eerst zorgen dat we hier veilig wegkomen. Als het echt slecht weer wordt, sluiten ze de kabelbaan. Dan hebben we er nog een probleem bij.' Moeizaam kwam hij overeind en greep naar zijn ribbenkast. Hij kreunde. Laura hielp Tim overeind, die een lege blik in zijn ogen had. Ze liep achter hem langs en maakte de rugzak open. 'We hebben pijnstillers voor je meegenomen. Wil je er een?'

'Graag.' Sander pakte een paracetamol uit het zakje dat Laura hem voorhield en slikte hem zo door. De rest van de pillen stopte hij in zijn jaszak.

'Moet je die andere pijnstiller ook niet nemen?'

'Straks. Ik wil nu mijn kop erbij houden en dat lukt niet goed als ik zo'n pil heb gehad.'

Laura ritste de rugzak weer dicht. Sander ging naast Tim staan en duwde hem zachtjes in zijn rug. 'Kom, we gaan naar huis.'

Als een robot zette Tim zich in beweging. Hij maakte een verslagen indruk. Laura ging achter de twee mannen lopen, stopte toen en liep terug naar de plek waar de vrouw over de rand was gevallen. Angstvallig keek ze naar beneden. Het lichaam van de vrouw lag volkomen roerloos, het hoofd in een rare knik. De grote zonnebril was ze blijkbaar tijdens haar val verloren. Haar ogen waren open. Laura werd misselijk bij de aanblik. Geschokt constateerde ze dat dit de vrouw was die op de foto stond die Sander had gewist voordat Tim hem te zien kreeg. Dit was ook de vrouw die haar had achtervolgd op de dag dat ze in plaats van Sander naar Elevation was gegaan. Niet de man met wie ze aan de bar had gezeten, maar de vrouw die hier dood in het ravijn lag, had Sander verzocht om naar Elevation te komen. Sander had haar op de foto herkend en was in paniek geraakt. Zijn angst had helemaal niets te maken gehad met de man

van wie zij had gedacht dat het Moneymaker was. Ze herinnerde zich het regenboogpolsbandje dat de man om had
gehad. Zou het kunnen dat hij echt op een date had zitten
wachten die hem had laten zitten?

'Laura, kom nou,' smeekte Sander. 'Dit heeft geen zin. We
moeten gaan. Nú!' Razende paniek overviel haar en ze wilde maar één ding: zo snel mogelijk weg van deze plek waar
de geur van de dood in de lucht hing.

35

Het wandelpad dat ze terug volgden naar de gondel leek wel twee keer zo lang als op de heenweg. Laura voelde het drama waar ze ongewild getuige van was geweest bijna letterlijk op haar schouders drukken. Elke stap kostte haar zoveel moeite dat ze het bijltje er het liefst bij neergooide. Bij voorkeur verschool ze zich achter het sneeuwgordijn dat nu in gestaag tempo uit de lucht dwarrelde.

Het beeld van de geknakte vrouw in het ravijn verscheen steeds weer op haar netvlies als een pop-upscherm dat ze niet weg kon klikken. Tim en Sander liepen allebei met hangende schouders. Tim van verslagenheid, Sander van de pijn. Ze waren voorbij de tweede bocht en konden de gondel al zien. De groep die de route naar het bergmeer had genomen, stond alweer bij het station. Blijkbaar hadden ze de wandeling toch niet verder aangedurfd toen het harder begon te sneeuwen. Het had de sfeer in de groep niet aangetast. Toen ze dichterbij kwamen klonk er gezellig geroezemoes en er werd af en toe luidruchtig gelachen.

'Beetje vrolijk kijken nu,' zei Sander. Zelf gaf hij met een lach het goede voorbeeld.

'Ook besloten om terug te gaan?' probeerde een grote kale kerel meteen een praatje met hem aan te knopen. Sander ging er met tegenzin op in. 'Ja, met die sneeuw kun je maar beter niet op een berg zitten.'

'Dat hadden wij ook bedacht. Ze gaan na deze rit de gondel ook sluiten als de wind blijft toenemen, hoorde ik net.' Hij zette zijn woorden kracht bij door zijn wenkbrauwen op te trekken en een paar keer te knikken.

'Nou, dan moeten we maar snel instappen.' Laura trok Sander en Tim mee. Ze had er geen behoefte aan om die kulpraatjes aan te horen. Ze maakte zich zorgen om Tim en wilde hem zo snel mogelijk terug naar het huisje brengen. In tegenstelling tot Sander had Tim nog geen woord gezegd sinds ze terug waren gelopen.

Zodra ze in de gondel waren gestapt, ging Laura voor Tim staan en pakte zijn beide gehandschoende handen vast. Een reactie bleef uit en ook al haar pogingen om oogcontact met hem te krijgen waren tevergeefs. Ze drukte haar lichaam tegen hem aan en hield hem vast.

'Tim, je lijkt wel een levende dode.' Sander legde zachtjes zijn hand op Tims schouder. 'Probeer je in elk geval goed te houden tot we in het huisje zijn. Ik wil geen vragen krijgen van nieuwsgierige voorbijgangers. Hoe normaler we ons gedragen, hoe minder mensen zich ons zullen herinneren. Je begrijpt toch wel hoe belangrijk dat is? Het was een ongeluk, oké? Zeg me na.' Hij keek Tim indringend aan. 'Zeg me na.'

'Hé, laat hem met rust,' bemoeide Laura zich ermee. 'Je hebt al genoeg schade aangericht.'

'Het was een ongeluk, Laura,' siste hij nu tegen haar. 'En jullie gaan dat zo vaak tegen jezelf zeggen, dat jullie erin gaan geloven. Begrepen?' Een windvlaag speelde met de gondel en Laura kreeg meteen weer de kriebels. Elke dag dat ze hier langer was, kwam ze er meer achter dat in de lucht hangen niet haar ding was. Het gevoel geen enkele controle te hebben, beangstigde haar. Ze verlangde steeds heviger naar huis, ook al wist ze dat alles daar na vandaag ook nooit meer hetzelfde zou zijn.

De overstap op Planpraz verliep zwijgend en vlekkeloos. Ze slaakte een zucht van verlichting toen ze haar schoenen weer kon laten wegzakken in de steeds dikker wordende sneeuwlaag op de grond. Op weg naar het huisje begon Sander steeds langzamer te lopen. 'Ik geloof dat de verdovende adrenaline een beetje begint af te zakken,' kreunde hij moeizaam.

'We zijn er bijna,' spoorde Laura hem aan. Uit Tim kwam nog steeds geen stom woord, maar hij liep wel goed mee. Als paarden die de stal roken legden ze het laatste stuk met hernieuwde energie af. Als ze eerst maar eens in dat huisje waren... daarna keken ze wel verder. Het hielp Laura om te focussen op één doel per keer. Ze moest wel, anders werd ze gek.

36

Terug in het huisje liet Sander zich moeizaam in een van de fauteuils zakken. Tim ging op de bank tegenover hem zitten en liet zijn hoofd rusten in zijn handen. Laura voelde niet de behoefte om te gaan zitten. Ze was veel te opgefokt. Rusteloos liep ze heen en weer door de kamer. De smeltende sneeuw op haar schoenen liet kleine plasjes achter op de tegelvloer.

'Goed, het kan me niet schelen wie er begint, maar ik geloof dat jullie me wel wat uitleg zijn verschuldigd.' Laura stond een moment stil en liet haar handen in haar zij rusten om het trillen tegen te gaan. Tim keek wanhopig op naar Sander. 'Ik weet niet waar ik moet beginnen,' fluisterde hij.

'Wat dacht je van bij het begin?' reageerde Laura korzelig.

'Laat mij maar, Tim. Ik vertel haar alles en dan wil ik met een overdosis pijnstillers zo snel mogelijk die auto in naar Nederland. Ben je in staat om ons terug te rijden?'

'Zal wel moeten. En anders kan Laura misschien ook een stukje rijden.'

'Als jij nou eens een grote kan water haalt. Ik heb een ontzettend droge mond en van het praten zal dat niet beter worden.' Tim stond gehoorzaam op en liep naar de keuken. Terwijl het geluid van de lopende kraan en wat gerommel met servies klonk, begon Sander zijn verhaal. 'Om maar meteen met de deur in huis te vallen, Tim en ik zijn naast vrienden ook tweelingbroers. Onze echte namen zijn Frederick Sander en Peter Tim. Onze moeder hield van dubbele namen, dat vond ze chic.'

Laura staarde hem met open mond aan. 'Tweelingbroers? Maar jullie lijken helemaal niet op elkaar.'

'Nooit van het fenomeen twee-eiige tweelingen gehoord, Laura?' reageerde Sander geïrriteerd. 'Later hebben we tijd genoeg om in details te vervallen, maar ik wil hier nu zo snel mogelijk pleite.'

'Oké, ik zal proberen je niet te vaak te onderbreken. Ga verder.'

'De vrouw in dat witte skipak was inderdaad onze moeder en zoals je al gemerkt hebt, hebben we geen goede band met haar. Sterker nog, we hebben er sinds onze achttiende verjaardag alles aan gedaan om uit haar klauwen te blijven. Onze moeder spoorde niet. Ze had het Münchhausen-by-proxysyndroom en heeft met name Tims leven tot een hel gemaakt.'

Tim zette een groot glas water voor Sander neer en hij dronk het gretig leeg voordat hij weer begon te vertellen. 'Weet je wat Münchhausen by proxy is?'

'Ik heb er weleens van gehoord. Een moeder die haar kind opzettelijk ziek maakt omdat ze kickt op de aandacht die haar dat zelf oplevert?'

'Zoiets ja. In ons gezin was Tim de lul en voor mij was amper aandacht. Toen ik nog klein was, wist ik niet beter dan dat Tim altijd ziek was. Ik haatte hem daarom. Omdat hij zoveel in het ziekenhuis lag, kreeg ik niet de kans om echt een band met hem op te bouwen. Hij was voor mij een soort monster dat alle aandacht van mijn moeder opvrat en ervoor zorgde dat ik eindeloos veel tijd op mijn kamer moest doorbrengen. Soms moest ik mee naar het ziekenhuis. Ik walgde ervan. Ik had een bloedhekel aan die eindeloos lange gangen, wachtkamers met harde houtkleurige klapstoelen die zo hoog waren dat mijn voeten boven de grond bleven bungelen. Die typische ziekenhuisgeur.

Mijn enige vriend in die tijd was onze kat Pimpel. Ik viel te veel uit de toon om aansluiting te vinden bij mijn leeftijdsgenootjes op school. Ik gaf Tim overal de schuld van. Dat hij net zo goed slachtoffer van de situatie was als ik, kreeg ik pas door toen ik wat ouder werd.'

Sander pauzeerde even om een paar slokken water te nemen en Laura richtte haar blik op Tim. Hij had Sander tot nu toe geen enkele keer onderbroken of aangevuld. Hij zag er zo verschrikkelijk kwetsbaar uit dat Laura naast hem ging zitten en haar hand op zijn been legde. Sander was uitgedronken en pakte de draad van zijn verhaal weer op.

'Toen ik op een dag weer gepest werd op school, sloop ik in de pauze naar huis. Zachtjes liep ik het huis binnen met het plan om meteen naar mijn kamer te gaan. Niemand zou doorhebben dat ik spijbelde. De kamerdeur stond op een kier en ik hoorde mijn moeder praten tegen Tim. Nieuwsgierig bleef ik staan. "Wat heb je toch een mooie handen," hoorde ik haar tegen hem zeggen. Door de deurspleet zag ik dat ze zijn hand pakte. "Om je vingers recht en soepel te houden moet je ze af en toe op een speciale manier bewegen. Hier, ik zal het even voordoen." Ik zag dat ze Tims middelvinger pakte en hem helemaal naar achteren boog. "Hij kan niet verder, mama," zei Tim. "Jawel hoor, kijk maar." Ze duwde door. Ik hoorde het bot gewoon breken. En hij gaf geen krimp!' Sander maakte een gebaar richting Tim terwijl de tranen hem zichtbaar in de ogen sprongen. 'Hij deed helemaal niks!'

Laura keek naar Tims rechterhand die op zijn knie rustte. De middelvinger was krom. Tim had haar weleens verteld dat hij hem gebroken had, maar niet dat het met opzet was gedaan. Ze werd onpasselijk bij de gedachte dat een moeder haar eigen kind zoiets aandeed. 'Maar dat is mishandeling!'

'Münchhausen by proxy valt onder zware mishandeling, Laura.' Sander zuchtte diep. 'Vanaf dat moment probeerde ik altijd in de buurt van Tim te blijven in de hoop dat mijn moeder hem dan niks zou doen.'

'Dat grote litteken op je rug, heeft dat ook iets met je moeder te maken?'

'Hoe weet jij dat ik dat heb?'

'Gezien in het ziekenhuis.'

'Ja, dat heb ik aan haar te danken. Ze kookte eieren in een pan met bakelieten handvatten. Gatver, wat stonk dat. Tim moest in de gaten houden of het water goed bleef koken terwijl ma aan de keukentafel een tijdschrift zat te lezen. Na een paar minuten trok ze haar ovenwanten aan en liep naar de pan. Als altijd was ik alert en liep zachtjes naar Tim toe. Toen ma de handvatten vastpakte zag ik dat ze de pan langzaam kantelde. Ik kon Tim nog net op tijd wegtrekken, maar kreeg zelf de volle laag over me heen. "Ik wilde alleen maar even in de pan kijken," jammerde mijn moeder. "Je liet me schrikken, rotjong." Die trut had altijd haar praatje klaar en gaf altijd anderen de schuld van haar spelletjes, bij voorkeur mij.'

'Maar waarom nam ze Tim altijd te grazen?'

'Omdat ik gewillig en gehoorzaam was en Sander niet,' antwoordde Tim met zachte stem. 'Ik wist ergens heel diep vanbinnen dat wat ze deed niet klopte, maar ze was altijd zo verdomd overtuigend als ik begon te twijfelen. Dingen gebeurden altijd "per ongeluk". Als kind wil je niet geloven dat je moeder je willens en wetens de meest vreselijke dingen aandoet zodat ze weer een reden heeft om met je naar een dokter te gaan. Noem het naïef, noem het dom, maar ik was een kind. Een kleine jongen. Als mama zei dat ik moest zeggen dat ik buikpijn had, dan deed ik dat. Wilde ze de dag erna dat ik misselijk was, dan was ik dat.'

'Maar was er dan niemand die doorhad dat er iets mis was? Geen arts bij wie een lampje ging branden?'

'Als een arts keer op keer niets kon vinden en argwanend werd, namen we een andere. Ik heb in mijn leven meer artsen versleten dan vrouwen.' Een trieste glimlach brak door op zijn gezicht.

'Was er ook een vader in beeld, of hebben jullie die nooit gekend?'

Sander nam het weer over van Tim en beantwoordde Laura's vraag. 'Onze vader zat op de grote vaart en was heel veel van huis. Als hij tussen twee reizen even thuis was dan hielden we de schone schijn op. Dan waren we ineens een "normaal" gezin en gebeurden er geen ongelukjes, de dokter bleef dan buiten de deur. Dat waren altijd de gelukkigste weken van het jaar. Ik heb weleens geprobeerd met papa te praten over de hel waar we in leefden als hij niet thuis was, maar hij adoreerde onze moeder en wilde geen kwaad woord over haar horen. Dat had dus geen zin.'

'Maar wist hij dan helemaal niet van al die dokters- en ziekenhuisbezoekjes van Tim?'

'Als hij naar huis belde, noemde ze het weleens tussen neus en lippen door, maar lang niet altijd en ze gaf hem altijd de indruk dat ze alles onder controle had en dat het wel goed kwam. Hij geloofde haar.'

'Opa's, oma's of andere familieleden?'

'Die werden buiten de deur gehouden met het argument dat het beter was voor Tims herstel of ze maakte hun wijs dat ze zelf ontzettend druk was.'

'Vriendjes, vriendinnetjes?'

'Hadden we niet. Tim was vaak afwezig en mij vonden ze maar een rare vogel.'

'Hebben jullie nu nog weleens contact met jullie vader?'

'Je hebt dus niet gehoord wat Edith zei voordat ze viel,' concludeerde Sander.

Laura schudde haar hoofd. 'Jullie moeder heette Edith?'

'Ja. Vernoemd naar Piaf, zoals ze zelf altijd beweerde. Oké, onze vader. Zoals ik al zei was hij schipper en was hij zelden thuis. Op een gegeven moment kreeg hij problemen met zijn rug en zat hij twee maanden in de ziektewet. Het lukte Edith om zich een week normaal te gedragen. Daarna werd ze elke dag onrustiger. Om haar ziekelijke behoefte aan aandacht te bevredigen sleepte ze mijn vader een week lang elke dag naar de huisarts om hem naar zijn rug te laten kijken. In eerste instantie was hij gewillig, maar na die week was hij het zat en weigerde hij nog langer mee te gaan. Hij liet haar wel steeds weten dat ze zo goed voor hem zorgde en dat hij maar geboft had met zo'n vrouw.

Edith was genoodzaakt zich weer "normaal" te gaan gedragen. Dat hield ze acht dagen vol. Toen begon ze dagelijks kleine beetjes schoonmaakmiddel door Tims thee te roeren als mijn vader op bed lag. Precies genoeg om hem hondsberoerd te maken, maar niet zoveel dat het echt onomkeerbaar schadelijk was. Ik zag het haar doen toen ze dacht dat ze alleen was. Ik ben naar boven geslopen en vertelde het mijn vader. Hij geloofde me niet en was woedend dat ik zulke gemene leugens over mijn moeder vertelde. Ik was een ziekelijke fantast en hij stuurde me naar mijn kamer om mijn mond te spoelen. Hij besprak het voorval niet met Edith. Tim bleef maar spugen en belandde uiteindelijk een paar dagen met "een buikgriep" in het ziekenhuis.'

'Ja, dat weet ik nog goed,' zei Tim. 'Ik herstelde zo snel dat het de artsen een raadsel was. Binnen een dag was mijn "buikgriep" verdwenen omdat ik die gore thee niet meer dronk. Ik mocht op stevig aandringen van mijn moeder een paar dagen blijven om aan te sterken met een vochtinfuus.

Ze leefde helemaal op en zat bijna dag en nacht naast mijn bed. Het verplegend personeel gaf haar voortdurend complimenten dat ze zo'n toegewijde moeder was, zo'n sterke vrouw. Ik begon bijna weer te kotsen. Tijdens de lunch liep ze altijd een rondje over de afdeling om te speuren naar mensen met "interessante" ziektes. Ze kon over niks anders praten als ze weer terug was op mijn kamer. Tijdens het avondeten had ik even rust. Dan ging ze naar huis. "Ik ga even eten maken voor je vadertje," zei ze dan.

De eerste dagen nadat ik weer thuis was, liep ze bijna hysterisch over me te moederen. Knettergek werd ik ervan, maar ze liet mijn eten en drinken in elk geval met rust. En mijn vader zijn bewondering maar uitspreken over haar goede zorgen. Maar ik was ontzettend op mijn hoede, want ik wist dat ze binnen afzienbare tijd weer iets nieuws zou verzinnen om me naar een dokter te krijgen.

Op een dag kregen Sander en onze moeder boven op de overloop ruzie over Pimpel. Het beest moest weg omdat ze zijn vieze haren spuugzat was. Ze bleef aan de gang om het huis fris en netjes te houden en ze kon wel wat leukers verzinnen. Sander schreeuwde dat hij weg zou lopen met Pimpel als ze haar plan doorzette. Ik stond beneden in de gang toen ik hoorde dat ze Sander een klap verkocht. Pa was net even een blokje om. Hij moest dagelijks een stuk wandelen voor zijn rug. Sander was zo woedend dat hij terugsloeg. Op dat moment rende ik naar boven. Ik wist dat dit vreselijk uit de hand zou lopen. Ik sprong tussen haar en Sander in. Toen richtte ze haar woede op mij en sleurde me naar het trapgat. Sander hing aan haar benen en probeerde haar tegen te houden.'

'Ze was te sterk voor me,' nam Sander het van Tim over. 'Dat kreng was veel te sterk. Ze gaf Tim een zet en hij viel naar beneden met zijn hoofd tegen het dressoir in de hal.

Op dat moment kwam pa net binnen. Hij keek geschokt naar mijn moeder die briesend boven aan de trap stond en ontfermde zich toen over Tim. Hij had zijn wang opengehaald, maar verder viel de schade gelukkig erg mee.'

'Dus daar heb je dat litteken in je gezicht van.' Laura streelde met haar wijsvinger over de witte streep die over Tims wang liep.

'Ja,' zei hij.

'Maar jullie vader, had hij gezien dat Edith Tim van de trap duwde?'

'Ja, maar hij maakte er geen melding van bij de huisarts toen de snee in Tims wang gehecht werd. Hij wilde het "binnenskamers" oplossen. Edith probeerde hem te paaien en ontkende natuurlijk. "Dat zou ik toch nooit doen, lieverdje. Dat heb je echt niet goed gezien. Die jongen is zelf van de trap gevallen. Je weet toch hoe onhandig hij is. Hoe vaak heeft hij niet al iets gebroken?" Daar stopte de discussie. Pa was ook zo'n slappe zak af en toe.

Vanaf dat moment hield hij Edith wel nauwlettend in de gaten en zorgde hij dat ze zo min mogelijk alleen met ons was. De sfeer in huis werd er niet beter op en onze ouders hadden constant ruzie. We vreesden de dag dat pa weer aan het werk zou gaan en ons met Edith achter zou laten.

De dag dat hij ons verliet kwam eerder dan we dachten en op een andere manier. Nadat hij op een avond zijn gebruikelijke borreltje had gedronken greep hij naar zijn borst en zakte in elkaar. Edith ondernam in eerste instantie niets en hield hem jammerend vast met een rare blik in haar ogen. Triomfantelijk leek het wel. Ze belde uiteindelijk 112, maar veel te laat. Wij werden naar boven gestuurd om niet in de weg te lopen.

Acute hartstilstand was de officiële doodsoorzaak. Tim en ik vertrouwden het niet. Pa had nog nooit eerder last van zijn hart gehad. Op zijn rugproblemen na was hij kerngezond. We wisten dat Edith niet schroomde om iets door drankjes te mengen, dat had ze immers in het verleden vaker bij Tim gedaan. Maar wat konden we doen? Wie zou onze vermoedens geloven en bereid zijn ze te onderzoeken? De lijkschouwer zag het als een routinezaak en stelde een natuurlijke dood vast.'

'De familie van jullie vader, konden zij niks voor jullie doen?'

'Daar hadden we nauwelijks contact meer mee. Edith informeerde ze pas over pa's dood toen hij al in zeer besloten kring begraven was onder het mom dat het een "gezinsaangelegenheid" was. Dat viel natuurlijk niet in goede aarde en het contact werd met hevige ruzie definitief verbroken. De band was al nooit warm geweest. De keren dat we onze opa en oma zagen of ooms en tantes waren op een hand te tellen. Edith was geen familiemens en pa was daar altijd in meegegaan.'

'Hebben jullie Edith zelf weleens geconfronteerd met jullie vermoedens?'

'Ik heb weleens een poging gedaan,' zei Sander. 'Maar ze ontkende in alle toonaarden. Tot vandaag. Vlak voor ze naar beneden viel, gaf ze eindelijk toe wat ik altijd al geweten heb. Onze vader is geen natuurlijke dood gestorven. We zullen er wel nooit meer achter komen hoe ze het precies heeft gedaan. Dat is iets waar we mee moeten leven.'

'Maar waarom heb ik nooit iets over haar gehoord?' Laura keek Tim verwijtend aan. 'Ze was godbetert in Chamonix! En dat jullie bróérs zijn. Ook geen onbelangrijk detail.'

'Ik wilde je vertellen over onze jeugd. Weet je nog toen je dat gesprek tussen mij en Sander op kantoor opving?'

'Hoe kan ik dat vergeten?' klonk het cynisch.

'Ik wilde je vertellen hoe de vork in de steel zat, maar Sander dacht daar anders over. We kregen ruzie. Toen Sander tegen je opliep toen hij mijn kantoor verliet en jij terecht vragen stelde over wat je had gehoord, verzon hij ter plekke dat ik onvruchtbaar was zodat ik het echte verhaal niet hoefde te vertellen. Hij was wanhopig en ik wilde hem op dat moment niet afvallen. Hij heeft zoveel voor me gedaan en me zo vaak gered uit benarde situaties. Daarom speelde ik het spelletje mee.'

'Wacht even. Begrijp ik nou goed dat je helemaal niet onvruchtbaar bent?'

Tim keek beschaamd naar de grond.

'What the fuck!' Laura sprong op. Sander volgde met een vertrokken gezicht haar voorbeeld, liep naar haar toe en legde een hand op haar schouder. 'Ik snap dat je boos bent, maar dit is niet het moment. Het spijt me dat ik Tim heb gedwongen om je voor te liegen, maar ik had daar een goede reden voor. Edith chanteerde me al een tijdje en Tim was daar niet van op de hoogte. Op de dag dat we achttien jaar werden zijn we samen het ouderlijk huis uit gevlucht. We hebben allebei onze tweede voornaam aangenomen en zijn een nieuw leven begonnen in een studentenflat in Rotterdam. We vertelden iedereen dat we van kinds af aan al beste vrienden waren en verzonnen voor ons allebei een nieuwe jeugd.

Onze ouders waren niet getrouwd en we droegen allebei de achternaam van Edith. Tim heeft die behouden, maar ik heb de achternaam van onze vader aangenomen om formeel de band met Edith door te snijden. Twaalf jaar hebben we geen contact met Edith gehad maar een jaar geleden dook ze ineens weer op. Ik wilde Tim beschermen door dat verborgen te houden. Als ik Edith op gezette tijden wat geld toestopte, beloofde ze Tim en jou met rust te laten. Haar eisen werden echter steeds hoger en ik kon de bedragen die ze vroeg niet langer ophoesten. Ik heb mezelf in de schulden moeten steken.'

Laura richtte zich tot Tim. 'Die kaarten die ik bij je thuis ·vond en die gericht waren aan Peter, waren die van haar?' Tim knikte.

'Wat bedoel je? Over welke kaarten heeft ze het, Tim?' Sander liep op hem af. Tim schoof zenuwachtig heen en weer op de bank. 'Ze stuurde me al een tijdje kaarten. Ze wist waar ik woonde. Ik durfde het je niet te vertellen omdat ik bang was dat je zou flippen. Ik heb ze allemaal bewaard en in een doos gestopt. Ik weet niet waarom.'

'Gódver! Zíj heeft zich niet aan de afspraken gehouden en jíj hebt tegen me gelogen. Wat een puinhoop.'

Sander schopte gefrustreerd tegen de salontafel en greep naar zijn borstkas door de onverwachtse beweging. Laura liep naar hem toe en begeleidde hem weer naar zijn stoel. 'Kijk nou uit. Straks blesseer je jezelf nog erger. Je moet straks nog een tijdje in de auto zitten.' Sander sloeg met zijn vuist op de armleuning van de fauteuil en ging toen achterover zitten.

'Was Edith Moneymaker?'

'Wie is Moneymaker? Wat weet jij wat ik niet weet?' Tim keek Sander en Laura om beurten aan.

'Ja, Edith was Moneymaker.'

'Hallo, ben ik in beeld? Wie is Moneymaker? Wat houden jullie voor me verborgen?'

'Laten we het er maar op houden dat het 1-1 staat,' reageerde Sander vinnig, 'met je kaarten. Om een lang verhaal kort te maken, Laura heeft in mijn mailbox zitten snuffelen en vond daar mailtjes van ene Moneymaker die me om geld vroeg.'

'Waarom snuffel jij in Sanders mail?'

'Kunnen we het daar later over hebben?' Laura keek zorgelijk naar haar horloge. 'Ik denk dat het verstandig is als we onze spullen gaan pakken en zo snel mogelijk terug naar Nederland rijden. Ik krijg het ineens ontzettend op mijn heupen. Stel dat Edith vandaag gevonden wordt? Ik heb echt geen zin om de bak in te gaan.'

'Ze vinden haar vandaag niet, Laura. De gondel is gesloten vanwege het slechte weer en wandelfreaks zullen zich daar nu ook niet wagen.'

'Hoe weet je dat nou? Er zijn genoeg gekken op de wereld.'

'Ik denk ook dat we onze tassen moeten gaan pakken,' viel Tim haar bij. 'Het heeft geen zin om nog langer door te praten op dit moment. Laura heeft zoveel informatie over zich heen gekregen dat we haar even de tijd moeten gunnen om alles te verwerken.'

'Het duizelt me inderdaad allemaal nogal, ja. Steeds als ik jullie denk te kennen en weet hoe de boel in elkaar zit, verandert het weer. Jullie zijn geen vrienden maar broers, Tim is toch weer niet onvruchtbaar, jullie moeder had Münchausen by proxy en heeft Tims jeugd letterlijk verziekt, waarschijnlijk jullie vader vermoord, chanteerde Sander, is nu zelf dood...'

'Lau, even ademhalen.'

'Beginnen jullie maar vast met pakken, ik krijg het ineens heel erg benauwd. Ik moet eerst wat frisse lucht hebben.' Laura rende het huisje uit en liet Tim en Sander beduusd achter. Haar telefoon lag nog op tafel.

'Moeten we haar achterna?' vroeg Sander.

'Laat haar maar even, dan komt ze het snelst tot zichzelf.'

'Jij kent haar het beste.'

'Ze is zo weer terug, dat weet ik zeker.'

'Wat een puinhoop.' Sander schudde verslagen zijn hoofd. 'Ik heb iemand dood laten gaan die ik had kunnen redden. Mijn eigen moeder nota bene en ik voel me er niet eens schuldig over. Wat ben je dan voor mens?'

'Ik heb net zo goed niets gedaan. We zitten hier samen tot onze nek in. Als er ooit iemand achter komt wat er is gebeurd, dan zijn we de lul. Maar kunnen we proberen Laura er volledig buiten te houden? Ze is ongewild bij deze klerezooi betrokken geraakt. Als we ooit de politie op ons dak krijgen, dan verzwijgen we dat zij er ook bij was, oké?'

'Ja, dat ben ik wel met je eens. Nu maar hopen dat Laura in dat geval zelf ook haar mond houdt. Je weet hoe eigenwijs ze is en haar rechtvaardigheidsgevoel kan soms een beetje doorslaan. Ook als dat ten koste van haarzelf gaat.'

'Dat is een van de dingen die ik zo leuk vind aan haar. Ik wil nog steeds heel graag met haar trouwen.'

'Mijn zegen heb je, broertje. Ik hoop dat al deze dingen niet tussen jullie in gaan staan.'

'Nee, dat hoop ik ook niet. Ik zal er alles aan doen om dat te voorkomen.'

'Voel jij je schuldig?'

'Gek genoeg wel. Ergens ben ik zelfs verdrietig. Het was toch onze moeder, ondanks alles wat ze ons heeft aangedaan.'

'Jij bent altijd een zwak voor haar blijven houden, hè? Het feit dat je haar kaarten niet weg kon gooien bewijst dat nog maar eens.'

'Kun je dat snappen?'

'Moeilijk. Het zal wel een soort stockholmsyndroom-achtige reactie zijn.'

'Onze familie hangt aan elkaar van syndromen,' zei Tim bitter. 'Ik heb er gewoon nog steeds moeite mee om te geloven dat een moeder haar eigen kinderen zoiets aan kan doen. Terwijl ik er zelf bij was en ze me door een hel heeft laten gaan. Ik ben altijd op zoek geweest naar dat beetje moederliefde, naar empathie. Ze had het niet in zich, dat zie ik na vandaag ook wel in. De enige die voor haar telde, was zijzelf.'

'Triest maar waar,' beaamde Sander. 'Geloof me, wij en de wereld zijn beter af zonder haar. Maar ik heb nooit gewild dat het op deze manier zou eindigen. Als ze ons nou gewoon met rust had gelaten...'

'Als, als, als. Maar zo is het niet gelopen. We zullen moeten leven met het feit dat we haar dood op ons geweten hebben. Ik hoop dat ik dat kan.'

'Ik help je wel, broertje. We helpen elkaar. Samen staan we sterk, dat is altijd zo geweest en dat zal altijd zo blijven.' Sander liep naar Tim toe en omhelsde hem voorzichtig om zijn pijnlijke ribben te ontzien.

'Wat denk je, zou Laura al genoeg afgekoeld zijn?'

'Ik had haar eigenlijk alweer terugverwacht. Ik haal haar wel even.'

'Prima. Dan begin ik vast met mijn zooi te verzamelen.' Sander liep naar zijn kamer en Tim naar buiten. Terwijl Sander alle rondslingerende kleren lukraak in zijn tas gooide, hoorde hij Tim weer naar binnen komen.

'Sander, ik zie haar nergens. Ik heb overal gekeken. Ze is weg!'

'Verdomme,' mompelde Sander. 'Echt weer iets voor haar om eens even lekker de tijd te nemen terwijl we die niet hebben.'

'Misschien is er wel wat gebeurd.'

'Wat zou er gebeurd moeten zijn?'

'Weet ik veel. Maar het klopt gewoon niet dat ze nergens te bekennen is. Ik maak me zorgen.'

Zuchtend staakte Sander het inpakken. 'Wedden dat ze gewoon aan het wandelen is en niet doorheeft dat ze al een tijdje weg is? Ik ga wel even kijken. Pak jij jullie spullen vast in zodat we meteen kunnen vertrekken als ik met haar terugkom.'

'Zal ik niet even met je meegaan?'

'Ga inpakken, Tim. Je hebt haar net ook niet gevonden. Laat mij maar even.' Met tegenzin liet Tim Sander gaan. Toen Sander een paar stappen buiten had gezet, kreeg hij een WhatsApp-bericht binnen. In de verwachting dat het Laura was, pakte hij zijn telefoon en las het bericht. Zijn adem stokte in zijn keel en een wanhopige kreun ontsnapte hem. Het bericht was niet van Laura, maar ging wel óver haar.

37

Laura was een stukje weggelopen bij het huisje. Haar haren waaiden voor haar ogen en belemmerden haar zicht. In haar haast om naar buiten te gaan had ze haar muts niet opgedaan. Ze was niet van plan om lang weg te blijven. De ijzige wind sloeg onder de flappen van haar open jas en ze ritste hem snel dicht. Dikke sneeuwvlokken teisterden haar huid. Ze stopte haar verkleumde handen in haar zakken, deed haar ogen dicht en gooide haar hoofd achterover.

Ze liet de elementen op zich inwerken en probeerde even nergens aan te denken. Dat lukte natuurlijk niet. Haar kop zat zo vol met alle bekentenissen die Sander en Tim, of moest ze Fred en Peter zeggen, hadden gedaan, dat ze er hoofdpijn van had gekregen. Het gesprek had echter wel veel vragen opgelost. Ze wist nu wie Moneymaker was. Ze snapte ook de hechte band tussen Tim en Sander veel beter, kende het verhaal achter hun littekens, wist wie de kaarten had gestuurd die ze in Tims huis had gevonden. En dan het feit dat Tim niet onvruchtbaar was. Dat zette alles weer volledig op zijn kop, maar deze keer op een positieve manier. Dat een toekomst mét kinderen toch tot de mogelijkheden behoorde, maakte haar ondanks alles intens blij.

Ze wilde net diep inademen toen er ruw een arm over haar borst werd geslagen. Er was van achteren iemand op haar af geslopen en ze had het door de fluitende wind niet gehoord. Voordat ze goed en wel besefte dat dit geen flauwe grap van Tim en Sander kon zijn, werd er een stinkende doek over haar neus en mond geduwd. De geur drong haar neus binnen en ze werd op slag misselijk. Ze schopte wild met haar benen en door haar geworstel moest haar belager nog beter zijn best doen om haar in bedwang te houden. De mouw van zijn jas kroop omhoog en legde een stukje van zijn donker behaarde pols bloot met op de zijkant een tatoeage van drie kleine dollartekens. Laura prentte het in haar geheugen. Als ze dit overleefde was het een goed aanknopingspunt voor de politie. Ze had geen idee hoe groot haar kansen waren en wat het motief van haar belager was. Dat veroorzaakte een nieuwe blinde paniek.

Ze maakte angstige keelgeluiden en deed weer een tevergeefse poging om zichzelf te bevrijden, terwijl ze probeerde de vieze geur die uit de doek kwam zo min mogelijk in te ademen. Ze realiseerde zich dat de doek in een stinkende vloeistof was gedrenkt. Tegen beter weten in hield ze haar adem in, maar ze wist dat ze dat niet lang kon volhouden. De behoefte aan frisse lucht en zuurstof werd steeds groter en haar schoppende benen verloren steeds meer kracht. De greep die haar gevangenhield werd nog steviger en haar dikke jas bood onvoldoende bescherming tegen de sterke arm die het laatste restje lucht uit haar borstkas perste. Haar verzet brokkelde steeds verder af. De sterretjes die voor haar ogen dansten, vermenigvuldigden zich in rap tempo. De drang om te ademen werd groter dan de angst voor de doek op haar gezicht. Ze ademde diep in en werd meteen licht in haar hoofd. Ze wist direct dat het onvermijdelijk was dat ze het bewustzijn ging verliezen en ze stopte om er nog langer tegen te vechten.

38

Laura kwam voor de tweede keer bij bewustzijn. Een kreunend geluid drong tot haar door. Waar kwam het vandaan? Wie maakte dat geluid? Ze wist het niet. Het was donker en ze kon niet om zich heen kijken. Ze moest haar andere zintuigen gebruiken om wijzer te worden. Voelen. Wat voelde ze? Ze lag op haar rug op een harde ondergrond die pijnlijk tegen haar botten drukte. Ze had knallende koppijn en haar mond was kurkdroog. Er zat iets in haar mond wat haar tong iets naar achteren duwde. Een prop. Ze probeerde het eruit te werken. Onmogelijk op de een of andere manier. Proeven. Er lag een vieze smaak op haar tong die tot diep in haar smaakpapillen was doorgedrongen. Kwam dat van die prop? Ze snakte naar water om die gore smaak weg te spoelen.

Ze probeerde haar droge lippen van elkaar te halen. Er zat iets over haar mond geplakt. Ook dat nog. Ze voelde misselijkheid opkomen en raakte in paniek. Ze mocht niet gaan spugen want dan zou ze stikken in haar eigen kots. Ze probeerde zich te concentreren op een rustige ademhaling door haar neus. Het leek te helpen, want de misselijkheid zakte langzaam weg. Tranen van wanhoop welden op in haar ogen en ze probeerde ze terug te dringen. Van janken kreeg je een snotneus en ook dat was niet handig als je mond was afgeplakt.

De losse gedachteflarden die door haar hoofd zweefden,

wisten elkaar steeds meer te vinden en begonnen steeds meer samenhang te vormen. Het zou niet lang meer duren voor ze antwoord kon geven op de vraag hoe ze hier was terechtgekomen.

Horen. Weer klonk het kreunende geluid. Ze was inmiddels weer zo ver bij dat ze doorhad dat het uit haar eigen keel afkomstig was. Er ging een schok door haar heen toen het beeld van een harige pols met drie dollartekens op haar netvlies verscheen. Daarna volgde het beeld van de ranzige doek die met vloeistof was doordrenkt en die in haar gezicht was gedrukt. Ruiken. Ze ademde in met korte ademstootjes om de geur om haar heen op te snuiven. De bedwelmende geur van de doek zat nog steeds in haar neus en overheerste alles. Ze hoopte dat ze hem er ooit weer uit kreeg. De behoefte om hem uit haar neus te snuiten was ineens overweldigend en ze probeerde haar handen naar haar gezicht te brengen. Nu pas merkte ze dat haar handen tintelden en te strak aan elkaar gebonden waren met iets wat aanvoelde als nylontouw. Waar deed dit haar toch aan denken? Had ze dit al eerder meegemaakt? Duizenden naalden prikten in haar huid, steeds sneller en onaangenamer en ze kon niets doen om eraan te ontsnappen. Hoe meer ze probeerde haar polsen los te wrikken, hoe driftiger de naalden prikten en het touw in haar huid sneed. Gelukkig waren haar handen niet achter haar rug gebonden en kon ze haar armen wel beperkt buigen en strekken. Ze deed het een paar keer in de hoop dat de bloedsomloop in haar handen weer een beetje op gang kwam, maar ze was te strak gekneveld.

Hoewel de mistflarden in haar hoofd steeds verder optrokken, had ze nog steeds geen idee dat ze al een keer eerder wakker was geworden. Ze bewoog haar benen in een poging de ruimte af te tasten. Ze kreeg ze niet uit elkaar. Er sneed iets in haar enkels. Ook hier dat verdomde touw.

Net als haar handen tintelden ook haar voeten. Ze wiebelde met haar ijskoude tenen en constateerde dat ze haar schoenen niet meer aanhad. Ze schuurde de stof van haar sokken tegen elkaar om het echt zeker te weten. Haar hoofdpijn verergerde door de inspanning en maakte helder nadenken bijna onmogelijk. Onrustig schoof ze met haar billen over de harde ondergrond. Ze moest een plan maken. Weg uit deze duisternis, die benauwde ruimte die ze nog steeds niet kon duiden. Ze wilde niet dood.

Ze spande haar buikspieren aan en trok haar knieën lichtjes op. Het lukte haar nauwelijks om haar hoofd een paar centimeter omhoog te krijgen. Ze kermde van de vlammende pijn die haar hoofd in tweeën spleet. Met een gefrustreerde keelkreet zette ze nog wat kracht bij en kwam een stuk overeind. Ze stootte haar hoofd. Beduusd viel ze weer achterover. Moeizaam rolde ze op haar zij en tastte met haar geknevelde handen voor zich uit. Ze raakte iets. Een wand? Zo snel als ze kon draaide ze zich op haar andere zij. Hetzelfde verhaal. Ze tastte verder met haar handen. Achter haar hoofd en erboven. Ook daar wanden. Ook de ruimte achter haar voeten was begrensd. Aan alle kanten was ze ingesloten. Lag ze in een kist? Was ze levend begraven? Ze kreeg het steeds benauwder. Paniek of te weinig zuurstof? Ze probeerde haar gejaagde ademhaling onder controle te krijgen. Ze moest luisteren. Misschien dat ze omgevingsgeluiden kon oppikken die meer duidelijkheid gaven over de plek waar ze zich bevond. Net als de vorige keer dat ze even bij bewustzijn was gekomen, hoorde ze een zoevend geluid en voelde ze schokkende bewegingen. Het kon bijna niet anders dan dat ze geknveveld in de kofferbak van een auto lag die met hoge snelheid over de snelweg raasde.

39

Sander kwam met een verwilderde blik in zijn ogen het huisje binnen en sloeg de deur keihard achter zich dicht. Tim kwam, gealarmeerd door het geluid, boven aan de trap staan. 'Heb je haar gevonden?'

'Nee. We hebben een probleem.'

Tim keek Sander niet-begrijpend aan. 'Hoe bedoel je? Waar is Laura?'

'Ik weet niet waar ze op dit moment is, maar ik heb wel een vermoeden waar ze morgen is.'

'Wat lul je nou stom. Zeg nou maar gewoon hoe het zit en hou op met dat cryptische gedoe. Waar is mijn vriendin?'

'Ik ben bang dat ze is meegenomen door wat oude bekenden van me.'

'En moet ik dat "oude bekenden" positief of negatief opvatten?'

'Ze is niet uit vrije wil meegegaan, daar kunnen we wel van uitgaan.'

Tim stampte de trap af. 'Vertel me nou godverdomme wat er aan de hand is!'

Sander deinsde een paar stappen achteruit.

'Is ze in gevaar?'

'Misschien, maar misschien ook niet.'

'Godverdomme man, wat is er? Ik wil nu weten waar dit allemaal op slaat.'

'Ik heb jou en Laura vanmiddag niet alles verteld.'

Tim gooide zijn handen wanhopig in de lucht. 'Natuurlijk niet, waarom zou je ook. Sinds wanneer ben jij zo'n leugenaar geworden? Ik dacht altijd dat ik je blindelings kon vertrouwen.'

'Ik heb het gedaan om je te beschermen, Tim. Ik wilde je niet meetrekken in al deze shit.'

'Alsof ik niet voor mezelf kan zorgen. En hebben we niet altijd samen alle problemen getackeld die op ons pad kwamen?'

'Ik gunde je een rustig en onbezorgd leven met Laura, dat is waar ik het allemaal voor gedaan heb. Ik dacht dat ik alles wel in mijn eentje kon oplossen, maar ik heb de zaken onderschat.'

'Waar is Laura, Sander?! Wie heeft haar meegenomen?!' Tim schreeuwde.

'Laura stelde vanmiddag toch een vraag over Moneymaker en ik zei toen toch dat het Edith was? Dat was niet waar. Edith chanteerde me inderdaad, maar Moneymaker is iemand anders. Hij is een geldschieter waar ik schulden bij heb. Om Edith te kunnen betalen heb ik wat geld van hem, eh... geleend zonder dat hij dat wist.'

'Hoe kun je nou geld van iemand lenen zonder dat hij dat weet? Godver, je bedoelt dat je het gestólen hebt?'

'Door de verkoop van mijn huis en auto dacht ik het ongemerkt weer terug te kunnen geven, maar hij kwam erachter. Ik had gehoopt mijn huis snel te verkopen en mijn auto bracht veel minder op dan ik dacht.'

'Waarom ging je überhaupt in zee met een geldschieter? Je hebt een dik salaris. Heb je een gokprobleem of zo?'

'Nee. Het geldprobleem is buiten mijn schuld om ontstaan en ik heb op de verkeerde manier hulp gezocht. Ik had nooit met die lui in zee moeten gaan, maar veel keus had ik ook niet.'

'Je had mij toch om hulp kunnen vragen? We hadden wat van de reserves van Fit & Shape kunnen gebruiken.'

'Fit & Shape heeft geen reserves meer, Tim, we staan diep in de rode cijfers.' Sander boog beschaamd zijn hoofd.

'Hè? Hoe kan dat nou? Waarom weet ik daar niks van? Dat jij de boekhouding doet, wil niet zeggen dat je de gegevens niet met me hoeft te delen. We zitten er allebei voor vijftig procent in. Wat haal je je nou in je hoofd?'

'Onze grootste afnemer van dieetpillen beweert failliet te zijn en heeft ons niet van tevoren in kennis gesteld. De mega-order die we een halfjaar geleden hebben uitgeleverd is nooit betaald, maar wij zijn onze producten wel kwijt. Dat was een schadepost van een paar ton. En dan heb ik het nog niet eens over de toekomstige orders waar al voor getekend was en die we op onze buik kunnen schrijven.'

'Hè? Maar die klant heb ik zelf binnengehaald. Ik ben een paar keer naar Brazilië geweest voordat we het contract tekenden. Hartstikke aardige gasten en dat kantoor zag er nou niet bepaald uit alsof ze in zwaar weer verkeerden.'

'Sorry dat ik het zeg, Tim, maar jij hebt nou niet bepaald een feilloos gevoel als het op de goede bedoelingen van mensen aankomt. Je hebt wel vaker mensen vertrouwd die achteraf niet bleken te deugen. Ik heb eerlijk gezegd nooit een goed gevoel gehad bij die deal met de Brazilianen en helaas heb ik gelijk gekregen.'

'Maar waarom heb je de deal dan goedgekeurd?'

'Je was zo enthousiast en het was de eerste keer dat jij helemaal op eigen kracht een klant binnen had gehaald en meteen ook een grote vis. Ik wilde trots op je zijn en achter je staan en de winsten en zekerheden die deze deal met zich mee leek te brengen maakten me wat roekelozer dan ik normaal ben. Ik had naar mijn intuïtie moeten luisteren.'

'Dan nog had je me moeten inlichten.'

'Daar heb je achteraf gezien ook gelijk in, maar met de kennis van toen leek het me beter om jou niet te informeren en te doen alsof er niets aan de hand was. Ik hoopte de boel vlot te trekken door nieuwe klanten binnen te halen, maar dat zat behoorlijk tegen. De markt is gewoon niet goed. Iedereen zit op zijn centen of durft geen nieuwe producten uit te proberen zolang de oude nog goed verkopen. Ondertussen zaten we wel met dat gat van een paar ton.'

'Waarom heb je me niks verteld? We hadden samen naar de bank kunnen gaan om geld te lenen.'

'Dat heb ik allemaal al geprobeerd en dat leverde niks op. Via de reguliere wegen viel er niks te halen. Ik heb gekeken wat ik zelf kon regelen. Jouw salaris is bijvoorbeeld gewoon doorbetaald, maar dat van mezelf heb ik gehalveerd. Kruimelwerk natuurlijk. Ik moest geld lenen om te voorkomen dat we failliet zouden gaan en aangezien ik bij de banken niet verder kwam, ben ik uitgeweken naar een geldschieter die uiteindelijk malafide bleek te zijn.'

'Die Moneymaker?'

Sander knikte. 'Daarna werden de problemen alleen maar groter. De rente op de lening was torenhoog en al snel kon ik daar niet meer aan voldoen. Toen ik wanhopig aanklopte bij Moneymaker was hij onverbiddelijk. Ik kon kiezen uit twee dingen: óf ik betaalde gewoon, en het kon hem niet schelen hoe, óf hij zou me de rente op de lening kwijtschelden als ik hem daarvoor een wederdienst bewees.'

'Wil ik weten wat die wederdienst was?'

'Nee, maar ik ga het je toch vertellen. Fit & Shape wordt al een aantal maanden gebruikt om crimineel geld wit te wassen.'

'Pardon? Dat heb ik vast niet goed verstaan.'

'Tim, ik was al een aantal maanden crimineel geld wit via

Fit & Shape.' Sander herhaalde zijn woorden met bedeesde stem.

'Maar dat is strafbaar!'

'Ja, dat weet ik ook wel.'

'Maar hoe heb je dat dan gedaan?'

'Ik ga je geen details vertellen. Hoe minder je weet, hoe beter. Mocht ik ooit gepakt worden, dan kun jij de politie recht in de ogen kijken als je ze vertelt dat je nergens van wist.'

'Nou, we kunnen wel inpakken, maar dat is van latere zorg. We moeten Laura uit de handen van die Moneymaker zien te bevrijden. Denk je dat hij haar iets aandoet?'

'Ik zou willen dat ik met zekerheid kon zeggen van niet, maar ik kan mijn handen er niet voor in het vuur steken.'

'Maar wat wil hij dan nu van jou?'

'Hij wil dat ik morgenochtend om elf uur op een bepaald adres in Courmayeur ben. Dat ligt aan de andere kant van de Mont Blanc in de Valle d'Aosta.'

'Italië? Waarom Italië?'

'Komt hij vandaan. Zijn familie heeft onder andere een huis in Courmayeur.'

'Is hij maffia of zo?'

'Geen commentaar.'

'Jézus, Sander, als je nog eens iets weet. Hoe komen we daar?'

'Via de Mont Blanc-tunnel. Moneymaker wil Laura ruilen tegen het geld dat ik achterovergedrukt heb.'

'En over welk bedrag hebben we het dan ongeveer?'

'Een halve ton... en dat heb ik niet.'

Tim haalde gefrustreerd zijn handen door zijn haar. 'Ik heb veertigduizend op een spaarrekening staan, maar daar kan ik niet à la minuut aankomen en zeker niet cash.'

'Als mijn huis verkocht is, kan ik het zo aftikken, maar ik

heb geen idee wanneer dat is. Op dit moment heb ik geen rooie cent en zoals ik al zei, van de bankrekening van Fit & Shape word je ook niet blij.'

'En nu?'

'Ik stel voor dat we er maar gewoon heen rijden en proberen hem ervan te overtuigen dat hij zijn geld daadwerkelijk krijgt, maar dat we wel de kans moeten krijgen om het te regelen. Dat ík de kans moet krijgen om het te regelen, want ik houd jou er echt het liefst helemaal buiten.'

'Die vlieger gaat niet meer op. Door mijn vriendin te ontvoeren, hebben ze mij erbij betrokken. We gaan haar terughalen Sander, linksom of rechtsom. Pak je spullen en dan gaan we. Ik gooi de tassen van mij en Laura vast in de auto. Laat jij die klojo maar weten dat we er morgen zullen zijn en dat hij met zijn poten van Laura moet afblijven.'

'Ja, daar zal hij van onder de indruk zijn en meteen naar luisteren,' reageerde Sander cynisch. 'Mensen als Moneymaker laten zich niet vertellen wat ze moeten doen of laten, die vertellen dat aan anderen. Je hebt maar één keuze bij dat soort gasten: óf je danst naar hun pijpen, óf je bent de lul. Ik ben de lul, *big time*, en een grote bek opzetten is iets wat Laura zeker niet helpt.'

'Jij bent hier het maffiamaatje, dus je zult wel weten waar je het over hebt.' De walging klonk door in Tims stem. 'Ik dacht dat ík ergens een puinhoop van kon maken, maar jij hebt me op alle fronten verslagen. Dit kan toch nooit zonder gevolgen blijven, Sander? En dan ligt er ook nog een lijk in de bergen dat waarschijnlijk op korte termijn gevonden gaat worden.'

'Het heeft geen zin om alle ellende waar we in verzeild zijn geraakt nu in één keer op te rakelen. Laten we het overzicht proberen te houden door alles stap voor stap te bekijken en aan te pakken. Het spijt me echt Tim. Ik had dit een jaar geleden ook niet kunnen denken.'

'Ik sta zelf aan de basis van alle problemen. Als ik die deal met de Brazilianen niet had gesloten, dan was er niets aan de hand geweest.'

'Laten we ons nu maar eerst op Laura focussen, over de rest hebben we het later.'

40

Het geluid van banden die contact maakten met de snelweg werd plotseling overstemd door schreeuwerige muziek. Laura voelde de wanden van de kofferbak trillen door de dreunende bas. Zo te voelen zaten er achter in de auto een paar stevige boxen. Ze wilde haar oren dichthouden om het gedreun in haar toch al pijnlijke hoofd te verminderen, maar het touw om haar polsen maakte dat onmogelijk. Moeizaam draaide ze zich op haar rechterzij en drukte haar oor tegen de bodem. Haar andere oor drukte ze zo goed en zo kwaad als het ging dicht met haar geknevelde handen.

Het was een onmogelijke houding en gefrustreerd draaide ze weer op haar rug en liet de herrie een paar minuten over zich heen komen. Toen was ze het zat. Door de prop in haar mond kon ze niet schreeuwen of het een tandje minder mocht, dus begon ze zo hard mogelijk tegen de wand van de kofferbak te schoppen. Na een paar minuten parelde het zweet al op haar voorhoofd en ademde ze gejaagd door haar neus. Dit schoot niet op.

Zo goed en zo kwaad als het ging draaide ze haar lijf als de naald van een kompas richting de plek waar de achterbank moest zijn. Ze trapte er op volle kracht tegenaan in de hoop iemand op de achterbank in zijn rug te schoppen. Het bioscoopstoeltjeseffect. Er kwam geen reactie uit de auto en de muziek bleef onverminderd hard schallen.

Hoewel Laura niet claustrofobisch was aangelegd, begon de krappe ruimte haar toch op te breken. Haar hele lijf deed zeer van de verkrampte houding waar ze in lag. Ze moest hier weg! Maar hoe? Ze pijnigde haar hersens en zocht koortsachtig naar ontsnappingsmogelijkheden. Ze had weleens een film gezien waarin een meisje op dezelfde manier als zij in een kofferbak werd ontvoerd. Dat kind had het voor elkaar gekregen om vanuit de kofferbak een achterlicht kapot te trappen. Een oplettende automobilist zag haar voet door het gat naar buiten steken en belde de politie. Maar dat was een film. Toch tastte ze voor de zekerheid met haar gebonden handen de hoeken af waar de lampen achter zaten. Teleurgesteld constateerde ze dat het stukschoppen van de verlichting bij deze auto niet opging. Er zat een harde bekleding aan de binnenkant van de kofferbak waar ze zonder hulpmiddelen nooit van haar levensdagen doorheen zou komen.

Oké, iets anders verzinnen dus. Maar wat? Op slag begon ze weer te zweten van de stress. Ze snakte naar frisse lucht. Ze begon steeds moeizamer te ademen. Ze zou stikken! Ze wilde niet dood! Hoe lang zou haar zwoegende borstkas het volhouden om haar van voldoende zuurstof te voorzien?

Zwarte vlekken dansten voor haar ogen en ze werd licht in haar hoofd. Nog even en ze zou het bewustzijn weer verliezen. Dat mocht niet! Als dat gebeurde raakte ze de controle kwijt en zou ze stikken! Wild bewoog ze haar lijf heen en weer en zwaaide met haar samengebonden armen. Toen viel het kwartje pas. Ze kon de prop uit haar mond gewoon verwijderen! Haar handen waren voor haar lichaam samengebonden en haar armen kon ze gewoon bewegen. Ze kon zichzelf wel voor haar kop slaan, dat ze nu pas tot dit simpele inzicht kwam. Blijkbaar had de nevel in haar hoofd haar denkvermogen meer aangetast dan ze dacht.

Als een gek begon ze te peuteren aan de tape die over

haar mond was geplakt, tot ze voldoende grip had. Ze telde tot drie en trok in een ruk de tape van haar gezicht. De tranen sprongen in haar ogen van de korte maar scherpe pijn, maar verder gaf ze geen krimp. Zo snel als ze kon werkte ze de gore prop in haar mond naar buiten. Ze onderdrukte de neiging om te kokhalzen en ademde een paar keer diep in. De extra zuurstof deed haar goed. Ze verlangde nog steeds ontzettend naar een glas water. Haar tong plakte tegen haar gehemelte van droogte en de smaak in haar mond was verschrikkelijk. Ze had een pakje kauwgom in haar jas! Het was geen water, maar het kon wel haar speekselproductie weer op gang brengen en de smerige smaak tenietdoen.

Ongeduldig probeerde ze de rits van haar jaszak open te krijgen. Het ging moeizaam, maar lukte uiteindelijk wel. 'Yes!' riep ze zachtjes uit toen haar vingers de kauwgomverpakking voelde. Geconcentreerd viste ze het pakje uit haar zak en hield het triomfantelijk voor haar gezicht. Toen ze erin was geslaagd om op de tast een stukje felbegeerde kauwgom in haar mond te stoppen, begon ze als een bezetene te kauwen. De scherpe mentholsmaak was het lekkerste wat ze in tijden had geproefd.

Nu ze weer normaal kon ademen, begonnen er steeds meer vragen te rijzen. Wie had haar ontvoerd? En waarom? Wat was hij met haar van plan? Had het te maken met Sanders geldproblemen? Sander had gezegd dat Edith Moneymaker was en zij was dood, dat had Laura met haar eigen ogen gezien. Had Sander dan misschien nog meer vijanden? Had hij gelogen en was Moneymaker toch iemand anders dan Edith en werd Laura nu gebruikt als wisselgeld voor de schulden van Sander? De ene na de andere vraag tolde door haar hoofd. Als Laura inderdaad als ruilobject fungeerde, dan zag het er somber voor haar uit. Sander had geen rooie cent en kon zijn schulden niet afbetalen.

Eén ding wist ze zeker: in deze kofferbak zou ze in elk geval geen antwoord op haar vragen krijgen. Ze moest een manier verzinnen om uit die claustrofobische ruimte te komen en dus stak ze haar armen in de lucht en voelde aan het 'plafond' waar ze even daarvoor haar hoofd aan had gestoten. Ze duwde ertegenaan. Eerst zachtjes, toen wat steviger. Ze voelde speling. Oké, ze zat dus met haar handen tegen de hoedenplank van een hatchback aan. Dat gaf weer hoop. Het was mogelijk om via de kofferbak het bestuurdersgedeelte te bereiken. Ze probeerde haar angst over wat ze daar zou aantreffen te onderdrukken. Als er alleen maar iemand achter het stuur zat, kon ze nog met een soort kamikazeactie in zijn nek springen, maar waren ze met twee of meer dan was het een illusie om te denken dat ze ook maar iets kon uitrichten. Het enige waar ze op kon hopen, was dat het omhoogduwen van de hoedenplank niet onopgemerkt bleef en dat een oplettende automobilist doorhad dat er iets niet klopte. Het was het proberen waard. Alles beter dan lijdzaam afwachten wat haar ontvoerders met haar van plan waren. Verstand op nul en gaan.

Omdat vrouwen meer kracht in hun heupen hebben dan in hun schouders leek het haar het beste om haar benen in te zetten als stormram. Ze spande haar buikspieren aan, tilde haar benen zo ver mogelijk op en ramde op volle kracht met haar voeten tegen de hoedenplank. De hoedenplank schoot aan één kant los, maar niet in zijn geheel zoals ze gehoopt had. Meteen gaf ze een tweede ram en nu lukte het wel.

Als een speer ging ze overeind zitten en nam de situatie in zich op. Er zaten twee mannen in de auto en ze bevonden zich in een tunnel. Ze keek de bestuurder recht aan via de achteruitkijkspiegel. Hij draaide zich vloekend om en gaf onbedoeld een ruk aan het stuur waardoor de auto slingerend over de smalle weg schoot. De man remde pompend en probeerde zo de wagen weer onder controle te krijgen. De auto achter hen kon nog net op tijd inhouden. De bestuurder claxonneerde geïrriteerd. Laura bonkte luid op de achterruit en hield haar geknevelde polsen in de lucht. Wanhopig probeerde ze oogcontact te maken met de bestuurder van de achterliggende auto, maar ze betwijfelde of hij haar zag door het gebrek aan daglicht in de tunnel.

De man op de bijrijdersstoel schreeuwde en begon naar achteren te klimmen. Laura bonkte zo hard op het raam dat ze bang was dat het zou barsten. Ze werd bij haar haren gegrepen en naar achteren getrokken. Ze verzette zich uit alle macht maar kon niks beginnen.

Een grote hand werd over haar mond gelegd om haar gekrijs te stoppen. Ogenblikkelijk zette ze haar tanden in het zachte vlees en beet net zo lang tot ze bloed proefde. De man achter haar vloekte hartgrondig maar liet niet los. In een ultieme poging ramde ze haar tot een moker samengebalde handen vol naar achteren tegen het hoofd van haar belager aan. Ze raakte hem vol op zijn neus.

'Schakel haar uit voordat we nog meer de aandacht trekken!' schreeuwde de man achter het stuur.

'Slaap lekker, kutwijf,' klonk het in Laura's oor. Vrijwel meteen voelde ze een scherpe pijn op een plek tussen haar nek en schouder. Ze praten Nederlands, was het laatste wat Laura dacht voordat ze het bewustzijn verloor.

41

Laura kwam langzaam weer bij. Meteen kwamen de herinneringen aan de worsteling in de auto terug. Het was er
niet bepaald zachtzinnig aan toegegaan. Ze had haar ontvoerders niet goed kunnen zien, maar het feit dat ze Nederlands tegen haar hadden gesproken, verontrustte haar
enorm. Het kon bijna niet anders dan dat ze geen wille-
keurig slachtoffer was, maar dat de ontvoerders hun zinnen
bewust op haar hadden gezet. Dat bracht haar weer terug
bij Sander en zijn geldproblemen. De mailtjes die Moneymaker hem had gestuurd, waren nogal dreigend van toon
geweest. Het was duidelijk dat er niet met hem te spotten
viel. Als er sprake was van een link, dan had ze een groot
probleem.

De angst sloeg weer in volle hevigheid toe en de duisternis om haar heen maakte het er niet beter op. Ze lag net als
eerder in de kofferbak, alleen lag ze deze keer op haar zij
en waren haar handen en voeten achter haar rug aan elkaar
gebonden. Vroeger met gym vouwde ze zich altijd soepel
tot een 'vogelnestje' in de ringen, maar van die flexibiliteit
was duidelijk niets meer over. Ze had het gevoel dat haar
pezen en spieren elk moment konden knappen.

Het liggen in deze houding vergde een enorme krachtsinspanning en ze wist niet hoe lang ze dit nog volhield. De
smerige prop zat weer in haar mond en werd op zijn plek
gehouden met een nieuw stuk tape. Ze realiseerde zich dat

ze mazzel had dat het stuk kauwgom niet in haar luchtpijp was geschoten. Ze had geen idee of het zich nog ergens in haar mond bevond en nu aan de prop geplakt zat of dat ze het per ongeluk had doorgeslikt. Ze dacht aan haar moeder die haar als kind altijd waarschuwde nooit te gaan liggen met snoep in haar mond. Haar hart kromp ineen. Zou ze haar ouders ooit nog terugzien?

De bestuurder in de auto achter hen die ze had proberen te waarschuwen voor ze knock-out ging, had duidelijk geen actie ondernomen richting politie of andere hulpdiensten. Ze hoorde geen sirenes en als de man hun kenteken zou hebben doorgegeven, dan zouden ze toch zeker allang staande zijn gehouden? Ze vervloekte de man. Haar enige kans op redding was verkeken. De eerlijkheid gebood haar te zeggen dat ze misschien hetzelfde had gedaan als ze in zijn schoenen had gestaan. Tegenwoordig wist je maar nooit in wat voor wespennest je je neus stak en hoeveel gevaar je zelf liep als je je ergens mee bemoeide. Zinloos geweld was schering en inslag en mensen waren toch altijd bang voor hun eigen hachje. Maar goed, aan al die wijsheden en begrip had ze nu geen fuck. Ze lag hier in een uiterst benarde positie en ze vermoedde dat de situatie er de komende uren niet beter op zou worden.

Laura voelde dat de auto vaart minderde en een bocht maakte naar rechts. Een afslag? Ze begon in gedachten te tellen met de secondewijzer van haar horloge in haar achterhoofd. Misschien kon ze op deze manier uiteindelijk inschatten hoeveel minuten ze van de snelweg verwijderd was. Op dit moment kon ze daar niets mee, maar mocht ze op de een of andere manier toch nog alarm kunnen slaan, dan had ze in elk geval een aanwijzing die mogelijk naar haar verblijfplaats kon leiden. In rustig tempo reed de auto verder. Zo te voelen over een slingerweg die misschien wel omhoogliep, aan het zwaardere geluid van de motor te horen. Bij de eerste bochten zette ze zich nog schrap, maar toen ze merkte dat ze niet kon voorkomen dat ze tegen de wanden van de kofferbak schoof, liet ze het maar gebeuren. Elke inspanning in deze houding was haar te veel.

Ze telde stug door en probeerde alle ongemakken te negeren. Toen ze bij negenhonderdvijf was, stopte de auto. Ze was dus op een plek die ongeveer een kwartier van de snelweg lag. De motor draaide nog even stationair en werd toen uitgezet. Ze hoorde deuren slaan. Ze hield er rekening mee dat de kofferbak elk moment kon worden geopend. Enerzijds snakte ze naar de frisse lucht die dat zou opleveren, anderzijds was de angst voor wat haar te wachten stond zo groot dat ze hoopte dat dat moment zo lang mogelijk werd uitgesteld.

Ze zat nog midden in haar schietgebedje toen de kofferbak met een grote zwaai openging. Een felle zaklamp scheen in haar gezicht en verblindde haar. Ze hoorde een geluid dat ze herkende als het uitklappen van een zakmes. Ze was opgegroeid met dat geluid. Haar vader had er altijd een in het laatje van het dressoir liggen dat hij te pas en te onpas gebruikte bij klusjes. Blinde paniek maakte zich van haar meester. Hoe moest ze zich verdedigen? Ze schoof zo diep mogelijk de kofferbak in. Twee sterke handen trokken haar terug naar voren en duwden haar half op haar buik. Een hand duwde haar hoofd zo krachtig tegen de bodem van de kofferbak dat ze bang was dat haar neus zou breken. Haar enige verweer was een zielig piepend geluid. Ineens nam de druk op haar armen en benen af. Het touw waarmee haar benen aan haar armen waren vastgebonden, was doorgesneden. Iemand duwde haar benen recht en haar stramme spieren protesteerden zo hevig dat tranen van pijn in haar ogen sprongen. Ze werd uit de kofferbak gesleurd en plompverloren overeind gezet buiten de auto. Ze zakte meteen door haar benen en viel op de grond. Een bij elkaar geveegde hoop koude sneeuw brak haar val een beetje, maar kon niet voorkomen dat ze zichzelf bezeerde. Ze trapte met haar benen maar kon geen grip krijgen. Zelf rechtop gaan zitten lukte niet, omdat haar handen nog steeds achter haar rug waren gebonden. Hulpeloos bleef ze liggen tot ze ruw overeind werd getrokken.

'Een beetje voorzichtig,' klonk het achter haar. 'We willen haar heel houden.'

'Geen geintjes,' fluisterde de man die haar vasthield in haar oor, voordat hij zijn greep iets versoepelde. Zijn zurige adem maakte haar misselijk en ze wendde haar hoofd af.

'Lopen.' Ze werd vooruit geduwd. Nu pas kon ze de omgeving een beetje in zich opnemen. Het duister van de nacht stond een heldere blik in de weg, maar ze zag contouren van bergen. Ze dacht in een van hen zelfs de Mont Blanc te herkennen. De man die achter haar liep, manoeuvreerde haar naar een vrijstaand huis. De bestuurder van de auto liep voorop. Een bewegingsmelder verwelkomde hen met een bak licht. Ondanks het licht kon ze de gezichten van de mannen niet goed zien. Ze had te lang in het donker gelegen. Het postuur van de bestuurder kon ze nu wel onderscheiden en ze nam alle kenmerken zorgvuldig in zich op. Brede, hoekige schouders, gespierde kont en benen in een zwarte spijkerbroek. Zijn lengte schatte ze rond de een meter negentig. Onder zijn zwarte muts piepten wat donkere plukken haar uit. In zijn linkeroor droeg hij een gouden ringetje. Vreselijk ordinair vond ze dat. Ze dacht dat zijn huid licht getint was, maar ze kon het niet met zekerheid zeggen. Het gelige licht van de bewegingsmelder gaf alles een onnatuurlijke kleur en op basis van de vluchtige momenten dat ze een glimp van zijn gezicht had opgevangen, zou ze geen profielschets kunnen laten maken.

De tuin om het huis was vrij ruim en besneeuwde strui-ken stonden langs de randen. Het pad naar de voordeur was netjes schoongeveegd. Ze kreeg weer een duw in haar rug. Bijna zakte ze weer door haar benen die nog steeds als pap aanvoelden. De knellende hand in haar nek hield haar overeind. De voorste man was bij de voordeur aangeko-men en stak een sleutel in het slot. Ze volgde hem het huis in waar een aangename warmte hing. Een vage etensgeur drong haar neus binnen en haar maag reageerde.

Meteen toen de man binnenkwam, toetste hij een code in op een apparaatje aan de wand dat een reeks korte piep-jes gaf. Laura rekte zich uit om te zien welke knoppen de man intoetste, maar de man achter haar corrigeerde haar gelijk door een ruk aan haar nek te geven. Nu had ze alleen nog zicht op de tegenoverliggende muur. Haar nekwervels kraakten onheilspellend toen hij verder duwde dan haar spieren aankonden. De strakke tape op haar mond maak-te het onmogelijk om duidelijk te protesteren. Daarom stampte ze op de gok naar achteren in de hoop de man op zijn tenen te raken. Het was een halfbakken poging, maar het werkte wel. De greep op haar nek werd iets losser.

Er klonk een duidelijke piep ten teken dat het alarm was uitgeschakeld. De voorste man liep door naar een deur waarachter een trap zat die naar beneden liep. Angstvallig keek Laura de donkere ruimte in, waar ze het eind niet van kon zien. Er werd licht aangedaan en ze werd de stenen trap afgeduwd. Voorzichtig zette ze haar voeten op de treden en kreeg het voor elkaar om heelhuids beneden te komen, waar een volgende deur was. Man nummer één hield hem open en met een flinke zet in haar rug werd ze de kelder in geduwd. Ze struikelde en viel. In een reflex probeerde ze zich klein te maken om haar val te breken, aangezien haar handen nog steeds achter haar rug gebonden zaten. Achter haar klonk een vloek en vlak voor ze de grond raakte omsloot een vuist haar beide handen waardoor ze in een ongemakkelijke houding vlak boven de grond bleef hangen. Ze hing nu aan haar schouders en had het idee dat haar pezen elk moment konden scheuren. Met een ruk aan haar armen werd ze overeind gezet en ze voelde iets verschuiven in haar rechterschouder. Omdat de pijn meeviel ging ze ervan uit dat er een spiertje verschoven was en dat haar schouder nog gewoon in de kom zat.

'Doorlopen en in de hoek zitten,' commandeerde de man die de auto had bestuurd en die de leider leek. Zijn stem had de schorheid van een verstokte roker, hoewel Laura hem al die tijd nog geen sigaret had zien opsteken. Ze kreeg nog een duwtje in haar rug en liep toen op eigen kracht naar de dichtstbijzijnde hoek van de kleine, schemerige ruimte. Langs de wanden stonden schappen met huishoudelijke voorraden. In de hoek bleef ze staan en ze draaide zich om. Ze hief haar kin en keek de mannen uitdagend in de ogen. Voor het eerst zag ze nu hun volledige gezicht. Ze wist zeker dat ze hen allebei nog nooit in haar leven had gezien. De ogen van de bestuurder waren donker en hadden een meedogenloze blik waar ze kippenvel van kreeg. Op zijn gladgeschoren wang zat een wondje dat ze toeschreef aan een scheerongelukje. Het gaf hem toch nog iets menselijks en dat stelde haar een beetje gerust. Blijkbaar was hij niet onfeilbaar met messen.

Ze probeerde een glimp op te vangen van zijn pols, op zoek naar de tatoeage van de dollartekens, maar de manchet van zijn jas ontnam haar het zicht. Ze verplaatste haar blik naar de andere man. Dat hij veel kracht in zijn handen had, wist ze al, maar wat kon ze verder afleiden uit zijn uiterlijk? Ook hij had donkere ogen en in tegenstelling tot zijn maat had hij zijn scheermes duidelijk al dagen niet aangeraakt. Zijn jas spande zich om zijn opgepompte bovenlichaam. Hij was vast de domme kracht en die andere het brein.

Beide mannen keken haar stuurs aan en draaiden zich als een eenheid om. Paniek maakte zich weer van Laura meester. Ze konden haar zo toch niet achterlaten met die prop in haar mond en haar armen achter haar rug gebonden? Ze liep op de mannen af en maakte wanhopige keelgeluiden om hun aandacht te trekken. Langzaam draaiden ze zich om. De domme stak meteen afwerend zijn arm in haar richting, maar zijn baas leek te begrijpen wat ze bedoelde.

'Haal die prop maar uit haar mond. Ze kan schreeuwen wat ze wil, maar niemand hoort haar.' De andere man stapte naar voren en deed wat hem werd opgedragen. Laura vermande zich toen hij de tape met een stevige ruk in één keer van haar gezicht trok. Ze zou niet tonen dat ze kwetsbaar was, dat gunde ze haar ontvoerders niet.

'Mond open,' gromde de man. Ze trok haar kaken zo ver mogelijk uit elkaar en sloot haar ogen kort toen ze zijn vingers haar mond voelde binnengaan, op zoek naar de doek. Even overwoog ze hem keihard te bijten, maar ze liet het idee vrijwel meteen weer varen. Een vluchtige blik door de ruimte had haar duidelijk gemaakt dat ze geen kant op kon. Een onbezonnen actie zou haar een kortdurende triomf bezorgen, maar zeker niet verder helpen. Dus hield ze braaf haar mond open en bleef doodstil staan tot de man de prop uit haar mond had gepeuterd. Opgelucht haalde ze adem en schraapte haar keel.

'Nu mijn handen graag.'

'Ik geloof niet dat jij bepaalt wat er gebeurt.'

'Maar ik kan zo toch geen kant op? Hoe moet ik plassen op deze manier? Ik kan mijn broek niet eens openmaken.'

'Zeik maar in je broek.'

'Wat willen jullie nou eigenlijk? Wie zijn jullie? Wat heb ik jullie misdaan?' Ze kreeg geen antwoord.

'Heeft dit iets met Sander te maken? Is een van jullie Moneymaker?'

De man die tot nu toe alle beslissingen had genomen, grijnsde en gebaarde naar zijn collega. 'Maak de handen van dat nieuwsgierige aagje maar los. Ze kan hier weinig schade aanrichten.' Net als eerder werd het indrukwekkende zakmes weer uitgeklapt.

'Draai je om.' Laura aarzelde even. Angst dat de man haar in haar rug zou steken, maakte zich van haar meester.

'Laatste kans, anders bekijk je het maar.' Op hoop van zegen draaide Laura hem haar rug toe en stak haar handen verder naar achteren zodat hij er goed bij kon. Voordat hij haar lossneed, liet hij de punt van het mes plagerig over haar handen krassen. Ze trok haar handen weg toen ze de scherpe punt in haar huid voelde prikken en maakte het daardoor alleen maar erger. De man greep haar handen vast en sneed in een snelle haal het touw rond haar polsen door. Ze wist niet hoe snel ze het van zich af moest schudden. Voorzichtig bracht ze haar armen eerst langs haar lichaam voordat ze over haar pijnlijke polsen wreef. Een diepe rode afdruk van het touw stond in haar huid en op de rug van haar rechterhand zat een bloederige kras.

'Mag ik alsjeblieft wat water? Ik heb ontzettende dorst.'

'Je kunt ook te ver gaan,' klonk het dreigend.

'En naar de wc?' deed ze nog een poging.

'Morgen ben je de eerste. We gaan nu slapen. Om elf uur is het feest en dan moeten we fris zijn.'

'Wat is er om elf uur?' De deur van de kelder sloeg dicht en ze hoorde dat de sleutel twee keer werd omgedraaid. Ze rende naar de deur en bonkte er met haar vuisten tegenaan. 'Hé, wat is er om elf uur? Laat me hier niet achter. Hoe kan ik nou slapen in dit hol? Laat me eruit, klootzakken!' Laura schreeuwde door totdat haar stem schor was en niet meer dan een krassend geluid voortbracht. Al die tijd kwam er geen enkele reactie op haar gekrijs. Uitgeput liet ze zich op de kille keldervloer zakken. Al snel voelde ze de kou doordringen in haar volle blaas en botten.

Moeizaam stond ze op. Ze moest nu toch echt plassen. Het in haar broek doen was geen optie. Ze speurde de ruimte af en zag op een van de planken een emmer met schoonmaakspullen staan. Dat was beter dan haar behoefte op de grond doen. Ze keerde de emmer om en gooide de spullen aan de kant. Ze knoopte haar broek los en ging boven de emmer hangen. Haar benen trilden en verzuurden meteen. Voorzichtig ging ze met haar billen op de rand van de emmer zitten zodat de druk op haar benen wat minder werd. Toen hield ze het niet meer. Met een geklater waar geen einde aan leek te komen leegde ze haar blaas. Ze veegde zich af met de dweil die ze uit de emmer had gegooid. Opgelucht trok ze haar broek weer omhoog. Project één was geslaagd. Nu moest ze nog iets doen aan de dorst en de kou. Langzaam liet ze haar ogen over de stellingen tegen de wanden gaan. Het enige drinkbare dat ze kon vinden was een fles rode wijn. Ze tastte de planken af, ook al wist ze dat het een illusie was om hier een kurkentrekker te vinden. Dan maar grovere maatregelen. Ze pakte de buik van de fles stevig tussen haar handen en sloeg met de hals tegen een plank. Ze moest het een paar keer herhalen voordat het glas brak. Het was te hopen dat er geen glas in de wijn terecht was gekomen, maar eerlijk gezegd kon het haar niet zoveel schelen. Ze moest haar dorst lessen en dit was de enige manier.

Op een andere plank vond ze een paar theelichthouders. Ze pakte er een en schonk hem tot aan de rand vol met wijn. In twee slokken had ze de drank achterovergeslagen en ze schonk zichzelf meteen bij. Na vier glaasjes nam ze even een pauze. Het probleem met de kou was nog niet opgelost. Nadat ze alle planken grondig had bekeken, was de enige oogst een paar grote lege jutezakken. Dekens kon ze nergens vinden. Ze pakte alle jutezakken en nam ze samen met de fles wijn en haar 'borrelglaasje' mee naar de uiterste hoek van de kelder. Ze ging op de grond zitten, stopte haar benen in een jutezak en trok hem als een slaapzak zo hoog mogelijk op. Toen trok ze er een tweede zak overheen en sloeg het restant over haar schouders.

Ze nam nog een paar glazen wijn om wat warmer te worden. Het spul begon al naar haar hoofd te stijgen. Ineens moest ze aan haar ontslaggesprek met Rodney denken. Ongewild moest ze lachen. Toen had ze figuurlijk de zak gekregen en nu letterlijk. Ze barstte in huilen uit toen het licht in de kelder begon te flikkeren en ermee ophield. Laura smeet het theelichtje van zich af en hoorde het stukslaan op de betonnen vloer. Daarna zette ze de gebroken flessenhals aan haar mond en klokte nog een paar flinke slokken van de wijn achterover. Ze negeerde de scherpe kartelranden die haar lippen stukmaakten. Wat maakte het allemaal nog uit?

.

42

De felle koplampen van de auto doorkliefden de donkere nacht. Opkomende mistflarden beperkten het zicht. Tim zat met een verbeten gezicht achter het stuur en drukte het gaspedaal stevig in. Sander zat naast hem en had al een paar keer geprobeerd een gesprek aan te knopen, maar Tim reageerde steeds met een afgemeten 'ja' of 'nee'. 'Tim...' probeerde hij opnieuw.

Deze keer kreeg hij een uitgebreider antwoord. 'Ik ben even klaar met je, Sander. Jij was de enige die ik echt altijd kon vertrouwen. Maar nu blijk je maandenlang tegen me te hebben gelogen over Edith, je hebt ons bedrijf op het spel gezet, je ziel verkocht aan maffiosi en als toetje is de liefde van mijn leven ook nog ontvoerd door jouw toedoen. Op dit moment ben je dus echt even niet mijn grootste vriend.'

'Dat snap ik en ik hoop dat ik het ooit goed kan maken. Dat je zult begrijpen dat ik het met de beste bedoelingen heb gedaan om je te behoeden voor een heleboel ellende.'

'Nou, dat is goed gelukt dan.'

'Ik ben een lul, oké. Wat wil je nou dat ik zeg?' Sander sloeg gefrustreerd met zijn vuist op het dashboard. 'Het spijt me.' Ze zwegen weer een tijdje.

'Ze zullen Laura toch niets aandoen?' verbrak Tim uiteindelijk de stilte.

'Ik zou willen dat ik "nee" kon zeggen, maar ik weet het niet. Ik maak me net zoveel zorgen als jij. Ze is wel mijn toekomstige schoonzusje.' Sander gaf Tim een por tegen zijn arm.

'Mijn geplande romantische aanzoek is helemaal in duigen gevallen. Ik hoop maar dat ik de kans krijg om het over te doen en dat die gasten met hun poten van haar afblijven.'

De borden langs de weg kondigden de Mont Blanc-tunnel aan en Tim nam noodgedwongen wat gas terug. 'Wat doen we als we op de plek zijn waar hij ons wil ontmoeten? We zijn natuurlijk veel te vroeg.'

'Rondjes rijden, denk ik maar. Het is te koud om de auto ergens te parkeren en erin te blijven zitten zonder dat de motor draait.'

'Ik denk ook dat dat het beste is. Een hotelletje in de buurt pakken zie ik niet zitten. Slapen kan ik toch niet totdat Laura weer veilig bij ons is. Ik wil onder geen enkel beding die gast mislopen.'

'Die zorgt wel dat hij ons niet misloopt. Moneymaker wil zijn geld.'

'Maar dat hebben we dus niet.'

'Ik heb nagedacht over een plan B, maar daar heb ik jouw toestemming voor nodig.'

'En dat is?'

'We dragen Fit & Shape aan hem over.'

'Geen sprake van!'

'Luister nou even voordat je meteen weer met je oordeel klaarstaat. Het bedrijf is niet veel meer waard. We hebben onze goede naam maar verder staan we vet in de min.'

'Waarom zou hij het dan überhaupt willen hebben? Los van het feit of ik er afstand van kan doen. We hebben zo hard gewerkt en onze hele ziel en zaligheid in dat bedrijf zitten. Dat eigen baas zijn bevalt me prima. Ik vraag me af of ik nog wel terug in loondienst zou kunnen.'

'Ik snap je bezwaren, die heb ik ook. Maar ik denk dat het

de enige manier is om Laura zo snel mogelijk terug te krijgen. Uiteindelijk is dat het enige wat telt. De liquiditeit van ons bedrijf is inderdaad niet interessant voor Moneymaker, maar als witwaskanaal is het dat des te meer.'

'Denk je?'

'Zeker weten, dat is de afgelopen tijd toch gebleken?'

'Maar zo kan het toch niet eindigen? Ons eerlijke bedrijf als wisselstation voor crimineel geld?'

'Zo eindigt het niet, het is al zo. Het is al maanden aan de gang, Tim, en ik ben medeplichtig. Daarom kan ik ook niet naar de politie gaan en weet Moneymaker zeker dat ik mijn mond houd. Hij heeft me aan alle kanten in de tang. Laten we hem geven wat hij wil, zodat we met een schone lei opnieuw kunnen beginnen. Echt opnieuw, vanuit een eerlijke en open basis. We hebben ons netwerk, onze ervaring en een topproduct, we moeten alleen wat voorzichtiger zakendoen. Onbetrouwbare partijen als de Brazilianen laten we in het vervolg links liggen. Ze beloven je gouden bergen maar storten je in het ravijn.'

'Wel een methode die jou ligt,' flapte Tim eruit. Meteen sloeg hij zijn hand voor zijn mond. 'Sorry, dat had ik niet moeten zeggen. Ik heb Edith net zo min gered als jij.'

Sander keek gekwetst voor zich uit. 'Denk je dat dit altijd tussen ons in blijft staan? Of zal er een moment komen dat we het echt achter ons kunnen laten? Dat we Edith achter ons kunnen laten?'

'Ik weet het echt niet. Het is een dooddoener, maar ze zeggen wel dat het verleden je altijd blijft achtervolgen. Ik denk dat het zo is. De dingen die je meemaakt, tekenen je als mens en maken je tot wie je bent. Het verleden terzijde schuiven voelt als jezelf verloochenen.'

'Sorry hoor, maar nu klink je als een wijf dat te veel kruidenthee heeft gedronken.'

'Ik ben nou eenmaal niet zo stoer als jij. Ik heb me altijd achter jou verscholen, zelfs bij onze geboorte.'

'Aangezien ik vijf minuten ouder en wijzer ben dan jij, stel ik voor dat we mijn plan ten aanzien van Moneymaker gaan volgen. Het is de enige manier om Laura ongeschonden terug te krijgen en mijn medeplichtigheid aan het witwassen buiten schot te houden. Als uitkomt wat ik heb gedaan, dan draai ik de bak in en dat zie ik niet zitten.'

'Joh, je meent het...' Tim concentreerde zich even volledig op de weg en nam toen het woord weer. 'Oké, we doen het. Ik keur af wat je allemaal hebt gedaan, maar ik weet dat je het deed om mij te beschermen. Daarom zal ik jou nu ook beschermen. Hoe erg ik het ook vind, ik denk dat je gelijk hebt wat betreft het overdragen van Fit & Shape aan die Moneymaker van je. Heeft die vent trouwens ook nog een gewone naam? Die bijnaam van hem is vrij triest.'

'Hij heet Lorenzo, maar hij vindt het niet tof als je hem zo noemt zonder dat hij je daar toestemming voor heeft gegeven. Dat ligt allemaal nogal gevoelig. Slechte jeugd of zo. Ik ben er ook per toeval achter gekomen dat hij zo heet en toen ik hem eens met zijn echte naam aansprak, sloeg hij me bijna een blauw oog. Ik ben niet bepaald bang aangelegd, maar hij is echt angstaanjagend als hij door het lint gaat. Echt, maak hem straks niet boos, want ik sta niet voor hem in. Ons enige doel is Laura heelhuids terugkrijgen en daarna zo snel mogelijk naar Nederland zien te komen.'

'Oké, je kunt op me rekenen. Er is nog een dingetje waar ik mee zit.'

'Wat dan?'

'Laura's rechtvaardigheidsgevoel en enorme behoefte om te doen wat "goed" is. Ik weet niet of zij bereid is haar mond te houden over alles wat er gebeurd is. Haar overal buiten houden kan niet meer. Ze is getuige geweest van onze weigering om Edith te helpen en ze is zelf het slachtoffer geworden van een ontvoering. En wie weet wat Moneymaker haar allemaal heeft wijsgemaakt.'

'Het enige wat we kunnen doen, is met haar praten en haar ervan overtuigen dat het voor iedereen het beste is dat ze haar mond houdt.'

'En als dat niet werkt?'

'Daar wil ik nog even niet aan denken. Laat ik het zo zeggen, ik geef mijn vrijheid niet zomaar op.'

'Wat bedoel je daar precies mee?'

'Het is beter om niet vooruit te denken, Tim. We focussen ons nu eerst op het veilig terugkrijgen van Laura en over de toekomst hebben we het later wel.'

'Ik hoop in elk geval dat het nooit zover komt dat ik een keuze moet maken tussen jou en Laura. Dat zou me verscheuren, Sander. Doe me dat niet aan.'

'We vinden wel een manier om het voor alle partijen leefbaar te houden,' suste Sander. Tim zag de rücksichtslose blik in Sanders ogen, die niet overeenstemde met zijn woorden. Hij kende die blik maar al te goed van zijn broer. Sander had hem gehad toen hij de pan met kokend water voor Tim opving en ook vanmiddag bij het ravijn, toen hun moeder voor de laatste keer om hulp vroeg en Sander weigerde haar zijn hand toe te steken. Hij moest Laura ervan overtuigen dat het beter was om naar Sander te luisteren. Het stemde hem verdrietig. Maar eerst moest hij maar eens zien dat hij de kans kreeg om met Laura te praten. Hij mocht in zijn handen knijpen als dat op korte termijn zou lukken. Vooralsnog was ze in handen van een crimineel en hij had geen idee hoe het met haar ging. Woede vlamde weer op. Als die vent maar met zijn poten van haar afbleef. Hij klemde zijn handen zo stevig om het stuur dat zijn knokkels wit uitsloegen.

43

Laura hing ongemakkelijk tegen de harde muur. Ze was door en door koud en had nauwelijks nog gevoel in haar handen en voeten. Haar keel deed pijn van het schreeuwen en een migraineachtige hoofdpijn bonkte achter haar ogen. De lichtflitsen die dat veroorzaakten waren de enige onderbreking van de duisternis om haar heen. De wijnfles hield ze als een pop die troost bood tegen zich aangeklemd. Ze had hem op een paar slokken na leeggedronken. De wijn had haar dorst niet gelest en de droogte in haar mond alleen maar erger gemaakt. Ze moest plassen, maar overeind komen en weer boven die emmer gaan hangen, was haar te veel. Ze overwoog even om in haar broek te plassen, maar liet het idee weer varen. Zolang het kon, wilde ze haar waardigheid zo veel mogelijk behouden.

Ondanks de misselijkheid knorde haar maag en bij de gedachte aan een uitsmijter met spek liep het water haar in de mond. Hoe lang zouden ze haar hier nog laten zitten? Waren Tim en Sander naar haar op zoek of zaten ze nog in het huisje omdat ze geen idee hadden waar ze moesten beginnen? Weer kon ze zichzelf wel voor haar kop slaan dat ze haar telefoon in het huisje had laten liggen. Had ze dat ding maar bij zich gehad, dan had ze misschien nog in het geniep kunnen communiceren of kon de politie haar opsporen. Ze lachte schamper om haar eigen naïviteit. Net alsof die gasten haar haar telefoon hadden laten houden als ze hem wel bij zich had gehad. Die keren dat ze knock-out was geweest, hadden ze haar vast gefouilleerd.

Ze had geen idee hoe lang ze hier al zat en of het nog steeds nacht was. De kelder waar ze haar in hadden opgesloten, was volledig raamloos. Zou het helpen als ze nog wat lawaai maakte? Eerder had het haar niets opgeleverd, maar wie weet als ze maar lang genoeg doorging dat iemand er uiteindelijk de balen van kreeg. De eenzaamheid vloog haar steeds meer naar de keel. Ze was nooit bang geweest voor kleine ruimtes, maar de eerdere opsluiting in de krappe kofferbak en nu in de donkere kelder begonnen haar wel op de zenuwen te werken. 'Hou je kop erbij,' snauwde ze zichzelf hardop toe. 'In paniek raken helpt je lekker veel verder.' Ze legde haar hand op haar buik en probeerde weer rustig te worden. Geconcentreerd ademde ze naar haar hand toe en ze voelde dat haar hartslag langzaam weer rustiger werd. Het nam haar aandacht zo in beslag, dat ze schrok toen de kelderdeur openging. Ze had helemaal niemand horen aankomen.

Ze knipperde met haar ogen tegen het licht dat door de open deur naar binnen kwam. Toen haar ogen wat gewend waren, zag ze een vrouw boven aan de trap staan met een dienblad. Er werd iets naar haar toe gegooid. Ze dook eropaf en zag dat het een setje handboeien was.

'Doe die om,' klonk het onzeker vanaf de trap. De vrouw sprak Nederlands met een accent dat ze niet meteen kon thuisbrengen.

'Ik beloof dat ik niks zal doen. Ik blijf hier in de hoek zitten en kom niet in je buurt. Alsjeblieft, geen handboeien, mijn handen doen nog pijn van dat touw van gisteren.' De vrouw aarzelde zichtbaar. Laura keek haar smekend aan en stak haar handen in de lucht.

'Hou je handen daar.'

De vrouw zette een voorzichtige stap naar beneden. Ze hield Laura nauwlettend in de gaten. Door het gebrek aan een lamp was Laura niet meer dan een schim tegen de muur en zag de vrouw de fles met kapotte hals die ze tussen haar benen hield niet. Een tweede stap volgde. Toen een derde en een vierde. Laura zat nog steeds met haar handen omhoog en verroerde zich niet. Ze durfde zelfs amper adem te halen, bang dat de vrouw haar alsnog zou dwingen de handboeien om te doen. Ze had er alles voor over om haar handen vrij te houden. Toen de vrouw de trap volledig was afgedaald, zette ze het dienblad op de grond neer. Toen ze bukte, overwoog Laura even om haar aan te vallen met de fles. Met de scherpe glaspunten zou ze best wat verwondingen kunnen toebrengen. De vraag was of ze snel genoeg kon opstaan om de vrouw te bespringen. Ze voelde aan alles dat het niet zou lukken. Ze zou geen millimeter verder komen met zo'n onbezonnen actie en zichzelf alleen nog maar meer in de problemen brengen.

Door het licht dat door de openstaande kelderdeur kwam, kon Laura haar tegenstandster goed genoeg zien om zich een beeld te vormen. Ze probeerde alle details van haar uiterlijk zo veel mogelijk in haar geheugen te prenten. Zwart haar dat slap langs haar gezicht hing, een rode grofgebreide trui en een strakke spijkerbroek. Ze kon niet met zekerheid zeggen of de broek donkerblauw of zwart was. De vrouw kwam weer omhoog en het moment om iets uit te richten met de fles was definitief voorbij.

'Zit je al de hele tijd in het donker?' vroeg de vrouw aan Laura.

'Ja. Vlak nadat ik hier ben neergezet, begaf de lamp het.'

'Daar in die kartonnen doos zitten nieuwe peertjes. Een trapje staat daar in de hoek.' Laura volgde de vinger van de vrouw naar de donkere wand tegenover haar.

'Bedoel je dat ik zelf die lamp moet vervangen?'

'Wat dacht je, dat ik het voor je ging doen? Ik ben je dienstmeid niet. Ik vind het al erg genoeg dat ik je eten moet brengen. Ik wil hier helemaal niets mee te maken hebben.'

'Nou, jij hebt de vriendelijkheid ook niet uitgevonden. Zeker familie van die twee hufters die me hier hebben opgesloten? Denk je dat ik hier voor mijn lol zit? Ik moet pissen en schijten in een emmer. Het is hier steenkoud en pikkedonker.'

'Ik zou mijn mond maar houden, anders neem ik dat dienblad gewoon weer mee.'

Laura bond meteen in. Haar honger en dorst waren groter dan haar opstandigheid.

'Sorry,' perste ze eruit.

De vrouw snoof als antwoord.

'Waarom zit ik hier?'

De vrouw maakte een beweging die op schouderophalen leek. 'Weet ik veel. Ik stel nooit vragen aan mijn broer. Beter van niet.'

'Hij is dus je broer, oké. Luister, ik zit in hetzelfde schuitje als jij. Ik heb hier ook niks mee te maken. Ik ken je broer niet eens. Ze hebben de verkeerde te pakken. Kun je hem er niet van overtuigen dat hij me moet vrijlaten?'

'Je bent al net zo dom als je eruitziet. Waarom zou ik dat doen? Waarom zou ik het risico nemen om ruzie met mijn broer te krijgen?'

'Omdat het het juiste is om te doen.'

'Juist voor wie? Niet voor mij.'

'Luister, ik zit hier onschuldig opgesloten. Mijn vriend is vreselijk ongerust en heeft de politie er vast al bijgehaald. Uiteindelijk vinden ze me toch wel en dan ben je pas echt de lul. Ooit gehoord van medeplichtigheid? Ik heb je gezien en gesproken, dus ik kan je er zo bij lappen. Maar als je me laat gaan, zal ik niemand over je vertellen.'

Laura bad dat haar woorden het gewenste effect hadden en bracht langzaam haar handen naar beneden.

'Zitten blijven!' schreeuwde de vrouw. 'Je zou zo blijven zitten!' Laura gooide haar armen ogenblikkelijk weer in de lucht. 'Sorry, ik kreeg last van mijn spieren. Ik dacht dat het wel oké was nu we zo gezellig aan het kletsen zijn.'

'Florentina! Waarom blijf je zo lang weg?' klonk het snauwerig van boven. Laura herkende de stem van de man die de leiding had. 'Ik heb honger.' Ergens boven zich hoorde Laura geschuifel van voetstappen die snel dichterbij kwamen. Het maakte haar angstig en ze was duidelijk niet de enige. Florentina draaide zich om en liep vlug de trap op.

'Praat met hem en ik zal je niet verraden,' riep Laura haar wanhopig na. Ze probeerde overeind te komen, maar omdat ze al te lang op de koude vloer had gezeten, ging dat niet al te makkelijk. Ze belandde hard op haar knieën. 'Laat me hier niet achter. Ik kan er niet meer tegen.' Smekend stak ze haar hand uit, maar de vrouw maakte zich uit de voeten en gooide de kelderdeur met een harde klap dicht. De deur werd afgesloten en ze was weer alleen, omringd door de duisternis die ze zo verfoeide. Ze gooide de kapotte fles wijn naar de plek waar Florentina net was verdwenen. Hij spatte kapot tegen de deur. Verslagen bleef ze even zitten. Ze had er geen vertrouwen in dat Florentina met haar broer zou praten om hem ervan te overtuigen dat hij haar vrij moest laten. De reactie van de vrouw op haar broer was die van een bang schoothondje.

Laura zocht steun bij de muur en kwam voorzichtig overeind. Op de tast volgde ze de muur naar de hoek waar volgens Florentina een trapje stond. Ze liep voetje voor voetje om nergens tegenaan te lopen en hield haar linkerarm voor zich uitgestrekt om mogelijke obstakels te voelen. Bij de hoek aanbeland vond ze inderdaad het trapje. Het was zo'n uitklapbaar plastic huishoudding dat tot net boven haar knieën kwam. Ze omsloot het harde plastic met haar hand en tilde het trapje op.

Volgende doel: het vinden van de kartonnen doos met lampen volgens Florentina's aanwijzingen. Ze tastte met haar hand voor zich uit, net zolang tot ze het rek vond dat Florentina had aangewezen. Ze ging met haar vingers langs de planken, terwijl ze het trapje met zich meesleepte. Toen ze het einde van het rek voelde, checkte ze een voor een de planken terwijl ze met haar voet contact hield met het trapje. Op de derde plank voelde ze iets wat op karton leek. Twee dozen stonden naast elkaar. Beiden waren dichtgeplakt. Gehaast krabde ze aan de tape van de eerste doos. De duisternis vloog haar elke minuut meer aan en ze wilde nu zo snel mogelijk weer licht om zich heen hebben. Ze wist de doos open te krijgen. Vol met kaarsen, constateerde ze teleurgesteld. Vol overgave stortte ze zich op het openmaken van de tweede doos. Ze bad in stilte dat daar de lampen in zaten. Haar maag trok samen van de honger en ineens dacht ze weer verlangend aan het dienblad met eten. Ze wist zich te beheersen. Eerst licht regelen, dan kon ze tenminste zien wat ze at. Niet dat ze van plan was heel kieskeurig te zijn, maar toch.

Ze gaf een ruk aan het laatste stuk tape en maakte de doos open. Hij was gevuld met doosjes die aanvoelden als lampenverpakking. Voorzichtig maakte ze het bovenste doosje open en voelde tot haar opluchting inderdaad een lamp. Ze bewoog hem zachtjes heen en weer en luisterde ingespannen of ze iets hoorde. Dat was niet het geval. Ze mocht dus aannemen dat de lamp niet kapot was. Nu moest ze op de gok haar trapje halverwege de kelder uitklappen en erop klimmen in de hoop dat ze de plafonnière te pakken kreeg. Ze klapte het trapje uit en schuifelde ermee naar de plek waar ze gokte dat de lamp ongeveer moest hangen. De fitting van de nieuwe lamp klemde ze voorzichtig tussen haar tanden zodat ze haar handen vrij had. Op goed geluk klom ze omhoog en tastte het lage plafond af. Ze kon wel janken toen haar handen tegen de matglazen bol aanstootten. Ze draaide het ding los. Waar moest ze het laten? Ze had twee handen nodig om het peertje te vervangen.

Ze smeet het ding voor zich uit. Collateral damage. Ze hoorde hem stukvallen op de vloer. Geconcentreerd draaide ze het kapotte peertje los en verving het door het nieuwe. Het licht ging niet aan. Ze haalde het peertje weer los en draaide hem opnieuw aan. Weer niks. Ze slaakte een gefrustreerde kreet. Hoe kon dat nou? Het peertje had niet gerammeld toen ze het voorzichtig heen en weer schudde. Ineens herinnerde ze zich dat ze de lichtschakelaar voor de kelder rechts van de ingang had zien zitten. Aan de buitenkant welteverstaan. Waarschijnlijk had die Florentina een klap op de knop gegeven toen ze de kelder had verlaten. Uit gewoonte of om haar te pesten? Het deed er ook niet toe, *bottom line* was dat ze nog steeds in het stikdonker zat en dat ze daar haar buik vol van had.

De duisternis vloog haar wederom naar de keel. Het gezicht van Edith met die verwrongen blik verscheen op haar netvlies. Ze zag haar weer vallen en hoorde weer die ijselijke kreet. Nog erger was de daaropvolgende stilte geweest. Ze kreeg weer kippenvel als ze eraan terugdacht. Het drama met Edith was door al dit gedoe even naar de achtergrond verdwenen, maar kwam nu in volle hevigheid terug.

Hoe kon ze ooit met zichzelf in het reine komen? Ze had erbij gestaan en het laten gebeuren zonder in te grijpen, terwijl dat wel had gekund. Sec gezien maakte dat haar medeplichtig aan moord. Waarom had ze niet ingegrepen? De meedogenloze blik in Sanders ogen had haar tegengehouden. Op dat moment was ze bang voor hem geweest. Ze was bang dat hij haar iets zou aandoen, dat hij haar ook in het ravijn zou gooien als ze ook maar een vinger uitstak. Haar lafheid en angst hadden een leven gekost en ze wist niet of ze zichzelf dat ooit kon vergeven. Hoewel ze nu wist wat voor een secreet Edith was geweest en wat voor vreselijke dingen ze Tim had aangedaan, kon iemand uit de weg ruimen nooit de goede oplossing zijn. Daarmee loste het probleem niet op, maar werd het alleen maar groter. Ze geloofde heilig in de rechtsstaat, die erop toegelegd was om mensen gepast te straffen voor de fouten die ze maakten. Maar daarvoor was het nu te laat. Er was geen enkele manier om terug te draaien wat er was gebeurd. Ze moest ermee leren omgaan of met haar verhaal naar de politie gaan, met alle gevolgen van dien. Als ze dat zou doen, raakte ze Tim voorgoed kwijt. Bij de gedachte hem te verliezen en zonder hem verder te moeten, kneep haar maag samen en ging er een steek door haar hart. Nee, dat kon ze niet. Haar liefde voor hem was groter dan haar rechtvaardigheidsgevoel. Ze zou hun liefde niet opofferen, met dat idee kon ze nog minder leven. Ze zou Edith zo diep in haar geheugen begraven dat ze er nooit meer uit kwam.

Al die tijd had Laura boven op het trapje staan wiebelen en ze voelde zich ineens ontzettend kwetsbaar. Ze wist niet hoe snel ze van het trapje af moest komen. Ze moest rugdekking hebben, wilde tegen een muur staan. Het was of de demonen in haar hoofd tot leven kwamen en haar van alle kanten belaagden, de geest van Edith voorop. Ze raakte in paniek. 'Doe het licht aan!' schreeuwde ze zo hard als ze kon. Ze bonkte met haar vuisten tegen de muur. Kroop op handen en voeten naar de trap die naar de kelderdeur leidde. Klom omhoog en bezeerde haar handen aan de glassplinters van de stukgegooide wijnfles. Ze krabde haar nagels stuk op het hout van de deur en bleef zo hard mogelijk krijsen om licht. Het leek geen effect te hebben. Boven bleef het, op wat gestommel na, stil en om haar heen bleef het donker.

Toen ze geen stem meer overhad, haar vingertoppen schrijnden en klopten en ze de moed begon op te geven, ging het licht ineens aan. Haar ogen sloten zich in een reflex om zichzelf te beschermen. Gedoseerd liet ze ze wennen aan de nieuwe situatie. Toen ze weer volledig zicht had en haar ogen geen pijn meer deden, stortte ze zich hongerig op het eten op het dienblad. Stukjes stokbrood, jam, twee kuipjes yoghurt en koude zwarte koffie. Ze at alles op en likte de bakjes zelfs uit. Met elke hap werd ze helderder in haar hoofd en voelde ze de kracht terugvloeien in haar lichaam. Er moest een manier te verzinnen zijn om te ontsnappen. Dat móést. Voor de zoveelste keer liet ze haar ogen door de ruimte gaan op zoek naar mogelijkheden. Ze zag ze niet. Het was om moedeloos van te worden.

Haar ogen bleven rusten op de deur die een obstakel was naar de vrijheid. Nu pas zag ze de spatten opgedroogde wijn die zich als bloeddruppels aan het hout hadden vastgeklonken. Er had meer in de fles gezeten dan ze dacht. Ze liep terug naar de hoek en liet zich op de grond zakken. Ze krulde zich op en kroop weg onder de jutezakken. Het wachten was weer begonnen. Het wachten op wat? Ze had nog steeds geen idee wat haar te wachten stond. Het beangstigde haar en ze werd gek van de onzekerheid. Hoe moest ze de tijd doorkomen? *Slapen*, zei een stemmetje in haar hoofd. *Als je slaapt gaat de tijd voorbij zonder dat je er erg in hebt*. Ze besloot er gehoor aan te geven. Tijd was kostbaar, maar op dit moment kon het haar gestolen worden.

44

Laura schrok wakker uit een lichte slaap door gerammel aan een deur. Versuft ging ze overeind zitten en realiseerde zich meteen weer waar ze was. De kelderdeur ging open en ze kroop zo dicht mogelijk tegen de muur aan toen ze zag dat het hulpje van Florentina's broer de trap afdaalde. Angstig keek ze om zich heen. Haar enige wapen, de kapotte fles, had ze door haar eigen impulsieve actie vernield. Ze stond met lege handen en zou niks kunnen uitrichten tegen de spierbundel die haar kant uit kwam.

Haar ogen bleven rusten op zijn grote rechterhand. Gebiologeerd keek ze naar het touw dat hij vasthield. Ze wilde niet weer gekneveld worden. De man bleef voor haar staan en keek haar nors aan. Hij droeg geen muts, jas of andere verhullende kleding die haar het zicht ontnam en ze nam hem goed in zich op. Zijn pupillen waren vergroot en hij straalde agressie uit. Blijkbaar had hij iets gebruikt en dat maakte hem nog onberekenbaarder. Zijn halflange zwarte haar had hij tot nu toe verborgen gehouden onder zijn muts en dat had hij beter kunnen volhouden. De kleine watergolfachtige krulletjes zagen er nogal lullig uit bij zijn verder stoere uiterlijk. Zijn mond was een beetje scheef en Laura zag een ragfijn litteken over zijn bovenlip lopen dat haar nog niet eerder was opgevallen. Een goed weggewerkte hazenlip? Net als zijn baas droeg ook hij in elk oor een gouden ringetje. Als ze daar nou eens aan ging hangen? Een uitgescheurde oorlel zou hem misschien zo afleiden dat ze kon ontsnappen. Ze had het nog niet bedacht of de man commandeerde haar zich om te draaien.

'Armen op je rug.'

Als ze iets wilde uitrichten, moest het nu gebeuren. Voordat ze een stap kon verzetten werd ze ruw vastgepakt en tegen de muur gesmeten. Ze kon nog net op tijd haar gezicht wegdraaien om te voorkomen dat ze vol met haar neus tegen de muur sloeg. Het beton schraapte pijnlijk langs haar wang.

'Omdraaien had ik gezegd.' In een handomdraai werden haar polsen stevig samengebonden en kon ze geen kant meer op. De tranen sprongen in haar ogen om de gemiste kans. In plaats van na te denken, moest ze handelen. Dat prentte ze zichzelf in voor een volgende keer. Als die er kwam. Op kracht zou ze het niet winnen, ze moest het hebben van haar snelheid. Maar dan moest ze die wel gebruiken als het moment zich voordeed. Stomme trut die ze was.

De man pakte haar arm en duwde haar voor zich uit naar de trap. Gehoorzaam zette ze haar voet op de eerste trede. Even schoot het door haar hoofd om zich halverwege de trap ineens achterover te laten vallen om haar belager uit evenwicht te brengen. Maar de angst om zelf ook flink ten val te komen en zichzelf te verwonden hield haar tegen. Vooralsnog zat er niks anders op dan braaf meewerken om represailles te voorkomen.

Boven aan de trap haalde ze opgelucht adem. Ze was in elk geval die vreselijke kelder uit. Ze werd meegevoerd door een gang die leidde naar de woonkamer. Florentina zat samen met haar broer aan de eettafel. Het rook naar gebakken eieren, koffie en iets zoetigs. Wiet? Laura snoof nog eens goed. Haar vermoeden werd bevestigd toen ze de asbak met een half opgerookte joint zag die op tafel stond.

Florentina's broer knikte in de richting van de zwarte leren bank en zijn hulpje duwde Laura ernaartoe. Ze nam aan dat het de bedoeling was dat ze ging zitten. De bank zat stevig en het voelde goed om weer eens fatsoenlijk te kunnen zitten.

'Carlo,' zei Florentina's broer en hij wees naar haar benen. Oké, nu wist ze ook de naam van die klojo met zijn poedelkapsel. Carlo haalde een stuk touw uit zijn broekzak en bond haar enkels bij elkaar.

'Hé, dat is toch helemaal niet nodig,' protesteerde ze.

'Ik wil rustig eten, dus geen gelul.'

'Ik zou ook wel wat lusten.'

'Niet zo brutaal.'

'Je kunt je gijzelaar maar beter goed verzorgen. Want dat ben ik toch? Een gijzelaar?'

Florentina's broer stak een stuk brood in zijn mond. 'Je bent helemaal niks.'

'Als dat zo is, kun je me net zo goed vrijlaten.'

'Dat is niet aan jou om te bepalen.'

'Maar luister nou, ik ken je niet eens. Ik heb je niks misdaan. Laat me nou gewoon gaan en dan lullen we nergens meer over. Florentina, zeg jij eens wat.'

'Heb je haar je naam verteld?' Florentina kromp ineen toen haar broer keihard met zijn vuist op tafel sloeg. 'Kan ik dan ook werkelijk niks aan je overlaten?'

'Lorenzo... het spijt me.'

'Stomme trut, nou heb je mijn naam ook genoemd. Moet ik je dan alles voorkauwen? Snap je dan niks?' Lorenzo maaide met een woedend gebaar een volle beker van tafel. De hete thee liep van de tafel af in Florentina's schoot. Ze gaf geen kick, maar stond stilletjes op en verdween achter een deur waar waarschijnlijk de keuken zat. Laura kreeg bijna medelijden met haar. Temeer omdat het Lorenzo zelf was geweest die de naam van zijn zus had geroepen toen ze bij Laura in de kelder stond.

Laura probeerde van de bank te komen, maar Carlo duwde haar terug. 'Zitten blijven,' siste hij. 'De volgende keer ben ik niet meer zo vriendelijk.'

'Ik heb je nog op geen enkele vriendelijkheid kunnen betrappen,' antwoordde Laura opstandig. Dreigend deed hij een stap in haar richting.

'Laat dat, Carlo.'

'Goed zo, fluit je hondje maar terug, Lo-ren-zo.' Ze sprak zijn naam tergend langzaam uit. Ze wist dat ze een risico nam met haar bijdehante gedrag. Het kon Lorenzo nog bozer maken, maar het kon misschien ook een beetje respect afdwingen. Ze wilde in elk geval niet de indruk geven dat ze zomaar met zich liet sollen.

'Kom eten, Carlo, we hebben nog een halfuur.'

'Een halfuur tot wat?' vroeg Laura. Een antwoord bleef uit.

'Hé, ik vroeg wat.'

Lorenzo keek verstoord op van zijn bord en legde zijn vinger op zijn lippen terwijl hij haar kil aankeek. Daarna haalde hij heel langzaam zijn vinger langs zijn keel. Al die tijd bleef hij haar aankijken. Zijn blik was angstaanjagend en Laura moest moeite doen om niet weg te kijken. Wegkijken voelde als zich gewonnen geven en dat zou ze never nooit niet doen. Wel besloot ze haar mond te houden. Voor even, als een soort compromis. Haar keel was haar te dierbaar om risico's mee te nemen. Carlo keek alsof hij niet kon wachten en knakte lachend zijn vingers. Ze concludeerde dat hij beter nors kon kijken. Wat een rotgezicht had die man als hij lachte. Een scheve, domme lach die leek op die van Sylvester Stallone.

Laura schoof naar achteren en ging goed zitten. Ze kon

het zichzelf net zo goed gemakkelijk maken, ook al kon ze geen kant op. Het liefst zou ze haar ogen sluiten en een beetje slaap inhalen, maar dat durfde ze toch niet. Als die Carlo het in zijn bol kreeg dan was ze liever voorbereid.

45

'We hebben nu al tig rondjes gereden en zijn nog te vroeg.'
Tim had de auto met draaiende motor op een weggetje geparkeerd vlak bij het vrijstaande huis waar ze om elf uur
verwacht werden. Ze hadden allebei geen oog dichtgedaan
en de resterende uren van de nacht doelloos rondgereden.
'Wat doen we? Bellen we vast aan of scoren we nog ergens
een kop koffie en een broodje?'

Sander tikte zenuwachtig met zijn vingers op het dashboard maar gaf geen antwoord.

'Ik weet het niet.'

'Dan zou ik maar snel beslissen. Dit is jouw sores, dus jij
hebt de leiding. Ik heb geen verstand van criminelen, laat
staan hoe met ze om te gaan.'

'Je bent er de afgelopen dagen niet aardiger op geworden.'

'Met aardig zijn kom je er niet in deze wereld. Dat heb jij
me de afgelopen dagen maar weer eens helder voorgespie-
geld.'

'Gefeliciteerd met dit inzicht. Dan heeft al dit gedoe toch
nog iets positiefs opgeleverd,' antwoordde Sander cynisch.

'Nou, wat wordt het? Gaan we eropaf of blijven we laf
wachten tot elf uur?' Het woord 'laf' was blijkbaar een trig-
ger voor Sander want hij opende ogenblikkelijk zijn portier
en wilde uitstappen. Tim kon hem nog net bij zijn arm pakken.

'Wat nou?' schudde Sander hem met een pijnlijk gezicht

van zich af. 'Nou neem ik een besluit en dan is het weer niet goed.'

'Dat wil niet zeggen dat je onvoorzichtig hoeft te worden. Zie je die politieauto in de verte niet aankomen?'

Sander keek onmiddellijk op. 'Verdomd. Wegwezen.'

Tim bleef besluiteloos zitten. 'We kunnen ze ook aanspreken en vertellen dat ze Laura hebben...'

'Ben je besodemieterd? Als we dat doen dan ben ik erbij en draai ik voor een tijdje de bak in. Hoe vaak moet ik je nog duidelijk maken dat we dit zonder politie moeten oplossen?'

'Nou, ik heb er nog eens over nagedacht en ik heb grote twijfels of we dit wel zelf kunnen oplossen. Die lui zijn volgens mij niet voor rede vatbaar. Als jouw idee om Fit & Shape aan hen over te dragen niet wordt geaccepteerd, dan hebben we een heel groot probleem. Het geld om al je schulden af te lossen hebben we op dit moment niet en ik betwijfel of je uitstel krijgt. Ze hebben Laura niet voor niks meegenomen om een dreigmiddel achter de hand te hebben. Ik ben ontzettend bang dat ze haar iets aandoen. Als ze dat al niet gedaan hebben. Door de politie in te lichten kunnen we haar misschien nog in veiligheid brengen.'

'Of de boel alleen maar erger maken. Een kat in het nauw maakt rare sprongen, dat weet je toch? En los daarvan: hoe staat het met mijn veiligheid? Als Moneymaker wordt opgepakt, lapt hij mij er zeker weten bij. Dat lijk je maar steeds te vergeten.'

'Dat vergeet ik niet. Ik zit alleen met een levensgroot dilemma. Als ik de politie inlicht, ben jij de lul, maar als ik dat niet doe, dan is Laura waarschijnlijk het haasje. Jij bent hier door je eigen toedoen in verzeild geraakt, maar Laura heeft er in beginsel niks mee te maken. Als jij gepakt wordt, moet je hooguit een paar jaar brommen en dat overleef je wel. Laura is nu letterlijk in levensgevaar en de politie waarschuwen biedt misschien wel de beste kans om haar te redden.'

'Tim, doe me dat niet aan,' smeekte Sander. Zijn oorspronkelijke woede en verontwaardiging waren als sneeuw voor de zon verdwenen. 'We hadden toch afgesproken dat we er altijd voor elkaar zouden zijn? Op de dag dat we samen voor Edith vluchtten hebben we dat afgesproken. Dat weet je toch nog wel? Ik heb me aan die afspraak gehouden. Ik heb jou ten koste van alles proberen te beschermen. Het enige wat ik vraag, is dat jij hetzelfde voor mij doet. Dat is toch niet zo raar?'

Tim aarzelde. 'Dat is emotionele chantage wat je nou doet...' De stelligheid die eerder in Tims woorden doorklonk, was aan het afbrokkelen. 'Als Laura iets overkomt, zal ik het jou en mezelf nooit vergeven.'

Sander legde zijn hand op Tims schouder. 'Er overkomt haar niks, daar gaan we samen voor zorgen. Wij hebben de politie helemaal niet nodig. We zijn mans genoeg om het zelf op te lossen.' Sander pakte Tim bij zijn kin en dwong hem om hem recht aan te kijken. 'Samen. Jij en ik.' Hij gaf Tim een bemoedigend klapje op zijn wang. 'Kom, koffie en een broodje wilde je toch? We hebben nog een halfuur. Dat moet genoeg zijn om even heen en weer te rijden naar het dorp.'

Tim twijfelde nog even en ging toen overstag. Hij keerde de auto en reed bij het huis vandaan richting het dorp. In rustig tempo passeerden ze de politieauto. Sander keek recht voor zich uit en vermeed elk oogcontact. Met tegenzin deed Tim hetzelfde.

'Tikje meer gas graag.' Sander was weer tot op de draad gespannen. Tim deed wat hij vroeg. De politieauto in zijn achteruitkijkspiegel werd steeds kleiner en daarmee ook zijn hoop op een goede afloop. Toch bleef hij doorrijden. Bij elke meter die ze vooruitkwamen, werd zijn schuldgevoel groter. *Ik maak het goed met je, Lau, dat beloof ik.* Om zichzelf te overtuigen herhaalde hij het zinnetje steeds weer in zijn hoofd.

46

Carlo en Lorenzo kauwden net op hun laatste hap toen de deurbel ging. Laura schoof meteen naar het puntje van de bank. Betekende dit haar redding? Florentina had ze niet meer teruggezien in de kamer, maar ze hoorde haar stem bij de deur. Lorenzo keek op zijn horloge en glimlachte goedkeurend. 'Ze zijn te vroeg. Maak haar klaar.' Ogenblikkelijk stond Carlo op en haalde een katoenen lap uit zijn trainingsjack. Laura schudde haar hoofd. Niet weer die gore prop in haar mond.

'Kaken van elkaar.' Laura perste haar lippen samen.

'Laatste kans.' Carlo wachtte nog een paar tellen en kneep toen haar neus dicht. Laura probeerde hem te schoppen, maar miste. Het touw om haar enkels trok en sneed in haar huid bij elke beweging. Ze begon het benauwd te krijgen. Ze wist dat het niet lang meer zou duren voordat ze haar mond open moest doen om te ademen. Ze liet haar protest varen toen ze zich de zinloosheid ervan realiseerde. Carlo gaf haar amper de tijd om adem te halen en stopte de prop ver in haar mond. Laura maakte gefrustreerde keel- en kokhalsgeluiden toen de stof haar huig raakte. Uit woede zette ze haar tanden in Carlo's vingers. Hij gaf haar een klap tegen haar hoofd. 'Die trut heeft me gebeten!' Laura viel op de bank. Op dat moment kwam Florentina de kamer in. Ze was duidelijk nerveus.

'Lorenzo, de politie is aan de deur, ze willen jou spreken.'

'Heb je opengedaan? Je weet dat ik dat niet wil hebben. Er is er hier maar een die de deur opendoet als er aangebeld wordt en dat ben ik.'

'Sorry. Ik was in de hal toen de bel ging, dus ik dacht...'

'Jij moet het denken overlaten aan mensen die daar genoeg hersens voor hebben. Begrepen?'

'Ja. Maar heb je gehoord wat ik net zei? Er staan twee agenten aan de deur en ze willen je spreken.'

'Waarover?'

'Dat zeiden ze niet.'

'Carlo, houd die trut vast en dan bedoel ik niet mijn zus. We kunnen niet hebben dat ze aan de wandel gaat met de politie in de buurt.'

'Kom nou Lorenzo, ik heb gezegd dat ik je ging halen. Als je te lang wacht, komen ze misschien binnen om poolshoogte te nemen.' Florentina plukte zenuwachtig aan haar trui.

'Wat heb je ze verteld?'

'Niks.'

Laura moest op de een of andere manier zien kenbaar te maken dat ze hier gevangen werd gehouden. Gillen werd onmogelijk gemaakt door de prop in haar mond, maar met haar voeten op de vloer stampen moest lukken. Carlo lette even niet op haar omdat hij naar Lorenzo luisterde, en Laura zag haar kans schoon. Ze trok haar benen op en liet ze met alle kracht die ze in zich had op de vloer neerkomen. Carlo draaide zich als door een wesp gestoken om en dook op haar, maar ze kreeg het voor elkaar nog een keer te stampen. Daarbij maakte ze hoge keelgeluiden.

'Hou haar in bedwang,' siste Lorenzo. 'Ga voor mijn part boven op haar zitten.'

Carlo pakte Laura's trappelende benen en smeet haar languit op de bank. Hij was zo snel en sterk dat ze niet de kans kreeg om zich los te worstelen. Hij draaide haar op haar buik en plofte boven op haar neer. Door het gewicht werd alle lucht uit Laura's borstkas geblazen en ze voelde haar ribben hevig protesteren.

'Hallo...' klonk het vanuit de gang. Florentina trok wit weg. 'Schiet nou op, Lorenzo.'

Lorenzo keek nog een keer naar Carlo om te zien of de situatie met Laura onder controle was en verdween toen naar de gang. Florentina bleef in de kamer achter en liep nerveus heen en weer.

'Naar de keuken,' blafte Carlo. Ze knikte bedeesd en vertrok.

Laura luisterde gefrustreerd naar de stem van de politieagent. Ze kon niet goed verstaan wat hij zei, maar de klanken maakten haar rustig. Hij was zo dichtbij! Ze was maar een paar meter verwijderd van bevrijding. Alleen de gesloten kamerdeur stond tussen hen in. Carlo liet ze voor het gemak even buiten beschouwing. Daar zouden die agenten vast wel raad mee weten als ze eenmaal binnen waren. Een deur werd dichtgeslagen. Toch niet de voordeur? *Please*, laat ze niet weg zijn gegaan, smeekte Laura in gedachten. De deur naar de kamer zwaaide open en Lorenzo kwam binnen. Alleen. Alle hoop vloeide uit Laura weg. De zoveelste gemiste kans. Ze had toch wel iets kunnen doen om hun aandacht te trekken?

'Wat moesten ze?' hoorde ze Carlo vragen.

'Iemand had ons kenteken doorgegeven en aan de politie gemeld dat we slingerend door de Mont Blanc-tunnel reden. Hij dacht ook een meisje te hebben gezien dat tegen het raam bonkte, maar dat wist hij niet zeker omdat ze daarna weer verdwenen was. Hij vond het allemaal een beetje vreemd, vandaar dat hij ze gewaarschuwd had.' De man die achter hen had gereden, dacht Laura. Hij had de politie toch gebeld! Maar ze waren weggegaan. Waarom waren ze niet binnengekomen? Op zoek naar haar?

'Hoe heb je ze afgepoeierd?' vroeg Carlo.

'Ik heb gezegd dat we inderdaad een meisje in de auto hadden, Florentina. Dat ze jouw vriendin was en dat ze je op de achterbank zat op te geilen en je broek losmaakte. Dat ik daarom even was afgeleid en begon te slingeren. Daardoor kwam ze even overeind en zag die medeweggebruiker haar. Jij wilde natuurlijk dat ze doorging en duwde haar hoofd weer naar beneden.'

Carlo lachte. 'En dat geloofden ze?'

'Ja, sukkels. Die agenten zagen eruit alsof ze er zelf ook wel pap van lustten. Ze vonden het wel grappig. Boodschap voor jou: of jij en je vriendin voortaan geen vieze spelletjes meer in een rijdende auto willen doen. Beter voor de verkeersveiligheid.' Carlo lachte nogmaals. 'En ze wilden Florentina niet opnieuw spreken om jouw verhaal te bevestigen?'

'Nee. Ik heb gezegd dat het allemaal al gênant genoeg voor haar was en daar hadden ze wel begrip voor.' Lorenzo keek naar Laura die met een rood aangelopen gezicht probeerde genoeg lucht naar binnen te krijgen. Carlo's gewicht op haar borstkas maakte het haar niet bepaald makkelijk.

'Ga eens van haar af. Straks legt ze het loodje voordat we zijn uitonderhandeld.' Carlo gehoorzaamde duidelijk met tegenzin. Laura haalde zo diep mogelijk adem toen ze zijn lompe gewicht niet meer voelde.

'Ze heeft wel een lekker kontje...'

'Daar hebben we nu geen tijd voor, Carlo, dat had je eerder moeten bedenken. Die gasten staan zo op de stoep.'

'Jammer,' zei Carlo spijtig. Een rilling trok door Laura heen. Het idee dat die klootzak aan haar zou zitten!

'Waar is Florentina?'

'Die heb ik naar de keuken gestuurd. Ik werd gek van dat nerveuze gedoe van haar.'

'Beetje dimmen, je hebt het wel over mijn zus. Ik ben de enige die haar opdrachten geeft. Begrepen?'

'Sorry. Maar ze was toch mijn vriendin? Dan mag ik toch wel iets tegen haar zeggen?'

'In sprookjesland, ja. Als je er alleen maar over denkt om haar met een vinger aan te raken, dan ga je daar enorme spijt van krijgen.' Carlo stak in een afwerend gebaar zijn handen in de lucht. 'Ik zou niet durven...'

'O, wat is er mis met mijn zus? Vind je haar lelijk of zo?'

'Ja, hallo, wat wil je nou van me?'

'Dat je haar overeind zet,' wees Lorenzo naar Laura.

'Geen probleem.' Carlo pakte haar op alsof het niets was en zette haar rechtop op de bank. Ze liet het gelaten toe. Wat had verzet nog voor zin? Voor het eerst begon ze de hopeloosheid van haar situatie echt te beseffen. Lorenzo had het er net over gehad dat er 'gasten' kwamen. Over wie had hij het en waren ze iets met haar van plan? Haar hart begon te bonzen van de stress. Lorenzo keek op zijn horloge en begon af te tellen. 'Tien, negen, acht...' Toen hij bij één was, ging de deurbel.

'Was hij met betalen ook maar zo stipt,' gromde hij terwijl hij de kamer verliet.

En hoewel niemand Laura had verteld wie 'hij' was, had ze wel een vermoeden.

47

Voordat Lorenzo de kamer verliet om de voordeur open te doen, knikte hij naar Carlo en stak zijn wijsvinger en duim in de lucht. Carlo wist blijkbaar meteen wat hem te doen stond, want hij liep naar de buffetkast en haalde een pistool uit een van de lades. Met veel omhaal controleerde hij de patroonhouder en maakte het ding schietklaar. Laura had geen verstand van pistolen, maar ze vond het wapen er indrukwekkend uitzien. Nu de opgefokte Carlo het in handen had, voorzag ze weinig goeds. Hij bevestigde haar angst door naar haar toe te lopen en het koude staal tegen haar voorhoofd te zetten. Het zweet brak haar uit en ze durfde zich niet te verroeren. Bang dat elke onverhoedse beweging Carlo aanleiding zou geven om te schieten. Ze piepte angstig. Carlo duwde het pistool nog steviger tegen haar hoofd en ze voelde dat de loop een afdruk achterliet in haar huid.

De voordeur sloeg dicht en dat was voor Carlo het teken om haar overeind te sleuren. Hij ging achter haar staan. Met zijn linkerarm hield hij haar in bedwang. Het pistool zette hij op haar rechterslaap. Laura bibberde van angst. Ze probeerde geluiden op te vangen uit de gang. Stemmen, iets. Maar het was muisstil en dat maakte haar nog nerveuzer over wat er komen ging. De deur ging open en ze hield haar adem in. Ze verwachtte Lorenzo te zien, maar ineens stond ze oog in oog met Sander. Tim liep achter hem de kamer in en daarna volgde Lorenzo. Toen Tim haar zag, deed hij een stap in haar richting en riep: 'Laura, is alles goed met je?'

Carlo richtte dreigend zijn pistool op Tim. 'Geen stap dichterbij of ik schiet jou neer en daarna haar.'

Tim stak zijn handen omhoog en deed een paar passen terug. Zijn blik richtte zich vluchtig op het pistool en zocht daarna die van Laura. Haar ogen vulden zich met tranen en ze keek hem hulpeloos aan. 'Het komt goed,' mimede hij. Laura had er een hard hoofd in, maar Tim leek heilig te geloven in zijn eigen woorden. Hij straalde een rust en kracht uit die ze nog niet eerder bij hem had gezien. Sander, daarentegen, kwam veel gestrester over. In zijn ogen was de blinde paniek te lezen die ongetwijfeld ook in de hare lag. Eén blik op Sander deed de geruststelling die van Tim uitging meteen teniet. Laura bad dat hij geen dingen zou roepen die Lorenzo of Carlo boos zouden maken. Zolang ze dat pistool tegen haar hoofd had, leek haar dat een heel slecht idee.

'Je vriendjes zijn gearriveerd,' nam Lorenzo het woord. 'Als ze een beetje meewerken, kun je met tien minuten weer op straat staan. Maar als ze niet meewerken...'

Carlo tikte treiterend met het pistool tegen haar slaap. 'Pang...' fluisterde hij in haar oor. Laura voelde zijn adem langs haar oor gaan. Een zurige, naar koffie ruikende lucht drong haar neus binnen. Ze huiverde. Ze wilde Tim en Sander op het hart drukken om mee te werken en haar zo snel mogelijk uit deze benarde situatie te bevrijden, voordat Carlo zijn geduld verloor. Maar door die kloterige prop in haar mond kon ze niks zeggen.

Lorenzo stak zijn hand uit naar Sander. 'Het geld.'

Sander deinsde terug. 'Ja, over het geld. Eh, dat heb ik dus nu op dit moment niet paraat...'

'Carlo, bind hun handen vast, we gaan een stukje rijden.' Lorenzo nam het pistool van Carlo over en greep Laura hardhandig bij haar haren. Ze slaakte een geschrokken kreet.

'Ik was nog niet uitgepraat. Luister nou naar me. Jij neemt toch ook geen halve ton cash mee op vakantie?' Sander duwde Carlo van zich af.

'Ik zou meewerken als ik jou was. Anders knal ik dit mooie koppie aan gort.' Lorenzo trok Laura's hoofd achterover. Ze deed het bijna in haar broek van angst.

'Doe wat hij zegt, Sander,' commandeerde Tim zijn broer. Na een paar laatste stuiptrekkingen liet Sander zijn verzet varen en deed hij zijn armen achter zijn rug zodat Carlo zijn polsen aan elkaar kon binden.

'Nu jij. Hier komen!' blafte Carlo tegen Tim. Ook hij liet zich zonder verder protest knevelen. Lorenzo sneed de touwen om Laura's enkels los en gaf haar een harde zet. Ze struikelde bijna tegen Tim en Sander aan. Ze verschool zich achter Tims rug en kroop dicht tegen hem aan.

'Jullie autosleutel?'

'In mijn broekzak,' antwoordde Tim. Carlo doorvoelde zijn zakken en viste de sleutel eruit.

'We gaan met jullie auto. Vanaf dit moment is hij van mij trouwens. Zie het maar als een kleine aanbetaling op de rente die je me verschuldigd bent.'

'Het is mijn auto niet,' protesteerde Sander. 'Het is zijn auto. Laat Tim en Laura gaan, ze hebben hier niets mee te maken.'

'Denk je dat me dat ook maar iets interesseert?'

'Jij en ik lossen dit samen wel op.'

'Het spijt me zeer, maar mijn vertrouwen in jou is tot ver beneden nul gedaald. We gaan het nu op mijn manier aanpakken.'

'Maar ik heb een supergoede deal voor je. Luister nou even naar wat ik te zeggen heb.'

'We gaan eerst een stukje rijden. Ik wil zeker weten dat je me niet weer belazert.'

'Ik belazer je niet. Laat Tim en Laura gaan en ik los het op. Je kunt me op mijn woord geloven.'

'Je begint in herhaling te vallen. Je woord is niet meer genoeg. We gaan.' Lorenzo trok Laura weer naar zich toe. 'En geen geintjes, want dan is dit schatje er geweest.' Carlo gaf Tim en Sander een zet en hield de deur voor hen open. Sander slaakte een kreet. 'Ik heb nieuwe pijnstillers nodig. Ze liggen in de auto.' Carlo gaf hem als antwoord nog een zet en Sander kromp ineen.

'Mietje.'

Lorenzo verliet met Laura als laatste het huis. Carlo opende Tims auto en wilde al achter het stuur stappen, toen Lorenzo hem tegenhield.

'*Change of plans*. We laten hem rijden.' Hij wees naar Tim. 'Hem zetten we ernaast. Wij gaan gezellig met zijn drietjes op de achterbank zitten.' Hij haalde het pistool dreigend langs Laura's keel.

Carlo grijnsde en hielp Tim en Sander de auto in.

'Eh, hoe denken jullie dat ik kan sturen als mijn handen op mijn rug zitten?' zei Tim.

'Kalm aan jij.' Lorenzo duwde Laura naar het midden van de achterbank en ging zelf achter Tim zitten. 'Maak hem los,' droeg hij Carlo op. Die knipte een zakmes open en sneed Tims touw door. 'Recht voor je kijken,' waarschuwde Lorenzo. 'Als je je ook maar een millimeter omdraait, gebeuren er hier achterin ongelukken.' Tim bleef muisstil zitten.

'Wil je mij ook losmaken?' vroeg Sander, die in een ongemakkelijke houding op de passagiersstoel zat.

'Jij zit prima zo.'

'Wil je dan in elk geval mijn gordel omdoen en me een paar pijnstillers geven?'

Carlo keek Lorenzo vragend aan maar die schudde van nee. 'Jij doet ook geen gordel om,' waarschuwde hij Tim. 'Carlo en ik hebben hier achterin wel gordels om, dus ik zou maar voorzichtig zijn met al te hard remmen. En mocht je de held willen uithangen...' Hij zwaaide met zijn pistool. 'Geef hem de sleutel, Carlo, ik wil hier weg.'

Carlo gaf de sleutel aan Tim en die startte meteen de motor. 'Waar moet ik heen?'

'Begin maar eens met de oprit afrijden.' Tim deed wat hem gevraagd werd en zette de auto recht op de weg.

'Nu de weg volgen totdat ik iets anders zeg.' Tim gaf gas en schakelde zenuwachtig op. De motor maakte een hoop kabaal en de auto schokte heen en weer toen hij de koppeling net iets te laat liet opkomen. De motor sloeg af.

'Sukkel,' gromde Lorenzo.

'Ja, sorry hoor, ik word nogal nerveus van dat pistool in mijn nek.' Tim startte de auto weer en concentreerde zich op het wegrijden. Deze keer ging het beter en al snel maakte de auto vaart.

48

Voor Laura's gevoel hadden ze zeker een uur gereden voordat Lorenzo Tim duidelijk maakte dat hij moest stoppen. Ze kon het niet checken op het dashboardklokje, want dat was al een tijdje stuk. Tim was altijd ontzettend laks met het repareren van dit soort dingen. Kleine ongemakken die geen kwaad konden, noemde hij het. Ze hadden het laatste stuk volop tussen de naaldbomen gereden en de weg was steeds onbegaanbaarder geworden. Lorenzo dirigeerde Tim naar iets wat voor een parkeerplaats kon doorgaan. Hij zette de auto stil, maar liet de motor draaien.

'Uitstappen, we gaan een boswandeling maken.'

Met duidelijke tegenzin zette Tim de motor uit. Carlo stond al buiten en hielp Sander uit de auto.

'Jij ook naar buiten. Laat de sleutel in het contact zitten.'

Tim deed wat hem gevraagd werd.

'Ga bij hem staan en doe je armen op je rug zodat ik je weer vast kan binden,' blafte Carlo. Langzaam liep Tim naar Sander en Carlo toe. Zijn ogen schoten alle kanten op. Laura volgde gespannen elke beweging die hij maakte. Hoe zou Lorenzo reageren als Tim ineens de benen nam? Zou hij haar echt neerschieten? Tim leek zichzelf dezelfde vragen te stellen. Laura zag dat hij aarzelde, maar uiteindelijk toch eieren voor zijn geld koos. Zonder zich verder te verzetten liet hij zijn polsen door Carlo samenbinden. Het risico om een stunt uit te halen was te groot. Laura voelde zowel opluchting als frustratie door haar lijf stromen. Had Tim echt niet kunnen vluchten zonder gevaar? Ze wist dat het antwoord waarschijnlijk nee was, maar ze moest zichzelf dat een paar keer inprenten voordat ze weer rustig werd. Zelf had ze ook al een paar kansen laten lopen omdat ze te veel risico met zich meebrachten. Het niks kunnen uitrichten tegen deze klootzakken die hen gijzelden, begon haar steeds meer op te breken.

'Mag die prop uit Laura's mond?' vroeg Tim beheerst. 'Straks stikt ze er nog in.'

'Dan hebben we weer een probleem minder,' lachte Carlo vals.

'We gaan eerst een stukje lopen en dan zal ik er eens over nadenken. Het is natuurlijk veel leuker om haar te horen krijsen als ik haar of een van jullie neerschiet. Maar eerst gaan we wat dieper het bos in.' Lorenzo gaf Laura een duw in haar rug en ze kwam in beweging. Carlo liep met open-geklapt zakmes voor haar uit en spoorde Sander en Tim aan. Al snel was de auto volledig uit zicht. Hoewel ze het besneeuwde wandelpad links hadden laten liggen, leek Carlo het bos op zijn duimpje te kennen. Trefzeker liep hij door. Takken van struiken bemoeilijkten de wandeling en omdat haar handen waren samengebonden, kon Laura ze niet aan de kant duwen. Ze probeerde zo veel mogelijk om de struiken heen te lopen, maar soms was het onvermijdelijk dat de takken in haar gezicht zwiepten. Carlo en Lorenzo namen niet de moeite ze aan de kant te houden zodat ze goed kon passeren. Ook Tim en Sander hadden aan hun gevloek te horen moeite om erdoorheen te ploeteren zonder schrammen op te lopen.

Laura werd steeds vermoeider. Haar benen verkrampten en haar voeten deden pijn. Ze wist niet hoe lang ze dit tempo nog volhield. Elke keer als ze wat langzamer ging lopen, porde Lorenzo ter aansporing met het pistool in haar rug. Geconcentreerd bleef ze haar ene voet voor de andere zetten tot ze ineens met haar neus in de sneeuw lag. Een uitstekende boomstronk die onder de sneeuw verborgen lag, was de boosdoener.

'Til je poten dan ook fatsoenlijk op!' Lorenzo trok haar in een felle beweging weer overeind en rukte de tape van haar gezicht. Ze spuugde de prop uit. Tim keek geschrokken om toen hij haar jammerende gesnik hoorde en de druppels bloed in de sneeuw zag liggen. 'Ze heeft een bloedneus. Help haar.' Tim probeerde wanhopig om te ontsnappen aan de touwen om zijn polsen. Lorenzo liep naar hem toe en gaf hem een klap tegen zijn achterhoofd. 'Doorlopen en je kop houden. Beter voor haar, beter voor jou.' Hij pakte Laura bij haar nek en duwde haar hoofd naar voren. Daarna kneep hij met zijn duim en wijsvinger onder haar neusbeen. Laura liet hem begaan. Ergens gaf het haar weer een sprankje hoop. Hij had haar ook gewoon kunnen laten bloeden. Het feit dat hij eerste hulp verleende, leek erop te duiden dat een goede afloop nog steeds binnen handbereik lag.

Na een paar minuten liet Lorenzo haar neus weer los en trok hij haar overeind. Hij pakte haar bij haar kin om te controleren of het bloeden gestopt was. Carlo wachtte verderop met Tim en Sander. Zijn mes zwaaide hij dreigend als een Zorro voor hun gezicht heen en weer. Het zag er bijna komisch uit.

Laura keek om zich heen en probeerde de omgeving in zich op te nemen. Overal waar ze keek stonden naaldbomen, de een nog groter dan de ander. Er viel geen enkel aanknopingspunt te ontdekken. Dat ze kriskras door het bos waren gelopen, hielp ook niet echt mee voor de oriëntatie. Als het haar al zou lukken om te ontsnappen, dan had ze geen flauw idee welke kant ze op moest of hoe ze vanaf hier weer terugkwam in de bewoonde wereld.

'Vóór je kijken,' klonk het achter haar. Laura focuste weer op haar voeten. Het zou haar geen tweede keer gebeuren dat ze over een tak struikelde. Haar lijf werd steeds stijver van de val en ze hoopte maar dat ze snel op de plaats van bestemming waren. Na een paar minuten kwamen ze op een stuk waar de bomen iets minder dicht op elkaar stonden. Het was prettig om weer wat meer daglicht te zien en zelfs een streep zonlicht te kunnen ontwaren. Ze sjokte verder tot ze plotseling op een open plek kwamen. Carlo bleef staan en maande Tim en Sander hetzelfde te doen. Lorenzo duwde Laura hun richting uit. 'Ga bij je vriendjes staan.' Dat liet ze zich geen twee keer zeggen. Ze ging naast Tim staan en duwde haar zij tegen hem aan. Het voelde zo goed om weer even fysiek contact te hebben, ook al was het minimaal. Ze putte er zo veel mogelijk kracht uit. Tim boog zich naar haar toe en gaf haar een zoen op haar hoofd.

'Oké, nu vraag ik het nog één keer.' Lorenzo richtte zijn pistool op Sander. 'Mijn geld.'

Sander deinsde met een bleek gezicht achteruit. 'Ik... ik... ik heb een voorstel. Ik draag Fit & Shape voor een euro aan je over en we hebben het verder nergens meer over.'

Lorenzo begon hard te lachen. 'Je hebt wel lef. Je bent me een vermogen verschuldigd en dan durf je me ook nog een euro te vragen.'

'Luister nou even naar me. Via Fit & Shape kun je al je geldzaken regelen en helemaal naar eigen inzicht. Van mij zul je geen last meer hebben.'

'Daar heb ik mijn geld toch niet mee terug? Keiharde poen, daar hebben we het over. Niet over een soort symbolische genoegdoening.'

'Maar snap je het dan niet? Als je zelf eigenaar bent van

Fit & Shape kun je al je geldstromen onder die noemer reguleren. Als je het een beetje handig aanpakt is er geen haan die daar naar kraait.'

Lorenzo leek even na te denken over Sanders woorden. 'Je bent niet in je eentje eigenaar van dat bedrijf, dus je kunt dat wel zo leuk roepen, maar in de praktijk heb ik daar geen fuck aan.'

'Ik ben het ermee eens,' reageerde Tim snel. 'Je mag die hele toko hebben. Als je mijn handen losmaakt, teken ik ter plekke.'

'Dat zou ik ook zeggen als er een pistool op me gericht werd,' zei Lorenzo cynisch. 'Jullie voorstel kan interessant zijn, dat moet ik toegeven...' Hij pauzeerde even en Laura wachtte vol goede hoop tot hij zijn zin zou afmaken.

'... maar ik blijf toch met dat keiharde cash dingetje in mijn maag zitten. Ik had toch duidelijk gemaakt dat ik het wachten beu was en dat ik vandaag mijn geld wilde terughebben. Misschien moeten we hem een handje helpen, Carlo? Wat vind jij?'

Carlo lachte verheugd. Lorenzo trok zijn broekspijp omhoog en een gevulde leren holster die hij om zijn witte enkel droeg werd zichtbaar. Hij gooide het pistool naar Carlo toe en die ving het feilloos op.

'Laten we maar beginnen met hem,' wees Lorenzo naar Tim. 'Hij is bij beiden het meest geliefd.' Carlo greep Tim ruw bij zijn arm en sleurde hem van de open plek vandaan het bos in.

'Nee, Tim!' brulde Laura.

'Laat hem gaan, neem mij. Hij heeft er niks mee te maken!' Ook Sander was nu volledig in paniek. Hij probeerde achter Tim aan te rennen en Lorenzo schoot in de lucht. Als bevroren bleef Sander staan. Laura gilde hysterisch. 'Doe hem niks, alsjeblieft.'

'Ik waarschuw altijd maar één keer. De volgende keer schiet ik raak.'

'Wat zijn jullie met Tim van plan?' Sander trilde over zijn hele lichaam.

'Luister, het is heel simpel. We lopen nu met zijn drieën terug naar de auto. Halen nog even een vriendje van me op en dan rijden we vanavond nog terug naar Nederland. Morgenvroeg staan we bij jouw bank waar jij al je centjes van afhaalt. Daarna rijden we door naar haar bank en daar doen we hetzelfde. Carlo past in de tussentijd op Tim. Als ik tevreden ben, laat Carlo hem op mijn commando gaan. Ben ik niet tevreden...' Lorenzo maakte een schietbeweging richting Sander, bracht de loop naar zijn mond en blies een denkbeeldige rookpluim weg.

'*Capice*?'

Laura verloor haar zelfbeheersing en begon te schreeuwen. 'Ik heb geen geld, geen rooie cent, ik heb geen geld!'

'Zorg dat ze haar bek houdt.'

Sander ging voor Laura staan en probeerde haar aandacht te trekken, maar ze leek dwars door hem heen te kijken. Toen klonk er ineens een dierlijke brul ergens verderop, gevolgd door een pistoolschot. Het kwam uit de richting waar Carlo met Tim was verdwenen. Het geluid van krakende takken en stampende voetstappen volgde en kwam steeds dichterbij. Carlo dook op tussen de bomen en rende met een verhit gezicht naar hen toe. Zonder Tim.

49

'Waar is Tim? Wat heb je met hem gedaan?' Sander probeerde Carlo de pas af te snijden, maar die ontweek hem behendig en Sander viel op de grond. Laura zat huilend in de sneeuw om Tim te jammeren.

'Het spijt me, Lorenzo, maar hij had een grote bek. Ik stond anderhalve meter bij hem vandaan en richtte mijn pistool op hem zodat hij zijn mond zou houden. En ik had mijn vinger op de trekker, maar die was niet vergrendeld. Was ik vergeten te controleren. Ik heb hem in zijn hoofd geraakt. Hij bewoog niet meer en hij bloedde.'

Voor het eerst verloor de tot nu toe kalme Lorenzo zijn zelfbeheersing. Hij haalde uit en stompte Carlo vol in zijn gezicht. 'Klootzak! Ongelooflijke stommeling! We zouden alleen dreigen. Geen doden, ik had het nog zó gezegd. We handelen in geld, niet in mensenlevens.' Hij wilde Carlo nog een keer slaan, maar die weerde hem vakkundig af.

'De volgende keer mep ik terug. Jij gaf me een pistool dat niet vergrendeld was. Wíé loopt er nou met een onvergrendeld pistool rond? Wíé is hier nou een klootzak?'

Terwijl de twee mannen met verhitte hoofden tegenover elkaar stonden, maakte Sander gebruik van het moment om stilletjes in het bos te verdwijnen om Tim te zoeken. Carlo en Lorenzo hadden het pas door toen hij al uit het zicht verdwenen was.

'Waar is hij gebleven?' Lorenzo sleurde Laura overeind en drukte zijn pistool tegen haar slaap.

'Jullie hebben Tim vermoord,' fluisterde ze. Lorenzo rammelde haar flink door elkaar.

'Waar is Sander?'

'Al zou ik het weten dan zou ik het niet zeggen.' Het pistool drukte nog harder tegen haar schedel. 'Schiet maar. Zonder Tim wil ik toch niet leven.' Lorenzo gooide haar terug in de sneeuw.

'Ik ga hem zelf wel zoeken.' Hij verdween tussen de bomen en liet Laura achter met Carlo. Hij kwam op haar af lopen en ze kromp ineen, wachtend op wat komen ging. Zijn grote hand pakte haar in haar nek en trok haar probleemloos omhoog. Hij sleurde haar zo vlug mee dat ze moeite had om niet onderuit te gaan. Al snel hadden ze Lorenzo gevonden die Sander net te pakken had gekregen. Hij protesteerde zo hevig dat Lorenzo het drukpunt in zijn nek opzocht om hem even helemaal uit te schakelen. Sander stortte in elkaar en viel bewusteloos neer. Lorenzo deed geen moeite om hem op te vangen. Laura zag een paar meter verderop het levenloze lichaam van Tim liggen. Hij lag op zijn buik en om zijn hoofd was een kring van bloed zichtbaar.

'Tim!' huilde ze. Laura wilde naar hem toe, maar Carlo hield haar in een ijzeren greep.

'Renz, controleer eens of hij dood is.' Lorenzo knikte en keerde hen zijn rug toe om naar Tim te lopen. Carlo dwong Laura om hem te volgen. Toen Lorenzo gehurkt bij Tim zat en probeerde de slagader in Tims nek te vinden, haalde Carlo stilletjes zijn pistool uit zijn jaszak en richtte het op Lorenzo.

'Pas op!' gilde Laura. Lorenzo keek verschrikt om en zag tot zijn verbazing Carlo's pistool op zich gericht. 'Wat krijgen we nou?' Hij kwam vliegensvlug overeind en probeerde zijn eigen wapen te pakken, maar Carlo was sneller. Er klonk een schot en Lorenzo greep naar zijn keel. Bloed stroomde langs zijn handen en hij maakte een gorgelend geluid. Laura keek vol afschuw naar het bloederige tafereel. Lorenzo stak in een wanhopig gebaar zijn hand uit naar Carlo. Het onbegrip stond in zijn ogen te lezen.

'Sorry maat, te veel getuigen. Ik maak de rest van het zootje ook nog koud en dan ga ik ervandoor.' Lorenzo viel voorover in de sneeuw. Laura ving nog net een glimp op van zijn asgrauwe gezicht. Het gorgelende geluid kwam met steeds grotere tussenpozen tot het helemaal ophield. De stilte had nog nooit zo hard geklonken.

Tijd om te verwerken wat er net voor haar ogen was gebeurd, werd Laura niet gegund. Het pistool dat zojuist zijn tweede slachtoffer had gemaakt, werd tegen haar slaap gezet. 'Je mag zelf aftellen van tien naar nul.'

'Alsjeblieft, niet doen. Ik zal mijn mond houden. Echt waar, ik beloof het. Ik ben nog veel te jong om dood te gaan.' Laura ging steeds harder jammeren. Hoewel ze net nog had beweerd dat ze niet verder wilde leven zonder Tim, kwam er nu een allesoverheersende overlevingsdrang naar boven.

'Zeg me wat ik moet doen en ik doe het!'

'Van tien naar nul tellen. Nu beginnen en anders doe ik het voor je.'

Het kon toch niet zo zijn dat ze nog maar tien tellen van de dood verwijderd was?

'Tellen, nu.' Laura deed haar ogen dicht en begon met bibberende stem te tellen. 'Tien... negen...' Ze probeerde tussen elke tel zo veel mogelijk pauze te laten vallen, maar de loop die stevig tegen haar hoofdhuid gedrukt was maakte duidelijk dat het geen zin had. Een klein sprankje hoop was nog op Sander gevestigd, maar dat doofde bij elke tel een beetje

meer. Gezien de stilte om hen heen was Sander nog niet bij
bewustzijn gekomen. Laura zette zich schrap. 'Drie...twee...
een...'

50

'*Getta la pistola e metti le mani in alto!*' Er ging een schok door Laura heen. Ze voelde Carlo achter zich verstijven. In een mum van tijd waren ze omsingeld door vier mannen met geweren in de aanslag. Carlo keek nerveus om zich heen en gaf in het Engels aan dat hij geen Italiaans sprak. Een van de mannen herhaalde het bevel in het Engels. Carlo reageerde niet.

'Laatste kans, laat het wapen zakken en gooi het op de grond. Doe daarna je handen omhoog.' Laura zag vanuit haar ooghoek een vijfde persoon naar Tim toe rennen en een zesde ontfermde zich over de bewusteloze Sander.

Carlo begon te schuimbekken. 'Ik schiet hoor. Allemaal aan de kant en laat me erdoor.' Hij begon Laura naar achteren te trekken. De gewapende man die recht voor hen stond, zocht oogcontact met haar. Hij straalde een kalme rust uit die op Laura oversloeg. Op het moment dat Carlo achter zich keek, maakte de man voor hen een bukkend gebaar naar Laura. Ze begreep meteen wat hij bedoelde en wachtte op zijn teken. Carlo bleef woest om zich heen kijken, maar maakte geen aanstalten om zijn wapen neer te leggen. Laura voelde dat zijn greep op haar aan het verslappen was. Hij had duidelijk geen ervaring met dit soort situaties en zijn zogenaamd doordachte actie begon steeds meer op paniekvoetbal te lijken.

De Italiaan achter hen waarschuwde voor de allerlaatste

keer. 'Ik begin mijn geduld te verliezen. Je hebt het nu zelf nog in de hand, zo meteen nemen wij het over.' Carlo aarzelde zichtbaar en zwaaide zijn pistool door de lucht. Richtte het elke keer weer op iemand anders. Het was duidelijk dat hij de controle begon te verliezen en in paniek raakte.

De man tegenover Laura knikte en ogenblikkelijk dook ze opzij. Carlo was te verrast om haar op tijd te grijpen. Er klonk een schot, gevolgd door een rauwe kreet. Laura deed beschermend haar handen over haar hoofd en bleef stilliggen. Stevige handen pakten haar vast en trokken haar weg bij Carlo, die kermend op de grond lag met twee mannen boven op zich. Ze hadden hem zijn wapen afhandig gemaakt en boeiden hem. Nu pas zag Laura dat de gewapende mannen van de politie waren. Ze trokken de geboeide Carlo overeind. Hij was in zijn schouder geraakt en bloed kleurde zijn kapotte jas. Hij probeerde zich staande te houden tussen de agenten terwijl hij aan een stuk door kermde.

Sander was ondertussen bijgebracht. Laura worstelde zich los en rende naar de man die bij Tim gehurkt zat. Hij ontnam Laura in eerste instantie het zicht, dus liep ze om hem heen. Tim was op zijn rug gedraaid en zijn ogen waren open. Ze zag zijn wimpers bewegen. Dat moest door de wind zijn, er was te veel bloed. De man die naast hem zat keek op. 'Hij leeft nog. Hij heeft heel veel mazzel gehad dat die vent zo'n slechte schutter was.' Laura geloofde in eerste instantie niet wat hij zei.

'Maar al dat bloed. Hij is in zijn hoofd geraakt.'

'Het was een schampschot. Hij heeft een flinke oppervlakkige hoofdwond, maar verder is hij met de schrik vrijgekomen. Hij is flauwgevallen van de schrik.'

Laura stond met open mond naar Tim te staren. Hij keek haar wat versuft aan en zei haar naam. Dat was voldoende om haar uit haar bevroren toestand te halen. Ze knielde huilend bij hem neer en zoende hem voorzichtig op zijn mond. Hij beantwoordde haar kus.

Mei 2015

'Apart om hier weer te zijn niet?' Laura kneep Tim in zijn hand. 'Ik moet zeggen dat ik eerst mijn twijfels had of het wel zo'n goed idee was om terug te gaan, maar ik heb er tot nu toe geen spijt van. Het voelt als een afronding.'

'Vandaag zetten we een punt achter alle ellende van de afgelopen maanden en beginnen we opnieuw.' Tim trok Laura dicht tegen zich aan.

'Wacht, we moeten een selfie maken voor Sander. Dat hebben we hem beloofd.' Laura pakte haar telefoon en vereeuwigde Tim en zichzelf voordat ze de kabelbaan instapten die hen van Chamonix naar de top van de Aiguille du Midi zou brengen. De gondels waren groot en Laura schatte in dat ze wel zo'n vijftig mensen konden herbergen.

'Hoe zou het met Sander zijn vandaag? Ik hoop maar dat hij het volhoudt tot zijn vrijlating.'

'Als we weer thuis zijn, gaan we meteen bij hem op bezoek om alle foto's te laten zien. Daar wordt hij vast blij van. Je weet dat er voor hem maar één ding telt en dat is dat het goed gaat met jou.'

'Ja, dat weet ik, maar toch. Mijn broertje in de bak. Ik kan nog steeds niet aan het idee wennen. Ik weet dat wat hij heeft gedaan niet door de beugel kon, maar het is een goeie jongen. De omstandigheden hebben hem gedwongen om dingen te doen die hij anders nooit zou hebben gedaan.'

'Dat heeft de rechter toch ook meegenomen in zijn oordeel? De straf is daarop aangepast. Sanders rol was gelukkig niet buitensporig groot en over een jaar komt hij vrij en dan staan we hem met open armen op te wachten.'

'Weet je wel hoe lang een jaar duurt?'

'Ja, dat weet ik. Ik denk er echt niet te gemakkelijk over maar probeer een beetje positief te blijven om het dragelijk te houden. Het had nog veel erger kunnen zijn.'

Tim zuchtte. 'Daar heb je gelijk in. Uiteindelijk moeten we in onze handjes knijpen. Als de FIOD Moneymaker niet al een tijdje in de gaten had gehouden en bewijsmateriaal over zijn witwaspraktijken had verzameld, was er nooit een internationaal opsporingsbevel naar hem uitgevaardigd. Pech alleen voor Sander dat hij net met die Lorenzo in zee moest gaan toen hij geld nodig had.'

'Het was Sanders pech, maar onze mazzel. Zonder dat opsporingsbevel en die man op de snelweg die de politie heeft gebeld, hadden we hier niet meer gestaan. Dan had Carlo ons allemaal neergeknald voordat er ook maar iemand kon ingrijpen.'

'Daar heb je ook weer gelijk in.'

'En ook ten aanzien van dat andere hebben we veel mazzel gehad. We hebben er nooit iets over gehoord.'

'Wat denk jij, zou ze al gevonden zijn?'

'Ik google regelmatig, maar tot op heden heb ik er nog niets over kunnen vinden.'

'In het begin kreeg ik elke keer de kriebels als de bel ging. Dan dacht ik dat ze ons kwamen oppakken.'

De laatste mensen stapten in de gondel en de deuren sloten. Laura voelde een kriebel door haar buik trekken. Uiteindelijk zouden ze met een tussenstop naar een hoogte van 3.842 meter worden gebracht en dat vond ze toch wel erg hoog. Maar Tim wilde dit heel graag en het panoramische uitzicht op de top over het Mont Blanc-massief moest fenomenaal zijn. Daarom had ze zich toch laten overhalen.

Er ging een schokje door de gondel heen toen hij op gang kwam. Laura hield haar fototoestel in de aanslag. Omdat ze ruim op tijd aanwezig waren geweest, had ze een mooi plekje bij het raam weten te bemachtigen. De gondel had er aardig de vaart in, maar stopte onderweg ook een paar keer om de mensen de tijd te geven foto's te maken van het prachtige uitzicht.

Bij de eerste stop raakte Laura bijna in paniek omdat ze dacht dat er iets mis was. Tim stelde haar meteen gerust en ze ontspande weer een beetje. Ze moest gewoon niet te veel nadenken over alles wat fout zou kunnen gaan. Deze kabelbaan was een van de grootste attracties in de omgeving en ontelbare mensen waren haar al zonder problemen voor gegaan. Ze zocht daarom afleiding in het fotograferen en probeerde te genieten van het unieke panorama om haar heen.

Toen de gondel op 3.777 meter hoogte was aanbeland, moesten ze uitstappen. Via een loopbrug liepen ze naar een lift die hen naar 3.842 meter zou brengen. Tim straalde en ook Laura werd steeds enthousiaster. Wat was dit gaaf! De lift zette zich in beweging om de laatste meters naar de top te overbruggen. Daar aangekomen liepen ze naar een van de plateaus en keken met open mond om zich heen. Ze beseften hoeveel mazzel ze hadden dat het zo'n heldere dag was. De top van de Mont Blanc torende boven alles uit en werd niet geplaagd door mist. Overal waar ze keken, waren bergen. Laura vergaapte zich aan de grote hoeveelheid bloemen die de bergwand van de Aiguille du Midi sierde. Van felblauw tot roze en geel. Dit uitzicht was veruit het mooiste wat ze ooit had gezien. Tim ging achter haar staan en sloeg zijn armen om haar heen. 'Mooi hè,' fluisterde hij in haar oor. Zijn warme adem kriebelde in haar nek en ze sloot genietend haar ogen. Ze had het gevoel dat ze in de hemel was beland.

'En weet je wat het allermooiste is?' fluisterde Tim verder.

'Nou?'

'Dat ik hier met jou mag staan.' Tim zoende haar in haar nek. 'Draai je eens om.'

Laura deed met tegenzin wat haar gevraagd was. Ze wilde dit moment zo lang mogelijk laten voortduren. Tim pakte haar hand en ging op zijn knieën zitten. 'Lieve Laura, ik hou van je met heel mijn hart en ik wil niets liever dan mijn hele leven met jou doorbrengen. Wil je met me trouwen?' De tranen sprongen in haar ogen en ze knielde bij hem neer. Pakte zijn gezicht in haar handen en kuste hem lang en hartstochtelijk op zijn mond. Tim maakte zich na een paar minuten los en keek haar gespannen aan. 'Eh, je hebt nog geen antwoord gegeven.'

'Ja, ja, ja! Natuurlijk wil ik met je trouwen. Niets liever!' Opgelucht liet hij zijn ingehouden adem ontsnappen. Uit zijn jas haalde hij een juwelendoosje en maakte het open. Dit moesten de ringen zijn die hij destijds met Cindy had uitgezocht. Laura slaakte een kreetje. 'Wat mooi, Tim.' Een witgouden ring met diamant glinsterde haar tegemoet. Hij pakte haar linkerhand en schoof de ring om haar vinger. Hij paste perfect. Laura stak haar hand voor zich uit en bewonderde hem. 'Ik hou van je, Tim Verkerk, en de Mont Blanc is mijn getuige.' Ze draaiden zich samen om naar de hoogste berg van de Alpen die hen allebei zo fascineerde. 'Over getuige gesproken, ik wil Sander graag vragen als je het goedvindt.'

'Of ik dat goedvind? Ik zou het je kwalijk nemen als je hem niet zou vragen.' Tim trok haar tegen zich aan. Even deed niets er meer toe. Alleen hun gezamenlijke toekomst en hun geluk. De wereld om hen heen vervaagde tegen de achtergrond van de besneeuwde top van de Mont Blanc.

Epiloog

Laura streelde liefkozend over haar bolle buik. Nog een kleine maand voordat hun dochtertje geboren zou worden. De kinderkamer was al helemaal klaar. Ze hadden gekozen voor rustige pasteltinten en het zuurstokroze achterwege gelaten. Ze hielden allebei niet van dat mierzoete gedoe. De brievenbus klepperde en Laura kwam moeizaam overeind. Ze ondersteunde haar onderrug met haar handen toen ze naar de gang liep om de post te pakken. Naast een paar witte enveloppen zat er ook een kartonnen envelop tussen. Ze keek op het geprinte adresetiket. Hij was aan haar gericht. Misschien van haar ouders? Die stuurden wel vaker kleine cadeautjes voor hun toekomstige kleinkind onder het mom van 'te schattig om te laten liggen'. Ze had alle sokjes, rompertjes en slabbetjes die haar moeder inmiddels had gekocht keurig opgevouwen in de commode liggen.

Ze liep met de post naar de kamer en ging aan de eettafel zitten. Met een glimlach op haar gezicht maakte ze de envelop open, benieuwd wat haar moeder deze keer weer niet had kunnen laten liggen. Als het zo doorging, had die kleine binnenkort een ruimere garderobe dan zijzelf. Ze stak haar hand in de envelop. Ze voelde een ansichtkaart en iets anders. Het was vierkant, hard en er zat pakpapier omheen. Nieuwsgierig haalde ze de kaart en het pakje uit de envelop. Haar glimlach bevroor op haar gezicht toen ze de foto's op de ansichtkaart zag. *LE BRÉVENT, CHAMONIX* stond er met rode sierlijke letters op. Daaromheen stonden een paar foto's van de omgeving, waaronder van de kabelbaan naar Le Brévent die ze hadden genomen en een foto van de bewuste berg waar Edith in het ravijn was gestort. Met trillende vingers scheurde Laura het vierkante platte pakje open. Er zat een tegeltje in met een spreuk. *Al is de leugen nog zo snel, de waarheid achterhaalt hem wel.*

Lees ook alvast een fragment uit

Central Park

van Guillaume Musso

Vertaling: Maarten Meeuwes

ISBN paperback: 978 94 005 0592 6
ISBN e-book: 978 90 449 7364 8

Verschijnt 10 maart 2015

1

Alice

Ik geloof dat in iedere man een andere man schuilt.
Een onbekende, een samenzweerder, een sluwe vos.
Stephen King

Eerst de scherpe, prikkelende wind die langs een gezicht strijkt.
Het zachte ruisen van bladeren. Het vage kabbelen van een riviertje. Het discrete gekwetter van vogels. De eerste zonnestralen die je door het gordijn van nog gesloten oogleden ontwaart.

Dan het kraken van de takken. De geur van vochtige aarde. Rottende bladeren. De krachtige, houtachtige geuren van grijs korstmos.

Even verderop een onzeker gezoem, dromerig en dissonant.

Alice Schäfer opende moeizaam haar ogen. Het licht van de ontwakende dag verblindde haar, de ochtenddauw maakte haar kleren vochtig. Ze rilde, badend in ijskoud zweet. Ze had een droge keel en een kurkdroge mond. Haar gewrichten waren gevoelloos, haar ledematen verstijfd, haar geest leeg.

Toen ze overeind kwam, ontdekte Alice dat ze op een eenvoudige bank van kaal hout lag. Verbaasd merkte ze dat het lichaam van een man, groot en massief, in elkaar gerold tegen haar zij lag en zwaar op haar drukte.

Alice slaakte een kreet en haar hartslag schoot meteen omhoog. Ze probeerde zich los te maken, viel op de grond en kwam in een snelle beweging overeind. Toen merkte ze dat haar rechterhand met boeien vastzat aan de linkerpols van de onbekende man. Ze deinsde achteruit, maar de man bleef bewegingloos liggen.

Verdomme!

Haar hart bonkte in haar keel. Ze wierp een blik op haar horloge. Er zaten krassen op het glas van haar oude Patek, maar het horloge werkte nog steeds en het gaf aan dat het dinsdag 8 oktober was, 8.00 uur.

Mijn hemel, waar ben ik? vroeg ze zich af, terwijl ze met haar mouw het zweet van haar gezicht veegde.

Ze keek rond om de omgeving in zich op te nemen. Ze bevond zich midden in een bos in fonkelende herfstkleuren, met een dicht, frisgroen onderhout en een gevarieerde vegetatie. Een stille, ongerepte open plek, omgeven door eiken, dicht struikgewas en lage rotsen. Niemand te zien en gezien haar situatie was dat maar goed ook.

Alice keek omhoog. Het licht was mooi, zacht, bijna onwerkelijk. Vlokken dwarrelden door het gebladerte van een reusachtige, felgekleurde iep waarvan de wortels door een tapijt van vochtige bladeren staken.

Het bos van Rambouillet? Fontainebleau? Het bos van Vincennes? gokte ze in gedachten.

De sereniteit van de omgeving stond in schril contrast met de vreemde gewaarwording van het wakker worden naast een volkomen onbekende.

Voorzichtig boog ze naar voren om zijn gezicht beter te kunnen bekijken. Hij was een man van tussen de vijfendertig en veertig jaar oud, met verward, kastanjebruin haar en een beginnend baardje.

Een lijk?

Ze knielde naast hem neer en drukte drie vingers tegen de zijkant van zijn hals, rechts van zijn adamsappel. De hartslag die ze voelde toen ze op de halsslagader drukte, stelde haar gerust. De man was bewusteloos, niet dood. Ze nam de tijd om hem beter te bekijken. Kende ze hem? Een crimineel die ze achter de tralies had gezet? Een jeugdvriend die ze niet herkende? Nee, zijn gezicht zei haar helemaal niets.

Alice duwde enkele blonde haarplukken die voor haar ogen hingen uit haar gezicht en bekeek de metalen handboeien waarmee ze aan de man vastzat. Het was een dubbel beveiligd standaardmodel dat door een groot aantal politie- en privé-veiligheidsdiensten werd gebruikt. Het was zelfs heel goed mogelijk dat het haar eigen handboeien waren. Alice zocht in haar broekzak, in de hoop daar de sleutel te vinden.

Ze vond hem niet. Maar ze voelde wel een wapen in de binnenzak van haar leren jack. Omdat ze dacht dat het haar dienstwapen was, klemde ze opgelucht haar hand om de kolf. Maar het was niet de Sig Sauer die door de agenten van de afdeling Zware Misdrijven werd gebruikt. Het was een poly-meer Glock 22 die ze niet kende. Ze probeerde het magazijn te controleren, maar dat was lastig met een geboeide hand. Toch lukte het haar na enig gekronkel, waarbij ze oplette dat ze de onbekende man niet wakker maakte. Er ontbrak een kogel in het magazijn. Toen ze het pistool bekeek, zag ze dat er opgedroogd bloed op de kolf zat. Ze trok haar jack verder open en zag dat er ook vlekken gestold bloed op haar blouse zaten.

Verdomme, wat heb ik gedaan?

Alice veegde met haar vrije hand over haar ogen. Er kwam nu een felle hoofdpijn opzetten van achter haar slapen, alsof een onzichtbare tang haar hoofd samenkneep. Ze haalde diep adem om de angst te verdrijven en probeerde haar herinne-ringen op een rij te zetten.

De vorige avond was ze met drie vriendinnen gaan stap-pen op de Champs-Élysées. Ze had veel gedronken en het ene glas na het andere achterovergeslagen in de cocktailbars: de

Moonlight, de Treizième Étage, de Londonderry... Rond middernacht waren ze ieder huns weegs gegaan. Ze was in haar eentje teruggegaan naar haar auto, die in de ondergrondse parkeergarage op de Avenue Franklin-Roosevelt stond, en toen...

Een zwart gat. Het leek alsof er een katoenen deken op haar neerdaalde. Haar gedachten maalden door de leegte. Haar geheugen leek verlamd, bevroren, en werd door die laatste beelden geblokkeerd.

Vooruit, doe je best, verdomme! Wat is er daarna gebeurd?

Vaag herinnerde ze zich dat ze bij de automaat had betaald en toen de trap af was gegaan naar de derde kelderverdieping. Ze had te veel gedronken, dat was wel zeker. Wankelend was ze naar haar kleine Audi gelopen, had het portier geopend, was achter het stuur gekropen en...

Niets meer.

Hoe ze zich ook concentreerde, een grote bakstenen muur belemmerde haar de toegang tot haar herinneringen.

Ze slikte en meteen groeide de paniek in haar. Dit bos, het bloed op haar blouse, het wapen dat niet van haar was... Dit was niet zomaar een kater na een avond feesten. Als ze niet meer wist hoe ze hier was gekomen, moest ze gedrogeerd zijn geweest. Misschien had iemand GHB in haar glas gedaan. Dat was heel goed mogelijk: als politieagent had ze de afgelopen jaren meer dan eens zaken meegemaakt waarbij de rapedrug een rol had gespeeld. Die gedachte stopte ze voorlopig weg. Ze begon haar zakken te legen: haar portefeuille en haar politiepas waren verdwenen. Ze had geen identiteitspapieren meer, geen geld en ook geen mobieltje.

Naast angst maakte ook wanhoop zich van haar meester.

Een tak kraakte, wat een zwerm mussen deed opvliegen. Enkele roodbruine bladeren dwarrelden door de lucht en streken langs Alice' gezicht. Met haar linkerhand trok ze de ritssluiting van haar jack omhoog, terwijl ze de bovenkant daarvan met haar kin vastdrukte. Toen zag ze dat er in de holte van haar hand met lichtgekleurde balpen een reeks cijfers stond geschreven, als het spiekbriefje van een schoolmeisje:

2125558900

Wat betekenden die cijfers? Had ze die zelf opgeschreven? Misschien, maar ik weet het niet zeker, dacht ze toen ze de cijfers beter bekeek.

Even sloot ze ontreddderd haar ogen; geschrokken én ontreddderd.

Ze weigerde zich eraan over te geven. Het was duidelijk dat er vannacht iets ernstigs was gebeurd. Ze kon zich er niets van herinneren, maar de man aan wie ze was vastgeketend, zou haar geheugen snel opfrissen. Dat hoopte ze tenminste.

Vriend of vijand?

Omdat ze dat niet wist, plaatste ze het magazijn in de Glock en laadde ze het automatische wapen door. Met haar vrije hand richtte ze de loop op de man en schudde hem ruw wakker.

'Hé, wakker worden!'

Het kostte de man moeite.

'Vooruit, kom eens in beweging!' riep ze terwijl ze hem aan zijn schouder heen en weer schudde.

Hij knipperde met zijn ogen en onderdrukte een geeuw, voordat hij moeizaam overeind kwam. Toen hij zijn ogen opende, zag ze dat hij hevig schrok bij de aanblik van de loop van het wapen, op enkele centimeters van zijn slaap.

Met wijd opengesperde ogen keek hij Alice aan en draaide toen zijn hoofd rond. Stomverbaasd nam hij het bos om hen heen in zich op.

Na enkele seconden slikte hij, opende zijn mond en vroeg in het Engels: 'Wie ben jij in godsnaam? Wat doen we hier?'

2

Gabriel

*Ieder van ons draagt in zich
een verontrustende vreemde.*
De gebroeders Grimm

De onbekende man had met een sterk Amerikaans accent gesproken en hij slikte de 'r' bijna helemaal in.

'Waar zijn we in vredesnaam?' vroeg hij nog eens met gefronst voorhoofd.

Alice klemde haar hand om de kolf van het pistool. 'Ik geloof dat jij me dat mag vertellen,' antwoordde ze in het Engels, terwijl ze de loop van de Glock nog dichter bij zijn slaap bracht.

'Hé, rustig aan, ja?' zei hij, en hij hief zijn handen in de lucht. 'En laat je wapen zakken. Die dingen zijn gevaarlijk...'

Nog half versuft wees hij met zijn kin naar zijn geboeide hand. 'Waarom heb je die dingen omgedaan? Wat heb ik nu weer uitgespookt? Gevochten? Openbare dronkenschap?'

'Ik heb die boeien niet omgedaan,' antwoordde ze.

Alice bekeek hem nog eens goed: hij droeg een donkere spijkerbroek, sneakers, een blauw, gekreukt overhemd en een getailleerd jasje. Zijn vriendelijke, licht gekleurde ogen waren tot spleetjes geknepen en stonden hol van vermoeidheid.

'Warm is het niet,' klaagde hij, terwijl hij zijn hoofd tussen zijn schouders omlaagtrok.

Hij zocht op zijn arm naar zijn horloge, maar dat was er niet. 'Verdomme... Hoe laat is het?'

'Acht uur 's ochtends.'

Zo goed en zo kwaad als het ging, trok hij zijn zakken binnenstebuiten en riep toen uit: 'Je hebt me beroofd! Mijn geld, mijn portemonnee, mijn telefoon...'

'Ik heb niets gestolen,' verzekerde Alice hem. 'Ik ben ook kaalgeplukt.'

'En ik heb een flinke buil,' zei hij, terwijl hij met zijn vrije hand over de achterkant van zijn hoofd veegde. 'Dat heb jij natuurlijk ook niet gedaan?' vroeg hij op klagende toon, zonder echt antwoord te verwachten.

Hij bekeek haar voorzichtig: ze was gekleed in een strakke spijkerbroek en een leren jack, waaronder een met bloed bevlekte blouse te zien was. Alice was een grote blonde vrouw van ongeveer dertig jaar oud, met haar haar in een knot, die er nu los bijhing. Haar gezicht was hard, maar harmonieus, met hoge jukbeenderen, een slanke neus en een bleke huid. En in haar ogen, waarin de bladeren in koperkleurige herfsttooi glitterden, fonkelde een felle blik.

Een felle pijn rukte hem uit zijn overpeinzingen: er brandde iets in zijn onderarm.

'Wat is er nou weer?' verzuchtte ze.

'Ik heb pijn,' kreunde hij. 'Alsof ik gewond ben...'

Vanwege de handboeien kon Gabriel zijn jasje niet uittrekken of de mouwen van zijn overhemd opstropen, maar na enig gekronkel zag hij een soort verband om zijn arm zitten. Een vers aangelegd verband waaruit een dun straaltje bloed naar zijn pols liep. 'Goed, nou is het uit met die onzin!' riep hij kwaad. 'Waar zijn we? In Wicklow?'

De jonge vrouw schudde haar hoofd. 'Wicklow? Waar is dat?'

'Een bos in het zuiden,' antwoordde hij zuchtend.

'In het zuiden van wat?' vroeg ze.

'Hou je me nu voor de gek? Ten zuiden van Dublin.'

Ze keek hem met wijd opengesperde ogen aan. 'Denk je echt dat we in Ierland zijn?'

Hij zuchtte. 'En waar zouden we anders kunnen zijn?'

'Nou, in Frankrijk, neem ik aan. Vlak bij Parijs. Ik denk het bos van Rambouillet, of...'

'Hou op met die onzin,' beet hij haar toe. 'En wie ben je nou eigenlijk?'

'Een meisje met een pistool. Dus ik ben degene die hier de vragen stelt.'

Hij keek haar uitdagend aan, maar hij begreep dat hij de situatie niet in de hand had. Hij zweeg.

'Ik heet Alice Schäfer, ik ben hoofdinspecteur bij de criminele recherche van de politie in Parijs. Ik ben met mijn vriendinnen een avondje wezen stappen op de Champs-Élysées. Ik weet niet waar of hoe we hier terechtgekomen zijn... met boeien aan elkaar vastgeketend. En ik heb geen idee wie jij bent. Jouw beurt.'

Na een korte aarzeling besloot de onbekende man zijn identiteit prijs te geven. 'Ik ben Amerikaans. Ik heet Gabriel Keyne en ik ben jazzpianist. Normaal woon ik in Los Angeles, maar ik ben vaak onderweg voor optredens.'

'Wat is het laatste wat je je herinnert?' vroeg ze.

Gabriel fronste zijn voorhoofd en sloot zijn ogen om zich beter te kunnen concentreren. 'Eh... gisteravond heb ik met mijn bassist en saxofonist in de Brown Sugar gespeeld, een jazzclub in de wijk Temple Bar in Dublin.'

In Dublin... Die vent is niet goed wijs!

'Na het optreden ben ik aan de bar gaan zitten en misschien heb ik wat te veel cuba libres gedronken,' vervolgde Gabriel, terwijl hij zijn ogen opende.

'En toen?'

'Toen...'

Zijn gezicht betrok en hij beet op zijn lip. Het kostte hem

duidelijk net zoveel moeite om zich het einde van de avond te herinneren als haar. 'Echt, ik weet het niet meer. Ik geloof dat ik onenigheid heb gekregen met iemand die niet van mijn muziek hield en toen heb ik geprobeerd een paar meiden te versieren, maar ik was te ver heen om iets voor elkaar te krijgen.'

'Klasse, echt heel elegant.'

Hij zette het bezwaar met een beweging van zijn hand van zich af en stond op van de bank, waardoor Alice verplicht was hetzelfde te doen. Maar met een ruk van haar onderarm dwong ze hem weer te gaan zitten.

'Ik ben rond middernacht uit de club vertrokken,' vervolgde hij. 'Ik kon nauwelijks meer staan. Op Aston Quay heb ik een taxi gezocht. Na enkele minuten stopte er een auto en...'

'En toen?'

'Dat weet ik niet meer,' moest hij toegeven. 'Ik zal het adres van mijn hotel wel hebben opgegeven en ben op de achterbank in slaap gevallen.'

'En daarna?'

'Niets, dat zeg ik toch!'

Alice liet haar wapen zakken en zweeg enkele seconden om het slechte nieuws tot zich door te laten dringen. Hij was kennelijk niet de juiste persoon om haar te helpen deze situatie op te lossen. Integendeel.

'Begrijp je wel dat alles wat je hebt verteld volstrekte onzin is?' herhaalde ze zuchtend.

'En waarom dan wel?'

'Omdat we in Frankrijk zijn, kom nou!'

Gabriel bekeek het bos dat zich om hen heen uitstrekte: de dichte, wilde begroeiing, de met klimop bedekte rotsen, het gouden bladerdak in herfstkleuren. Hij liet zijn blikken omhooggaan langs de stam van een reusachtige iep en betrapte twee eekhoorns die elkaar achtervolgden, in volle vaart van tak tot tak springend, achter een merel aan. 'Ik durf te wedden dat we niet in Frankrijk zijn,' zei hij, terwijl hij op zijn hoofd krabde.

'Daar kunnen we maar op een manier achter komen,' zei Alice geërgerd. Ze borg haar wapen op en gebaarde de man op te staan.

Ze verlieten de open plek en drongen het bos in, dat bestond uit groepen dicht op elkaar staande bomen en groene heesters. Aan elkaar vastgeketend staken ze het golvende onderhout door en volgden ze een pad omhoog. Toen daalden ze een helling af en moesten ze zich staande houden op de rotsen. Pas na ruim tien minuten lukte het hun het beboste labyrint te verlaten en staken ze enkele smalle beekjes over, tot ze uitkwamen op een wirwar van kronkelige paden. Uiteindelijk kwamen ze bij een smal, geasfalteerd pad tussen rijen bomen door die een groen dak boven hun hoofd vormden. Hoe verder ze over het asfaltpad liepen, hoe duidelijker de geluiden van de beschaving werden.

Een bekend gebrom: de achtergrondgeluiden van een stad.

In een opwelling trok Alice Gabriel mee naar een zonnige opening in het bladerdak. Ze bleven in het licht en volgden een pad naar iets wat een grasveld bij een vijver leek te zijn.

En toen zagen ze het.

Een gebogen, smeedijzeren brug die sierlijk over een van de zijarmen van een meertje liep.

Een lange crèmekleurige brug, versierd met arabesken en subtiele bloemmotieven.

Het was een aanblik die ze kende uit films.

Bow Bridge.

Ze waren niet in Parijs. Noch in Dublin.

Ze waren in New York. In Central Park.

3

Central Park West

Wij zoeken de waarheid
en vinden slechts onzekerheid.
Blaise Pascal

'Mijn god,' fluisterde Gabriel, en de verbazing tekende zich af op Alice' gezicht.

Hoe moeilijk het ook was de werkelijkheid te aanvaarden, er leek geen twijfel meer mogelijk. Ze waren in het hart van de 'Ramble' wakker geworden, een van de meest woeste delen van Central Park, een woud van vijftien hectare dat zich aan de noordkant van het meer uitstrekte.

Met bonkend hart liepen ze naar de oever en bleven staan bij een druk pad, dat zo typerend was voor het park vroeg in de ochtend. De bezetenheid van de joggers, samen met die van de wielrenners, de tai-chibeoefenaars en de gewone wandelaars die hun hond uitlieten. De luide omgeving, die zo karakteristiek was voor de stad, leek nu plotseling in hun oren tot uitbarsting te komen: het geronk van het verkeer, de claxons, de sirenes van de brandweerwagens en de politie.

'Dit is waanzin,' mompelde Alice.

Volkomen in de war probeerde de jonge vrouw na te denken. Ze gaf grif toe dat zowel Gabriel als zij de vorige avond te veel hadden gepimpeld, zelfs zoveel dat ze niet meer wisten hoe de avond was verlopen. Maar het was ondenkbaar dat iemand hen tegen hun wil in een vliegtuig had kunnen zetten. Ze was vaak in New York geweest met Seymour, haar collega en beste vriend. Ze wist dat een vlucht van Parijs naar New York ruim acht uur duurde, maar door het tijdverschil verloor je slechts twee uur. Wanneer ze samen gingen, reserveerde Seymour meestal plekken op de vlucht van 8.30 uur op vliegveld Charles-de-Gaulle, die om 10.30 uur in New York aankwam. Ze wist ook dat de laatste intercontinentale vlucht even voor acht uur 's avonds vertrok. Dus de vorige avond om acht uur was ze nog in Parijs geweest. Gabriel en zij moesten dus met een privévliegtuig hierheen zijn gebracht. Als ze daarvan uitging en ze om twee uur 's nachts in Parijs in een vliegtuig was gezet, zou ze om vier uur 's morgens, lokale tijd, in New York zijn aangekomen. Vroeg genoeg om om acht uur in Central Park wakker te worden. Op papier was het niet onmogelijk. De werkelijkheid was een heel ander verhaal. Zelfs aan boord van een privéjet waren de administratieve formaliteiten om de Verenigde Staten binnen te komen erg ingewikkeld en kostten veel tijd. Ergens klopte er iets niet.

'Oeps, sorry.'

Een jongen op rollerblades was tegen hen op gebotst. Terwijl hij zich verontschuldigde keek hij met een verbaasde en achterdochtige blik naar de handboeien.

In Alice' hoofd ging een alarm af. 'We kunnen hier niet blijven, waar iedereen ons kan zien,' zei ze bezorgd. 'Binnen enkele minuten zal de politie ons oppakken.'

'Wat stel je dan voor?'

'Pak gauw mijn hand.'

'Hè?'

'Pak mijn hand, alsof we een verliefd stelletje zijn en loop met me mee de brug over,' zei ze gehaast.

Dat deed hij en samen liepen ze Bow Bridge over. De lucht was fris en droog. Tegen een heldere hemel tekenden zich op de achtergrond de omtrekken af van de luxueuze gebouwen aan Central Park West: de tweelingtorens van San Remo, de mystieke gevel van het Dakota en de art-decoappartementen van het Majestic.

'We zullen ons toch bij de autoriteiten moeten melden,' zei Gabriel, terwijl ze doorliepen.

'Ja, hoor. Waag jij je maar in het hol van de leeuw.'

Daar bracht hij tegenin: 'Je moet wel redelijk blijven, meisje...'

'Als je me nog een keer zo noemt, wurg ik je met deze handboeien. Ik druk je keel dicht tot je je laatste adem hebt uitgeblazen. Doden kletsen heel wat minder onzin.'

Hij negeerde het dreigement. 'Als je Française bent, kun je toch naar je ambassade gaan?'

'Eerst wil ik weten wat er vannacht eigenlijk is gebeurd.'

'Reken maar niet op mij als je op de vlucht wilt slaan. Zodra we het park uit zijn, meld ik me bij het eerste politiebureau dat ik zie om te vertellen wat er met ons is gebeurd.'

'Ben je nou zo dom, of lijkt dat alleen zo? Voor het geval je het niet hebt gemerkt: we zijn geboeid, jongen. Onafscheidelijk met elkaar verbonden. Dus zolang we geen manier hebben gevonden om ons van onze boeien te ontdoen, doe je wat ík zeg.'

Bow Bridge vormde een verbinding tussen de wilde vegetatie van de Ramble en de keurig aangelegde tuinen aan de zuidkant van het meer. Toen ze de brug waren overgestoken, namen ze het pad dat langs het water naar de uit graniet gehouwen fontein van Cherry Hill liep.

Gabriel hield vol: 'Waarom wil je niet met me mee naar de politie?'

'Omdat ik weet hoe ze zijn.'

De jazzman hield vol: 'Met welk recht sleur je me mee in jouw ellende?'

'Hoezo, míjn ellende? Ik zit misschien tot aan mijn nek in de rottigheid, jij zit er net zo diep in.'

'Nee, want ik heb niets misdaan.'

'O nee? En waarom denk je dat? Je zei dat je je ook niets meer van de afgelopen nacht herinnert.'

Dat antwoord leek Gabriel in de war te brengen. 'Je vertrouwt me dus niet?'

'Absoluut niet. Je verhaal over die bar in Dublin slaat nergens op, Keyne.'

'Jouw verhaal dat je bent wezen stappen op de Champs-Élysées snijdt nog veel minder hout. En jij bent degene met bloed aan je handen. Jij hebt een pistool op zak, en...'

Ze onderbrak hem. 'Daarin heb je gelijk, ik ben degene met het pistool, dus je houdt je mond en je doet precies wat ik zeg. Begrepen?'

Met een diepe, geërgerde zucht haalde hij zijn schouders op.

Alice slikte de rest van haar woorden in, maar ze had een branderig gevoel in haar borst, als zuur dat door haar slokdarm vrat. Stress, vermoeidheid, angst.

Hoe moesten ze zich hieruit redden?

Ze probeerde haar gedachten te ordenen. In Frankrijk was het nu het begin van de middag. Wanneer de leden van haar eenheid haar die ochtend niet op kantoor zagen, zouden ze zich vast ongerust maken. Seymour zou wel hebben geprobeerd haar op haar mobiel te bellen. Hem moest ze als eerste zien te bereiken om hem opdracht te geven het onderzoek te starten. In haar hoofd begon zich een checklist te vormen: 1 – de opnames van de bewakingscamera's in de parkeergarage Franklin-Roosevelt opvragen. 2 – alle privévluchten nagaan die na middernacht vanuit Parijs naar de Verenigde Staten waren vertrokken. 3 – uitzoeken waar haar Audi was. 4 – uitzoeken wie die Gabriel Keyne was en zijn verhaal checken.

De gedachte aan het onderzoek stelde haar enigszins op haar gemak. Al tijdenlang was de adrenaline die haar werk haar verschafte, haar belangrijkste motor. Het was als een drug die in het verleden haar leven had verwoest, maar die nu haar enige reden was om elke ochtend uit bed te komen.

Ze ademde met volle teugen de frisse lucht van Central Park in. Opgelucht dat de politieagent in haar de overhand nam, begon ze een onderzoeksstrategie op te stellen: onder haar bevel zou Seymour het onderzoek in Frankrijk leiden, terwijl zij ter plaatse onderzoek zou doen.

Nog steeds hand in hand bereikten Alice en Gabriel de driehoekige tuin Strawberry Fields, waarover ze het park aan de westkant konden verlaten. De agent bekeek de musicus voorzichtig vanuit haar ooghoek. Ze moest hoe dan ook te weten zien te komen wie die man echt was. Had ze hem zelf de handboeien omgedaan? Als dat het geval was: waarom?

Op zijn beurt keek hij haar met een uitdagende blik aan. 'Goed, wat ben je nu van plan?'

Ze antwoordde met een vraag: 'Ken je iemand in deze stad?'

'Ja, een goede vriend van me woont hier zelfs. De saxofonist Kenny Forrest. Maar helaas, hij is nu op tournee in Tokio.'

Ze formuleerde de vraag anders: 'Dus je weet niet waar we heen zouden kunnen gaan om gereedschap te vinden waarmee we die boeien kunnen verwijderen, ons kunnen omkleden en kunnen douchen?'

'Nee,' gaf hij toe. 'En jij?'

'Ik woon in Parijs, heb ik je al gezegd.'

'Ik woon in Parijs, heb ik je al gezegd' zei hij haar op aanstellerige toon na. 'Hoor eens, ik begrijp niet waarom we niet naar de politie zouden kunnen gaan. We hebben geen geld, geen schone kleren, en niets om onze identiteit te bewijzen.'

'Hou op met dat gejammer. Laten we eerst zorgen dat we een mobiele telefoon te pakken krijgen, ja?'

'We hebben geen cent, zeg ik toch! Hoe wil je aan een telefoon komen?'

'Gewoon, er een stelen.'